LES OLIVES NOIRES

NOIRES

DANIELLE DUBÉ

Illustration de la couverture : Jean-Christian Knaff
Conception graphique : Katherine Sapon
Maquette intérieure : Jean-Guy Fournier

LES QUINZE, ÉDITEUR
(Division de Sogides Ltée)
955, rue Amherst, Montréal
H2L 3K4
tél. : (514) 523-1182

Distributeur exclusif pour le Canada :
AGENCE DE DISTRIBUTION POPULAIRE INC.
(Filiale de Sogides Ltée)
955, rue Amherst, Montréal
H2L 3K4
tél. : (514) 523-1182

PRIX ROBERT-CLICHE

LES OLIVES NOIRES

DANIELLE DUBÉ

Directrice littéraire : Lise Beaudoin

à Natacha et à Loulou

Des remerciements à tous ceux et à toutes celles qui m'ont aidée à terminer ce livre, particulièrement à Yvon Paré, Esther Dufour, Linda Girard et Lise Beaudoin.

Le labyrinthe

Le 8 octobre 1970

François tient le journal *El pueblo* et vérifie à nouveau les petites annonces. *À louer. À prix modique. Maison blanche au bord de la mer. 200 Calle del Mar. Castel del Caudillo.*

Assis aux tables du café de la gare, vêtus de vêtements sombres et de bérets noirs, des vieux l'observent. Ils ont des sourires édentés. Des bouches et des regards secs. Ils n'aiment pas ces jeunes touristes qui envahissent la côte. Leur côte. Ils n'aiment pas ces faux gitans dont les havresacs sont cousus de fleurs et de drapeaux étrangers. Aujourd'hui, seulement une femme, deux hommes et une fillette sont descendus de l'autobus d'Alicante. Leurs vêtements affichent la lettre Q et des fleurs de lys.

À louer. Une oasis pour étancher sa soif. Pour se reposer un moment du voyage. D'un voyage commencé il y a plus de six mois à travers l'Italie, la Suisse, la France et l'Espagne. Avec les sacs à dos et la tente à porter, d'une ville à l'autre, d'une frontière à l'autre, avec le campement à monter et à démonter presque jour après jour.

Parfois des paysages de villes italiennes, de volcans, de montagnes et de mers se bousculent dans leurs têtes. Des parfums de cèdre, de pin et de laurier-rose. Des fumets de bouillabaisse et de fondue suisse. Des odeurs de ports de pêche et de canaux olivâtres à Venise et Amsterdam. Le clapotis des eaux de la Camargue quand passent les chevaux sauvages. Le grésillement lancinant des grillons sur la côte méditerranéenne. Des images paradoxales. Taudis de Naples. Palais de Nice et châteaux de La Loire. Versailles. Le palais des Doges. Le Vatican. Monuments fastueux, somptueux. Scintillants de marbre, de luminaires, de bois d'acajou verni et de fresques gigantesques. Et à l'envers de ces images de cartes postales : les clochards dormant sur les bouches de métro, les culs-de-jatte qui mendient sur le parvis des églises, les bidonvilles accrochés aux grandes villes comme des abcès obscènes.

Ils s'engagent dans la ville ancienne, escaladent les rues étroites presque abruptes qui s'entrecroisent, s'enchevêtrent. Comme sur une grande toile d'araignée. Les maisons hautes et blanches sont accolées les unes aux autres. Les balcons de fer forgé gorgés de géraniums roses et rouges répandent un lourd parfum.

Ils débouchent sur un cul-de-sac. Le mur de pierre devant eux est couvert d'une mousse verdâtre. Une photo du Caudillo repose dans une niche comme une image sainte. Pierre maugrée.

— Calle del Presidio, Calle del Presidio ! C'est pas ça qu'on cherche. Donne-moi cette carte !... Normalement, il faut prendre le boulevard del Caudillo... Ce doit être par ici !

Ils reviennent sur leurs pas. Une odeur de safran et d'ail monte dans l'air, se mêle à celle des géraniums. Éblouie par la blancheur des façades, Christiane suit nonchalamment en tenant Nadia d'une main et une valise rouge de l'autre.

— Il faudrait vous presser, vous deux ! rappelle Pierre. Il est plus de dix-neuf heures.

La mère exhorte sa fille à marcher plus vite.

— J'suis fatiguée... j'ai faim, se plaint l'enfant.

Les deux hommes semblent égarés. On n'aperçoit plus le clocher qui servait de point de repère.

— La mer semble loin. Un vrai labyrinthe, cette ville-là ! grogne Pierre en froissant la carte. Cette manie qu'ils ont aussi de ne pas indiquer le nom des rues !

— Dans un labyrinthe, c'est rare qu'on indique la sortie, note son compagnon.

— Très drôle ! grimace-t-il. Et pas un maudit taxi en vue. C'est vrai qu'on n'est pas à New York ici. Avoir su ! Si on était partis plus tôt, aussi. Bien sûr ! Il fallait absolument faire le lavage avant de partir, ajoute-t-il en se tournant vers Christiane.

— Maman, quand est-ce qu'on arrive ?

— Toi, c'est pas le temps de chialer, rétorque Pierre.

Il se retourne et agrippe le bras de sa fille pour qu'elle active le pas. Nadia serre la main de sa mère qui se mord les lèvres pour ne pas casser la laisse qui la tire comme une chienne qu'on veut dresser. Pour ne pas crier. Ne pas provoquer une querelle. Ne pas voir les familles Fernandez et García interrompre leur repas et envahir les balcons. Non, ce n'est pas le moment, ni le lieu. Elle s'accroche à sa respiration, à la main de Nadia.

— Maman ! papa ! vous me faites mal ! se plaint l'enfant.

L'étreinte se desserre un peu. Christiane regarde François. Il se fait presque invisible comme à chaque fois que Pierre commence à montrer sa mauvaise humeur. Les maisons défilent comme des ombres blanches. Les rues se font plus étroites, inextricables. Toutes semblables. Sur un mur de pierre, un cœur rouge délavé. Au-dessus de leur tête, entre les façades blanches, un ciel bleu étroit comme un corridor. Sans nuage. Sans oiseau. Christiane a l'impression d'étouffer. L'air se raréfie. Le sac à dos écorche ses épaules. Une chaîne la tire vers le haut de la colline.

Une très vieille dame vêtue de noir, un panier sous le bras, surgit d'une rue transversale. Elle longe le mur à leur approche. Elle a les yeux de celles qui ont peur mais qui simulent l'indifférence. D'un pas accéléré, elle les croise puis disparaît sous le porche d'une maison.

Ils passent devant un café où sont attroupés des hommes qui regardent une joute de soccer à la télévision. Près d'un marché où se meuvent des vendeurs et des vendeuses de fruits et de poissons, des clientes discutent et marchandent.

— Des saucissons, des oranges de Valence ! crie une femme qui porte un large tablier blanc.

— Moi, j'arrête, décide Christiane. J'ai faim et Nadia aussi.

Sans attendre de réponse elle se précipite vers l'étalage de fruits parfumés et charnus, désigne quelques mandarines, verse 50 pesetas dans la main de la marchande qui esquisse un sourire.

Devant eux, juchée sur le haut de la côte, la place publique cerclée de lampadaires et de beaux édifices de pierre couverts de mousse. La mairie, le poste de police, l'église. Une église blanche et austère, complètement close.

— Bon ! C'est ici que nous trouverons la Voie ! s'exclame François, sarcastique, en fixant la grande croix noire accolée à la façade de l'église.

— Et la Vérité ! L'unique, la seule Vérité, ajoute Christiane.

— Dépêchez-vous, clame Pierre. C'est pas le temps de faire du tourisme. Hostie ! on tourne en rond depuis une heure. J'me demande ce que vous feriez sans moi ?

— On respirerait, répond Christiane, excédée.

— Toi, tu peux bien parler, avec le sens de l'orientation que tu as !

— C'est toi qui as la carte, pas moi !

— Tu la veux ? Allez, prends-la.

Nadia cesse de mâchonner sa mandarine, s'accroche au bras de sa mère.

François essaie d'intervenir pour proposer une solution, prévenir une autre querelle.

— Arrête-toi un moment, Pierre. Eh ! Calme-toi ! On va la regarder, cette carte.

Christiane n'entend que des sons diffus, des intonations. Elle n'écoute plus. Elle suit les rues entrelacées de l'autre flanc de la colline. Il y a des jours où elle n'a plus le goût de tendre le fil qui fera sortir le héros du labyrinthe.

Que Thésée et Ulysse se débrouillent puisque ce sont eux qui maîtrisent la nature et la raison. Pénélope, qu'attends-tu ? Cinq années de passées, une éternité qui s'étire entre les altercations et les étreintes avec cet espoir au creux de la tête et du coeur. Qu'attends-tu, Pénélope ? Que fais-tu, Ariane ?

Pierre et François discutent. Cela fait comme une musique discordante mêlée à la rumeur de la mer, aux cris des marchands et des enfants et à la clameur métallique qui monte soudain du bas de la ville, plus à l'est. Nadia, toujours pendue au bras de Christiane, ne dit mot. Elle écoute. Comme sa mère. Quand son père parle haut, elle sait qu'il vaut mieux se taire.

Une odeur saline, forte, enivrante, efface soudain les effluves de poissons grillés. La mer est là, même si on ne l'aperçoit pas encore. Elle est là, tout près. Les rues continuent à descendre et à se croiser, presque désertes. Les maisons à s'amonceler. Enfin une porte étroite donnant sur la Méditerranée. Une immense baie bleuâtre que colore de larges traits rose et or le soleil sur son déclin.

À l'est, la ville moderne et plate prise entre la mer et la nuée grise qui surplombe le nord. Ses larges avenues rectilignes menacent d'encercler la ville ancienne. Les tours d'habitations, de forme cylindrique ou hémisphérique, dessinent de grandes ombres sur la chaussée.

— Enfin ! s'exclame Pierre. Normalement, en suivant cette longue avenue, on devrait y arriver... J'pensais jamais me retrouver dans une ville comme celle-là.

— Nous sommes loin du petit village de pêcheurs, renchérit François.

— En tout cas, si la maison ne me plaît pas, je ne reste pas ici. Vivre au milieu d'une armée de touristes, non merci !

— Au moins on aura la mer, coupe Christiane. L'homme de l'autobus nous a dit que cette maison était isolée. Il faut la voir avant.

— Alors on y va !

— On te suit, chef, ajoute François, sarcastique.

— Maman, quand est-ce qu'on arrive ? se plaint Nadia.

Pierre se retourne, s'accroupit et la regarde dans les yeux.

— Écoute, Nadia. As-tu vu un taxi ? Un autobus ? Moi pas. Il faut faire le chemin à pied. Et avec les sacs qu'on a sur le dos, on ne peut pas te porter. Compris ?

L'enfant baisse la tête et suit les grands en s'accrochant aux mains de François et de Christiane.

Les condominiums, les boutiques, les édifices à bureaux se succèdent lentement sur le grand boulevard del Caudillo bordé de palmiers. Par une rue transversale, les quatre marcheurs rejoignent finalement la Calle del Mar qui longe la mer. Des hôtels, des cafés-terrasses se suivent. Des promeneurs et des chiens errants. Une femme en longue robe de soirée moirée ouvre son sac garni de paillettes et présente à un bâtard une boulette de viande séchée. Les autres chiens, mi-basset mi-épagneul, ou mi-loup mi-bouledogue, se précipitent sur l'animal pour lui arracher sa pâture.

Nadia pousse la barrière grillagée du chemin qui traverse l'oliveraie. Des arbres centenaires, aux troncs noueux, dessinent une voûte au-dessus de la route de terre battue. Personne. Pas même un cri d'oiseau dans les arbres. Ils aperçoivent une vieille maison de pierre aux murs trapus couverts de glycines et de vignes grimpantes. Un peu plus loin, face à la mer, au-delà d'un jardin de cactus, dissimulée au milieu des palmiers, des eucalyptus et des lauriers-roses, la maison aux murs de crépi blanc, au toit de tuiles et aux volets de bois. Une oasis.

Le propriétaire doit habiter la maison de pierre.

— C'est une vieille dame étrange, fière mais un peu pingre, a dit l'homme rencontré dans l'autobus. Une femme qui persiste à vivre retirée au milieu de son champ d'oliviers, malgré le progrès qui dévore les alentours à coups de bélier mécanique. Malgré les pressions de ses enfants et les assauts répétés des représentants de la ville. Une résistante. La dernière du quartier.

François ramène la dame. Pierre et Christiane se regardent, déconcertés. Elle ressemble étrangement à cette femme aperçue à la station de métro Pigalle. Les mêmes yeux pénétrants et sombres. Un visage aux traits réguliers et fins. Les mêmes cheveux grisonnants soutenus par une toque parsemée de mèches rebelles. Une taille gracile.

Ils l'avaient vue, ce matin froid d'avril, sortir d'une immense boîte de carton posée à proximité d'une rame de métro. Indifférente au milieu de la cohue matinale. Elle était partie, traînant avec elle un panier de hardes et un bâton sur lequel s'appuyait. Elle boitait. Ils avaient vu des clochards se faire embarquer par des policiers, ils s'étaient demandé si elle n'avait pas également été victime de quelques coups de matraque.

« Circulez, circulez ! On ne traîne pas ici. Le vagabondage est interdit. »

La señora María García Márquez n'a pas l'allure de sa réputation de femme avaricieuse. Sa voix est sereine et fière. Ses yeux pleins de sourires malicieux.

— ¡La niña es linda ! J'ai une petite-fille qui a son âge. ¡Me gusta mucho el mar ! Tu pourras venir me voir quand tu voudras.

Nadia lui renvoie un sourire timide en se dandinant, pendant que François traduit.

La maison visitée, elle demande leur nom, leur origine et fixe le prix de location… On s'entend pour 6000 pesetas, environ

90 dollars par mois. Puis elle se retire après avoir pris l'argent que chacun des trois adultes lui a remis, un peu étonnée du procédé.

— Wow ! Moi, j'ai jamais habité un endroit pareil ! s'exclame François.

— Vous trouvez pas qu'on a l'air bourgeois ici ? ajoute Pierre. Heureusement, on paie pas trop cher, c'est moins gênant.

— Vous savez, moi, ce que je fais ? annonce Christiane en ouvrant les volets.

— Non, répondent en choeur les deux hommes allongés sur le sofa.

— Vous savez où je vais?

— À la mer ! clament-ils en riant.

Nadia saute de joie. Ils se défont de leurs vêtements, traversent la plage déserte, se précipitent dans les vagues qui, lentement, se plient et se déplient comme des couvertures. Quelques brasses pour renouer avec l'eau bleue. Sa fraîcheur, son goût de sel, sa mobilité. Crier son plaisir. Se laisser dériver vers la grève, silencieux comme des bouteilles à la mer qui vont s'échouer avec leur secret. Puis sentir à nouveau les derniers rayons du soleil sécher les gouttes d'eau sur la peau. Les pieds s'enlisent dans les grains de sable blanc. Le sortilège du silence succède au fracas du rire. Un grand chien noir passe près d'eux, indifférent.

— Chien, chien ! Viens ici, crie Nadia.

L'animal ne réagit pas.

— Pourquoi est-ce qu'il ne vient pas ?

— Parce qu'il ne comprend pas le français, répond Pierre.

— Et encore moins le québécois, ajoute François.

— C'est vrai, maman ?

Les adultes s'esclaffent. L'enfant se renfrogne.

— Mais non, mon lapin, dit Christiane en la serrant contre elle. Il a simplement envie d'être seul. C'est tout. Il est différent des chiens qu'on connaît.

Le brouillard flotte sur la sierra comme un grand manteau sombre, dissimulant presque toute la ville ancienne. La côte et la ville moderne sont épargnées. Christiane pense au grand placard publicitaire aperçu sur le bord de la route avant qu'ils n'entrent dans la cité. *El sol brilla siempre sobre la costa*, annonce une fille en maillot de bain. Une femme-affiche au corps peaufiné de cuivre.

Loin, au pied de la chaîne de montagnes, à travers les vapeurs de brume, un château s'accroche à un plateau élevé et escarpé. Inaccessible.

— Ce doit être le castel del Caudillo, précise Christiane. Ce château a été occupé la dernière fois, pendant la guerre civile, par le Caudillo. Il est devenu une attraction touristique.

— Merci, cher Guide Michelin. Demain, on ira voir, propose Pierre. Pour le moment, moi j'ai faim ! On va manger ?

* * *

Un café-terrasse, près du marché public, offre des paellas. Une odeur de crustacés, de safran et d'ail chatouille les glandes salivaires, les active, entraîne les passants à l'intérieur. Pierre se presse pour trouver une table. Des couples d'Allemands, de Français et de Britanniques d'un âge respectable regardent les nouveaux arrivants aux cheveux trop longs. Que font ici ces jeunes à l'âge des études ou du travail ? Gênés par le regard de Pierre, ils remettent le nez dans leur assiette. Une jeune femme assure seule le service aux nombreuses tables. On commande du vin et une paella pour six.

En attendant, on décide de procéder à la planification des travaux domestiques pour les mois à venir. Le groupe a failli se diviser maintes fois sur cette question. Des affrontements fréquents sont survenus entre Pierre qui trouve toujours le moyen de s'esquiver et Christiane qui réclame un partage équitable.

À Paris, elle a même menacé de retourner à Montréal si les règles n'étaient pas respectées. Elle avait claqué la porte de leur chambre d'hôtel et n'était pas rentrée de la nuit. Cette fois, François était intervenu en traitant Pierre de sans-coeur et de profiteur. Après avoir fait la gueule toute une journée, Pierre avait finalement accepté de renégocier une entente.

Christiane n'a jamais compris pourquoi quelqu'un d'aussi féru de justice sociale et d'égalité des sexes, avec une formation en sociologie, ne peut passer à la pratique quand il s'agit de sa vie privée. Pourtant, lorsqu'il s'agit de défendre la cause des travailleurs et des étudiants, il sait s'engager. Il est de toutes les luttes : lutte pour la défense du français au Québec, lutte pour la défense des travailleurs et des travailleuses de la Commonwealth Plywood et de *La Presse*...

— C'est physique, dit-il. La cuisine, le lavage, le ménage, je ne sais pas faire ça. On m'a jamais appris. Et puis, c'est pas bon pour la guitare.

Pour se réconcilier, il suppliait Christiane de le comprendre et de lui laisser le temps. Depuis bientôt cinq ans, elle attend le grand jour. Parfois elle essaie de se convaincre que sa vie n'est ni pire ni meilleure que celle de la majorité des autres femmes. Elle bâtit des recommencements imaginaires où la raison supplante enfin les caprices de l'enfant. Puis, désespérée, elle se remet à maugréer contre lui et son égoïsme mâle. Menace de partir. La plupart du temps, c'est lui qui part. Il revient toujours, un jour, trois jours, une semaine plus tard.

Pourtant, avant de quitter Montréal, Christiane avait mis cartes sur table.

— Il n'est pas question que j'assume seule la bouffe et la vaisselle. Moi aussi, je suis en vacances.

Pierre et François avaient approuvé. Pierre avait même ajouté que cette période serait propice à « l'approfondissement de sa praxis ». Ce n'était que paroles. Une première fois à Florence, dans un terrain de camping, il était allé se coucher pendant la préparation du repas.

Les menaces de départ de Christiane l'avait fouetté. Et si c'était vrai qu'elle ne reviendrait plus ! Sur l'avion Paris-Madrid, il avait conçu un plan. On reconnaissait là ses qualités d'organisateur. Il aimait planifier, décider, organiser. Il avait été chef de bande. Il avait fait partie des durs aux habits de cuir cloutés qui semaient la terreur sur leur moto et faisaient la désespérance de leurs parents. Puis il s'était réformé. Il était devenu président de son association étudiante. Et plus tard, président de son association syndicale, celle des chargés de cours de l'université du Québec à Montréal.

Le plan est là, sur la table, sous les regards inquisiteurs de Christiane, François et Nadia. Un véritable plan directeur sur papier quadrillé, écrit soigneusement à l'encre de Chine. Avec cinq grandes variables à l'horizontale : marché-cuisine-vaisselle-ménage-lavage. Et quatre autres à la verticale indiquant les quatre semaines de séjour.

— Deux principes de base sont à l'origine de ce graphique, explique son auteur : le partage égalitaire des tâches et la rotation des fonctions. Ainsi, durant la première semaine, je m'occuperai de la vaisselle, François du ménage, Christiane du marché et des repas. Quant à Nadia, elle ira chercher les croissants le matin à la pastelería du coin.

— Objection, monsieur le président ! intervient Christiane. Pourriez-vous me dire pourquoi j'écope la première des repas et du marché ?

— Mais parce que c'est vous qui avez le plus d'expérience dans ce domaine, madame. Cette première semaine permettra aux novices que nous sommes de nous initier en vous observant.

— Et vous n'avez pas eu le loisir d'observer depuis le début du voyage ? note-t-elle malicieusement.

— Christiane, il y aura rotation des fonctions. Ça, c'est sûr.

— Appuyé ! ajoute François en levant la main.

— Alors ça va. Nadia est mon témoin. Tu as compris, Nadia ?

— Oui, maman, répond-elle sérieusement.

Les quatre membres de l'assemblée acceptent la proposition par un vote à main levée. Une première convention est signée entre les partenaires sous les regards intrigués des dîneurs et de la serveuse qui apporte un carafon de vin rouge.

— À la santé de la démocratie domestique ! À la santé de la justice sociale ! proclame Pierre en levant son verre. Finis les comportements schizoïdes divorcés des réalités de la vie.

Christiane, fière de cette promesse, lève aussi son verre. Puis François. Puis, timidement, Nadia qui fait éclater de rire les trois grands.

La paella fait enfin son apparition dans un grand plat de terre cuite. Dorée, garnie de langoustines, de moules et de crevettes, pimentée de parfums voluptueux. On oublie la fumée des Gitanes. Le vin est capiteux. Les rires chargés d'ivresse.

Lorsqu'ils reviennent à la maison, le soleil a basculé dans la mer, les étoiles dansent dans une moitié de ciel. Ivres folles. Au nord un ciel ténébreux. La baie, prise entre deux colossales falaises noires, baigne dans une moire liquide. Ivre grise. Nadia, juchée sur les épaules de son père, somnole. Les marcheurs se serrent les uns contre les autres pour ne pas chavirer. Les tours tournent sur leur axe. Comme les palmiers qui balancent leurs palmes aux doigts d'étoiles de mer. Nadia est vite déshabillée, bordée. François s'écrase dans le hamac pour contempler le ciel. Pierre et Christiane s'effondrent dans leur lit au matelas moelleux. Enlacés sur les vagues d'une mer ondulante.

Étourdis par le vin et la réconcilliation nouvelle, ils font l'amour. Ils ne se sont pas touchés depuis Paris.

Mon amour. J'ai envie de ton corps, de ta bouche, de tes fesses. Je t'étreins, tu m'étreins. Si fort, qu'un instant le mur s'évanouit. À nouveau ma tête qui chavire. À nouveau la chair qui frémit. Ivre folle.

La visite au château

Le 9 octobre 1970

L'aube entre par les volets ajourés et zèbre le mur de stries lumineuses, longues et fines. Comme au pays des aurores boréales, les nuits de ciel clair, lorsque les rayons de lumière se réunissent en un immense jeu de tuyaux d'orgue.

Après avoir jeté un regard attendri sur l'homme qu'elle trouve beau, Christiane se lève avec délicatesse pour ne pas l'éveiller. Comme lorsqu'elle était petite quand elle devait se taire, le jour, ou marcher sur la pointe des pieds, la nuit, pour ne pas mettre en colère son père qui dormait dans la pièce d'à côté après sa journée de travail à l'usine.

Elle entrouvre un des volets. Le bois grince, résiste. Pierre émet un grognement, se tourne vers le mur. Elle se fait dompteuse, hypnotiseuse. « Chut, chut ! Dors, dors. Dodo l'enfant do. »

De grands cactus en forme de tubes charnus ou de chandeliers, des crassulas, des aloès à feuilles de caoutchouc dessinent un demi-cercle au fond des massifs de géraniums et de lauriers-roses. Devant sa maison, la vieille dame à la silhouette noire et mince est penchée vers la terre. Elle sarcle le jardin, l'arrache au

23

sable qui l'envahit. Seule au milieu de l'oliveraie. Seule comme les femmes qui ont perdu mari et enfants et attendent la mort. Christiane referme lentement le volet. Venant du sud, l'appel sourd des vagues monte vers la rive.

À travers la fenêtre ouverte de la salle de séjour, trois rectangles de couleur se superposent. Bleu. Le ciel sans nuage. Vert. La mer, masse qui bouge et ondoie. Blanc. La grève de sable à reflets d'opale. Christiane avance la tête. Le tableau s'élargit. Sur la gauche, la pointe d'une falaise blanche au profil de jeune femme s'avance vers la mer comme une sirène de bois à la proue d'un navire normand. Sur sa droite, la silhouette en déclin du promontoire sur lequel est perchée la vieille ville.

Nadia se réveille, l'appelle. Elle a les yeux éclatés et brillants. Christiane l'embrasse, serre son corps chaud contre le sien.

— On va se baigner ?

Elles s'élancent dans l'eau en criaillant leur plaisir, les bras tendus comme des ailes. L'eau fraîche contre les mollets, contre les cuisses, contre le ventre. La chair qui frissonne, traversée par un courant d'énergie. Et puis le corps qui plonge, claque contre les vagues de la marée montante. Pierre les rejoint. Les lèvres s'effleurent, les corps s'étreignent comme les algues au fond de la mer.

Pierre et Nadia courent chercher les croissants, le beurre et le café, pendant que Christiane et François transportent une petite table de métal blanc sur la galerie donnant sur la mer et y posent le couvert. Une nappe ronde et blanche, un plat de mandarines.

Il fredonne *En Californie* de Charlebois.

— Cela devrait aller mieux maintenant, remarque-t-elle en s'immobilisant. Cela nous fera du bien d'arrêter un moment.

— Mais oui, ça ira ! Tiens, attrape ! dit-il en lui lançant trois mandarines.

Christiane commence à jongler avec les fruits. L'un après l'autre, ils bondissent, montent, descendent en tournant autour d'un soleil imaginaire sur une trajectoire elliptique. Le mouvement s'accélère. La jongleuse sourit, heureuse comme une déesse qui aurait créé le mouvement cosmique. François applaudit en riant. Une erreur de concentration et le geste défaille. L'astre central s'éclipse. La déesse grimace et meurt. Une mandarine s'écrase sur le sol.

— Non ! s'écrie Christiane.

— C'était beau ! Ta meilleure performance jusqu'à maintenant.

— Tu la veux ? dit-elle en lui lançant un des fruits.

Mordant dans la pulpe tiède et acide, ils regardent un couple de personnes âgées s'approcher, la démarche cahotante. Les corps sont lourds, défraîchis comme de vieux tissus usés par le temps et les éléments. La dame porte un chapeau de paille qui lui cache les yeux, un maillot de bain blanc sur lequel sont imprimées de grosses fleurs magenta et un grand sac du même tissu. L'homme, dont le crâne dégarni et bronzé brille au soleil, transporte deux chaises de plage. Il a la tête de Picasso. Essoufflés, ils s'assoient, le visage tourné vers la mer.

Nadia et Pierre reviennent le sourire aux lèvres. La même tête bouclée blonde. Le même regard bleu changeant avec les humeurs du temps. Pierres couleur de mer. Turquoise ou améthyste. Ce matin, le regard est turquoise. Le miel et la confiture coulent sur les croissants, dans la bouche, le long de la gorge. On parle peu. Comme si l'on avait peur que la parole rompe le charme. Les touristes commencent à affluer sur la plage avec leurs serviettes, leurs sacs de victuailles, leurs chaises de couleur. Comme une horde assoiffée d'eau et de feu qui vient offrir sa peau blanche et vulnérable à un dieu-soleil.

Hormis l'enfant qui souhaite retourner se baigner, les adultes n'ont qu'une envie : quitter ce lieu devenu subitement lieu de promiscuité. Ils décident de réserver les moments de plage pour les premières et les dernières heures du jour. Ils iront voir le château aperçu hier à travers les vapeurs de brume.

— On peut louer une voiture pour s'y rendre, suggère Pierre. Faudra être prêts quand j'arriverai. On n'a pas de temps à perdre si on veut faire le trajet durant la journée.

Il recule sa chaise et entre dans la maison pour y chercher son portefeuille.

— Et ça recommence ! pense Christiane.

— Dépêchez-vous ! Je serai là bientôt.

Pierre a horreur d'attendre, même en vacances. Il faut toujours être à l'heure. À l'heure fixée pour les repas, pour les départs. Afin d'éviter un affrontement inutile, Christiane se presse de desservir la table avec François, de faire les lits, de s'habiller et de garnir le panier à pique-nique.

— Dépêche-toi, Nadia ! Lave-toi les mains, le visage et les dents. Vite !

Elle bouscule gestes, paroles et objets. Vite ! Une assiette glisse de ses mains, se fracasse sur le parquet de céramique. Vite ! Les mains cueillent les morceaux de faïence.

— Maman, fais attention !

— Christiane, tu n'as pas à être nerveuse, ajoute François pour la rassurer. De quoi as-tu peur ?

Quand Pierre arrive en trombe dans une Land Rover décapotable rouge, les préparatifs ne sont pas terminés. Son cœur bat. Elle a peur de la foudre qui va s'abattre. De l'aigle, du nuage qui risque d'assombrir le soleil.

— Vous n'êtes pas encore prêts ? Je vous l'avais dit que l'on partirait…

— Pierre ! Les nerfs ! s'exclame François.

Les filles écoutent, silencieuses. Christiane dompte sa rage. La barricade. Elle la sent se métamorphoser en tristesse subite.

— Tant pis pour le pique-nique, se dit-elle avec un nœud au fond de la gorge. Tant pis pour les dents que Nadia n'a pas encore lavées… Tant pis pour tout.

Au sortir de la maison, Nadia remarque les minuscules fourmis noires qui surgissent de terre devant la galerie. François se penche et observe. Pierre le ramène aussitôt à l'ordre.

— Le chef a parlé ! Écoutons les ordres, maugrée François en regardant Christiane.

Sur la route, pour chasser sa tristesse soudaine, elle essaie de se concentrer sur les caresses folles du vent sur son visage. Ses cheveux s'emmêlent, dissimulent les paysages défilant à haute vitesse. François et Nadia sont à l'arrière, silencieux. La voiture file vers l'édredon de cumulus gris qui recouvre la région, au-dessus d'une éclatante éclaircie.

— Maman ! Regarde ! On dirait que le ciel est coupé en deux.

Le château se profile à l'horizon comme un obélisque entre les vallonnements des champs d'amandiers et d'oliviers et les escarpements de la sierra. Des hommes et des femmes de tout âge cueillent les petits fruits noirs tombés sur les toiles couvrant le sol. Pourtant les olives noires se cueillent en décembre et la récolte des olives vertes se fait en octobre. Comme chez la señora García Márquez. Mais aucun des trois voyageurs n'a envie de parler.

La sueur coule sur le visage des ouvriers et des ouvrières. Certains se retournent pour regarder filer la voiture. Seuls les enfants envoient la main et sourient aux touristes qui passent. Hissée sur un pic de grès et de calcaire avec, pour seul moyen d'accès, une arche étroite creusée dans le roc, la forteresse surgit inquiétante.

— Maman ! Je voudrais faire un château de sable comme ça.

Mon enfant, ma fille, je voudrais tant te dire que les châteaux ne sont pas pour toi. Des cavaliers d'Arabie, de France ou d'Allemagne sont venus prendre cette terre. Le pays fut mis à sang et à sac au nom de leur dieu, au nom de leur roi. Les châteaux c'est pas pour les p'tites filles.

Au nom du Père, du Fils et du Saint-Esprit. Franco s'en va-t-en guerre, mironton mironton mirontaine, Franco s'en va-t-en guerre. L'homme voit rouge. Viva la muerte. Pluie de roquettes et de bombes. Les châteaux c'est pas pour les petits.

Mon enfant, ma fille, je voudrais tant te dire que la guerre n'a pas cessé, que l'ombre des seigneurs et des vautours vole bas au-dessus de cette terre. Mais le peuple serf et la femme esclave ont peur que le sang ne coule à nouveau et ils se taisent.

— Maman, papa, je voudrais monter aussi, supplie Nadia en pointant du doigt des touristes qui montent au château à dos d'âne.

Pierre hisse Nadia sur l'animal et paie la somme requise par son propriétaire.

— Hi-han ! Hi-han ! fait Nadia pour imiter la bête de somme.

Des passants éclatent de rire. Ils traversent la porte découpée dans le roc par laquelle seuls les piétons et les ânes peuvent passer.

Le château n'était qu'un mirage. Il n'en reste que la façade et les pierres qui délimitent les anciennes fondations. À l'intérieur des murs, la place est occupée par une série d'étalages tenus par des commerçants autour desquels fourmillent des touristes.

— À vendre ! Paniers d'osier et nappes de dentelle, crie un des marchands aux visiteurs indifférents.

L'homme d'âge mûr, au ventre rond et confortable, est accompagné d'une jeune fille d'allure timide et craintive à chevelure de gitane.

Pierre s'approche du marchand et s'amuse à répéter en français et en anglais :

— À vendre ! Paniers d'osier, tissages et nappes faits à la main !

Le marchand s'amuse. Sa fille sourit. Des couples s'approchent, intrigués.

— Regardez cette dentelle, ajoute Pierre, cajoleur, en s'adressant à une dame. Entièrement faite à la main. Regardez... par les femmes du pays. Et pas chère. ¿ Cuántas pesetas señor ? 1500 pesetas ! C'est donné !

Pendant que la femme examine soigneusement la pièce, tissée comme une toile d'araignée, il se saisit d'une autre nappe à motifs d'arabesques, la pose sur ses épaules et, la serrant contre lui, commence à danser un flamenco en lorgnant d'un oeil ténébreux la fille du marchand. Les talons des bottes claquent contre le pavé et soulèvent une fine poussière. Embarrassée, la fille baisse la tête et rougit. Les gens applaudissent.

Un jeune homme, celui qui vend des violes, entre dans le jeu en martelant un tambourin. Christiane remarque un superbe garçon aux traits fins qui entonne un chant langoureux. Pierre fixe la fille, muette d'émotion. Christiane voudrait disparaître. Elle essaie de se concentrer sur les paroles du chanteur mais n'y comprend rien. Les spectateurs applaudissent.

Le danseur devient matador. Il retire sa veste de dentelle, la transforme en muleta. La cape virevolte. Un homme surgit on ne sait d'où, fonce tête baissée. ¡ Olé ! Le matador l'esquive. ¡ Olé ! L'homme recule, gratte le sol de ses pieds, stimulé par les rires du public. Il contre-attaque, effleure la cape, perd pied et glisse sur le sol. Des cris, des rires secouent les spectateurs.

François, qui s'est emparé d'une guitare, amorce un air de tango. Essoufflé, Pierre remet la nappe à la jeune vendeuse comme s'il lui offrait un présent puis, la saisissant par la taille, la serre contre lui. Leurs prunelles brillent. C'est le délire.

— Ouille ! ouille ! crient des touristes.

Des hommes et des femmes laissent échapper de petits rires nerveux.

Pierre dirige la danse sur un rythme à deux temps. Elle n'a qu'à suivre. Un ! deux ! Il la fixe dans les yeux. Un ! deux ! Quelques centimètres à peine séparent leurs visages. Brusquement il la renverse sous lui. Christiane ne veut plus voir leurs regards. Ce regard de conquérant. Ce regard d'ingénue. Elle se réfugie près de François, les yeux pleins d'eau.

— C'est fini ! Les accords de la guitare s'arrêtent brusquement.

Décoiffée, bouleversée, la marchande retourne derrière son étalage dix fois plus intimidée qu'elle ne l'était au début. Des femmes se précipitent sur les nappes, les examinent, les tâtent, lui en demandent le prix.

Christiane se laisse entraîner par Nadia vers un étalage de poupées. Elle refoule ses larmes mais ne peut chasser cette boule qui lui serre la gorge.

— Maman, je les veux !

Nadia, excitée, s'empare d'un couple de poupées en tissu.

L'homme porte un costume de matador noir brodé d'or, la femme une large robe de dentelle et une mantille blanche.

— Je les veux. Je les veux, supplie Nadia.

— Arrête ! Arrête, répond-elle avec lassitude. Tu les auras, tes poupées. ¿ Cuánto señorita ?

Elle dépose les billets dans la main de la vendeuse qui l'examine, sans doute intriguée par sa nervosité.

Pierre et François discutent avec le marchand qui s'extasie devant les qualités de danseur de Pierre et lui offre de l'embaucher comme vendeur. François traduit ce que Pierre ne comprend pas. Celui-ci éclate de rire.

— Ce n'est pas mon métier. Je m'amusais, c'est tout.

— D'où venez-vous ?

— Du Québec, répond François.

— Du Québec ?

— Du Québec. Au Canada, précise Pierre.

— L'Amérique alors ? Et vous parlez français là-bas ?

Les deux compagnons acquiescent.

— Est-ce que vous avez besoin d'un permis pour vendre ici ? demande Pierre soudainement.

— Oui, affirme le marchand, tout à coup suspicieux.

— Et pour avoir ce permis, qu'est-ce qu'il faut faire ?

— Il faut payer une redevance. C'est tout. Et être un bon citoyen.

— Et qu'est ce que ça veut dire être un bon citoyen ? insiste Pierre.

— J'imagine… la même chose que dans notre pays. Obéir aux lois et à ceux qui commandent.

— Permettez-moi d'être indiscret, chuchote Pierre. Avez-vous déjà eu des problèmes avec le régime ? Et vos amis ? Et votre famille ?

— Je ne fais pas de politique, messieurs, tranche sèchement le commerçant, visiblement ennuyé.

— Et le brouillard, monsieur ? Le brouillard ? lance François conscient de l'agacement de l'homme. Est-ce qu'il est toujours là sur vos têtes ? Et les olives noires, en ce moment, pourquoi ?

L'Espagnol hausse les épaules et sourit à un touriste qui s'approche.

— Ce poncho vous intéresse, señor ? Tout en laine. Seulement 1500 pesetas pour vous.

— No gracias. Je n'ai pas assez de pesetas sur moi.

— En tout cas, ajoute Pierre avec son plus beau sourire, vous avez une bien jolie fille. Comment s'appelle-t-elle ?

— Concepción, répond fièrement le marchand en jetant un coup d'oeil à celle qui vient de terminer une transaction avec une Allemande.

31

Nadia revient en courant, tire sur le jean de son père.

— Papa ! regarde ce que maman m'a acheté. Comment je pourrais les appeler ?

— Du nom de monsieur et de mademoiselle. Votre nom, monsieur ? Ramón ! Alors ce sera Ramón et Concepción... comme dans la chanson. On dit adiós ?

— Adiós, répète la fillette en riant pendant que François et Pierre donnent une poignée de main au vendeur.

— Tu vois comme c'est difficile de les faire parler, constate Pierre en se dirigeant vers un des étalages voisins.

— Ils ont peur. C'est comme ça dans toutes les dictatures. C'est comme ça au Maroc aussi. Il y a un homme là-bas qui m'a déjà dit qu'il ne parlait jamais de politique aux touristes parce qu'il avait peur de se faire zigouiller.

Ils dénichent finalement des couteaux à manche de cuir. Christiane n'a rien acheté. Elle n'a envie ni d'un poncho, ni d'un château miniature, ni d'une épée... ni d'une nappe de dentelle.

— Vous avez terminé ? On s'en va ? demande Pierre en se retournant vers Nadia et Christiane.

— Oui, moi, je suis prête, répond la fillette en rejoignant son père.

— Alors viens, monte sur mes épaules.

L'enfant saute de joie.

— Avec Ramón et Concepción aussi ?

— Attends un moment, ajoute Christiane qui essaie de chasser son ressentiment. Viens, je vais les asseoir dans le capuchon de ta veste.

L'enfant se laisse faire et grimpe sur les épaules de son père qui brait avant de partir.

— Hi-han ! répète celle-ci.

La voiture rouge les attend au bas du promontoire. Ils y prennent place dans le même ordre. Pierrre et Christiane à l'avant. Nadia et François à l'arrière. Ils refont la même route, aperçoivent les mêmes cueilleurs qui détournent la tête, le temps de laisser la poussière, soulevée par l'auto, se dissiper dans l'air. Là où les nuages de plus en plus bas resserrent leur étau.

François et Nadia contemplent le paysage. Pierre se cramponne au volant qui adhère à la route en lacet. Christiane a soudain l'envie de rompre le silence, d'écraser le bruit du moteur de sa voix.

— Elle te plaisait bien, cette fille ! s'exclame-t-elle en jetant à son compagnon un regard gauchement taquin.

— Elle était bien belle, admets-le. Tu es jalouse ?

— Je ne suis pas jalouse, je constate. Je constate aussi que tu les aimes ingénues, pour ne pas dire…

— Et tu veux me faire dire que j'aime les femmes passives, soumises, c'est ça ? Si c'est ce que tu penses, au moins… elles ne se torturent pas l'esprit avec des riens… elles !

— Qu'est-ce que t'en sais ?

— Ah ! T'es pas drôle. Pas moyen de s'amuser avec toi. Que fais-tu de l'innocence ?

— Et ça te fascine une femme comme ça ? Ça te fascine de la séduire ?

— Ah ! Shut up !

Elle se sent à nouveau vaincue. Le silence s'installe entre eux. Une colère sourde monte en elle. Il faudrait qu'elle dise. Qu'elle dise plus. La voiture roule de plus en plus vite. Les passagers s'accrochent aux poignées des portières jusqu'à ce qu'ils atteignent les limites de la ville dont le profil des tours découpe la surface lustrée de la mer. La Land Rover pénètre lentement dans le sentier, passe devant la propriété silencieuse de María García Márquez. Pierre laisse descendre ses compagnons puis se dirige vers le garage de location pour rendre le véhicule.

La mer s'est éloignée de la terre. Entre elles, une vapeur d'eau monte vers le ciel, presque irréelle. Nadia et François franchissent la zone de sable humide laissée par la marée basse. Ils bondissent, agiles comme des gazelles. La crinière longue et brune de François claque contre ses épaules. Celle de Nadia épaisse et bouclée, presque rousse, tournoie, danse, tresse des spirales qui se font et se défont. Les jambes, le dos, la tête s'immergent dans l'eau. Puis les cheveux disparaissent sous une vague qui fait le dos rond. Derrière eux, Christiane s'approche lentement, écoute la succion de la glaise sous ses pieds.

Je ne puis plus courir. Mes ailes sont pétrifiées, chargées d'huiles lourdes. Je ne puis plus voler. Entre vous et moi, il y a cet espace. Assez ! assez ! Ici et maintenant, il n'y a que ça. La mer verte et sauvage, le soleil jaune, le sable blanc, les rires de Nadia, la beauté androgyne de François, la lumière topaze de ses yeux au soleil, le dernier regard d'encre marine de Pierre, Assez ! assez !

* * *

Elle s'en veut de comparer les deux hommes. D'ailleurs, malgré cette complicité créée entre eux depuis les débuts du voyage, elle demeure convaincue que François est d'abord et avant tout l'ami de Pierre. Une amitié née d'une multitude d'idées, de pratiques et d'intérêts communs. Ils ont étudié ensemble, apprécié ensemble Dylan, B.B. King, découvert ensemble la réalité politique et sociale du Québec. Durant les trois dernières années, ils ont distribué des tracts, participé à des manifestations pour la défense de la langue française au Québec, pour les droits des étudiants, pour les droits des travailleurs, contre la guerre du Viêtnam, à Washington, devant l'ambassade des États-Unis à Montréal...

Elle se rendait rarement à ces événements, surtout lorsqu'ils se passaient à l'extérieur de Montréal. Il y avait l'enfant... ou son travail... ou l'embryon indésiré dont elle s'était...

Après son départ de l'hôpital, elle avait cependant participé, avec eux et Nadia, à la grande marche sur le parlement de Québec qui avait mobilisé 40 000 personnes et 1000 policiers. C'était tout. François venait rarement à la maison, car Pierre préférait rencontrer ses amis à la taverne. La première fois, c'était le 24 juin 1968. Les deux amis étaient arrivés ensanglantés. Christiane, qui n'avait pu se rendre à la fête de la Saint-Jean, faute de gardienne, avait pansé les plaies. Pierre avait reçu un coup à la tête et vociférait continuellement : « Les salauds ! Les salauds ! » François, pourchassé par un policier à cheval, s'était écorché la jambe en tombant sur le trottoir.

Énervé, Pierre ne cessait de répéter :

— Mais qu'est-ce que tu attends ? Fais quelque chose ! Apporte de la glace, des pansements ! Tu ne vois pas ? Ça saigne ! Ah ! Les chiens ! Les cochons ! Y nous paieront ça un jour.

— Qu'est-il arrivé ? ne cessait-elle de demander pendant qu'elle cherchait le mercurochrome et le coton hydrophile.

— Est-elle tannante ! s'exclamait Pierre en regardant son camarade. Tu vois comment elle est !

François lui avait alors expliqué paisiblement ce qui s'était passé.

Ils avaient simplement commis l'erreur d'être près de l'estrade d'honneur du parc Lafontaine, pendant que des manifestants lançaient des bouteilles en direction de Pierre Elliott Trudeau. Les policiers, à cheval ou à moto, avaient chargé pour disperser la foule à coups de matraque. Sans aucune distinction. Coupable ou non. Ils s'étaient retrouvés sur le pavé au milieu de la débandade générale, des cris et des hurlements, au milieu des pas des chevaux et des humains. La dernière image dont François se souvenait avant sa fuite, c'était celle d'une grande mare de sang sur le trottoir. Ils ne comprenaient pas pourquoi ils n'avaient pas fait partie des centaines et des centaines de manifestants qui avaient été jetés dans les paniers à salade. Trudeau, en bon cavalier du fédéralisme qui s'était engagé à abattre le monstre indépendantiste au Québec, s'en était bien tiré... sans une égratignure.

Elle ne connaissait, alors, presque pas François. Elle savait cependant qu'il venait d'un quartier ouvrier de l'est de Montréal. Qu'il avait dû abandonner ses études pour travailler comme vendeur dans un magasin de chaussures, puis comme technicien dans un atelier de réparation d'instruments de musique. Que le soir, il composait avec sa clarinette ou sa guitare et qu'il jouait parfois dans un bar avec un groupe de musiciens de jazz et de blues. Et qu'il fascinait Pierre. Sans doute par ses origines prolétariennes. Également pour ses qualités de créateur, sa ténacité. Pour sa différence.

Pierre avait plutôt choisi de faire des études en sociologie, à l'Université de Montréal, au grand désarroi de son père qui le voyait déjà à la tête de son centre commercial.

— Avec le sens de l'organisation que tu as, lui disait-il, tu pourras me remplacer. Il le faut ! C'est pour toi que j'ai monté cette entreprise. Il faut absolument que tu fasses des études en administration. Sinon !

Le fils avait résisté au père qui, fâché, lui avait coupé les vivres. Il avait claqué la porte, fait sa première fugue. Elle l'avait rencontré, complètement perdu, à la dérive sur une plage des Îles-de-la-Madeleine. L'amour avait tôt fait de tout réparer. Après les vacances, il s'était installé chez elle, dans son petit appartement de la rue Prince-Arthur. Puis, pour l'aider à compléter ses études, elle avait renoncé aux siennes pour travailler comme secrétaire dans une entreprise de textiles. Ils s'étaient mariés peu de temps après, surtout pour renouer avec les parents de Pierre. Surtout parce qu'elle était enceinte. Les relations étaient demeurées froides, son père se montrant intraitable et sa mère mécontente de son choix.

— Tu aurais pu trouver mieux, lui avait-elle dit. Une fille de notre milieu. Nous ne sommes plus dans les contes de fée. Ton père et moi, nous sommes devenus riches, mais ensemble.

Lorsqu'ils avaient appris la cause des rondeurs de leur belle-fille, ils avaient fait une crise, raccroché le téléphone, claqué la lourde porte de chêne. Trois mois plus tard, elle accouchait dans la douleur avec la bénédiction des nouveaux grands-parents. Ils avaient maintenant une petite-fille, même si ce n'était pas le gar-çon qui aurait pu assurer la lignée des Lavoie. Et ils avaient du même coup retrouvé l'enfant prodigue.

* * *

— Christiane ! Christiane ! Viens.

Les gazelles sont devenues des phoques s'ébrouant dans l'eau. Leurs cheveux collés sur la tête comme des pelages lisses et noirs. Leurs cris perçants comme ceux des mammifères marins. Christiane plonge, remonte, sourit, roule sur elle-même, et se laisse couler dans la mer chaude et silencieuse. Des poissons plats et colorés filent entre ses jambes. Elle sent leur peau lisse la frô-ler. D'un coup de rein, elle bondit en poussant un cri long et strident comme celui des goélands. Un cri venu du creux du ventre pour chasser l'angoisse. Elle existe.

Formant une chaîne de leurs bras, ils accourent vers la rive. Ils se laissent tomber sur le sable chaud, s'y roulent, s'y aban-donnent. Les grains de sable percent les bulles d'eau et recouvrent leur peau devenue rugueuse comme celle des reptiles.

— Maman, je fais un château, viens voir !

Elle dessine sur le sable un rectangle représentant le pavillon central et quatre cercles à la place des futures tourelles. Elle rem-plit son seau de sable humide pour monter la première tourelle. Celle-ci s'écroule. Nadia se reprend. Le sable glisse toujours. La tour se fendille. Malgré les conseils de Christiane et de François, la troisième s'affaisse. Rien à faire. Déçue, l'enfant retourne à la mer.

Une bande de chiens maigres et bigarrés suivent une petite chienne au pelage roux et aux mamelles pendantes. Les plus gros en tête du défilé, les plus petits à la queue. Nadia court derrière pour retenir le plus petit. Un affreux mélange de basset et de chihuahua. Christiane la retient.

— Le souper ! s'écrie-t-elle. J'ai failli oublier ! Et Pierre qui va rentrer bientôt. Encore une engueulade.

— Tu veux que je t'aide à faire le marché ? propose François.

— Non, laisse. Je préfère que tu restes avec Nadia.

Elle court à la maison se rhabiller, s'empare du panier à provisions et se précipite vers le marché.

La foule y est abondante à cette heure. Ça sent le poisson frais et les crustacés.

— Du riz. De l'ail. Des piments. Des tomates et du safran. Du poulet ? Non, pas de poulet. Ce serait trop long.

Des marchands la regardent, intrigués.

— Ah oui ! Il faut du beurre aussi et de l'huile.

— ¿ Tiene usted burro ? demande-t-elle à un homme au ventre rond et aux favoris noirs, épais comme des plumeaux.

— ¿ Burro ? ¿ Burro ? répète l'homme interloqué. No tengo burro.

— ¡ Si ! ¡ Si ! Esto, insiste Christiane en montrant du doigt un morceau de beurre.

— ¡ Oh ! ¿ mantequilla ? ¿ mantequilla ? Si ! Si, señorita, répète l'homme en montrant de larges dents blanches.

Le marchand et sa femme rient à gorge déployée. Elle a bien dit « burro » ! Elle a bien demandé de l'âne ! De l'âne à manger, est-ce possible ? Ha ! Ha ! Ha !

Christiane sourit puis se fraie un chemin à travers les touristes anglais, allemands, français…

— « Combien le kilo de tomates ? — Did you see these oranges ? — Moi, j'aimerais demeurer ici, surtout pour le prix des aliments. — You don't speak english ? — Ça vit avec les touristes et ça ne peut même pas parler leur langue. — Hast du gesehen wie die Frau daneben gross ist ? — Ça doit être leur religion qui les oblige à s'habiller en noir comme ça… — Au moins, ici ils ont une main-d'oeuvre à bon marché. — There is no need for unions here !

À la sortie du marché, elle bouscule un homme dont elle ne voit que la bouche rouge et épaisse.

— Merde ! Vous pourriez faire attention, espèce d'andouille ! crie-t-il avec l'accent parisien.

Les piments et les tomates qui tapissaient le dessus de son panier roulent sur le pavé.

— Excusez-moi, j'étais pressée, répond-elle en se penchant pour ramasser les légumes.

— Il est un peu tard pour s'excuser. Idiote ! Tu ferais mieux de te couper les cheveux, tu verrais plus clair.

Christiane se redresse, se campe devant lui. Elle bouillonne.

— Tu veux rien comprendre, espèce de chialeux. Eh bien ! va manger ta merde, lui lance-t-elle en parodiant son accent.

Indigné, l'homme tourne les talons sans ajouter un mot et continue sa route.

Étonnée de sa propre réaction, elle sourit et se presse vers la maison.

« Si Pierre m'attaque au retour, c'est comme ça que je lui répondrai. Fini la politesse de petite fille. Il faut savoir affronter l'adversaire. » Elle imagine Pierre, la bouche écumante, les yeux énormes.

« Comment ! Le souper n'est pas prêt ? Tu sais quelle heure il est ? Tu as traîné encore ! Y a rien à faire avec toi, idiote. »

« Me traiter d'idiote deux fois dans la même journée, ça suffit » se dit-elle. Je lui répondrai sur un ton solennel : « Cher camarade, le plan ne prévoit pas d'heure précise pour les repas. » Ou bien, sur un ton insolent : « Tu n'es pas content ? Et bien, va manger ailleurs. » Ou avec autorité : « Fais la vaisselle d'abord. Je ferai le souper après. » Ou encore, avec l'accent parisien : « Monsieur n'est pas content ? Et bien qu'il aille se faire foutre ! » Ou mieux avec l'accent québécois : « Va donc chier ! »

Elle se trouve grossière, méchante mais cultive sa colère, la savoure. Son pas est énergique et rapide. Elle sent son coeur cogner contre sa poitrine.

Un gros nuage en forme de chat blanc se détache du brouillard accroché au ciel du nord et file avec elle du côté du bord de mer.

Ils ont quitté la plage. Les fondations du château de Nadia se désagrègent, rongées par l'ourlet d'une vaguelette et un mistral de surface qui pourchasse les grains de sable. Christiane imagine à nouveau Pierre qui l'attend, furieux, près du seuil. Elle relève la tête, fronce les sourcils, durcit les mâchoires, prête à mordre. La porte est ouverte. La maison étonnamment silencieuse. Pierre et François sont assis autour de la table, l'air atterré. Entre eux, le journal *El pueblo,* ouvert. Pierre le lui tend. Le masque qu'elle s'était fabriqué s'écroule. En gros titres : « El ejército Canadiense está en alerta. »

L'ARMÉE CANADIENNE SUR UN PIED D'ALERTE

Montréal. Depuis l'enlèvement par des terroristes du diplomate anglais James Richard Cross, survenu lundi dernier à Montréal, l'armée canadienne est sur un pied d'alerte. La police effectue des perquisitions à travers le Québec. Hier, un convoi de 24 camions militaires a paradé dans les rues de Montréal.

En échange de son otage, le Front de libération du Québec exige la libération des prisonniers politiques, le réengagement de 400 ex-employés de la compagnie Lapalme, mis à pied par le ministère fédéral des Postes et la diffusion d'un manifeste politique. Si ces conditions ne sont pas respectées, les terroristes felquistes menacent d'éliminer le diplomate. Jusqu'ici, seule la diffusion du manifeste a été accordée, hier soir, lors des informations télévisées de Radio-Canada.

— T'imagines ça, s'exclame Pierre, sarcastique. Gaétan Montreuil, avec l'air empesé des annonceurs de Radio-Canada, en train de lire, les lèvres serrées : « Bourassa le serin des Simard », « Trudeau la tapette », « Rémi Paul la garcette ». Il devait se mordre pour ne pas rire… c'est pas possible !

Christiane demeure abasourdie. Elle regarde la photo du diplomate anglais, un homme d'allure sobre aux tempes grisonnantes et, en filigrane du manifeste, le profil du vieux patriote de la rébellion de 1837 portant tuque, pipe et fusil. Elle parcourt rapidement le texte.

> Le Front de libération du Québec n'est pas le Messie ni Robin des Bois. C'est un regroupement de travailleurs québécois décidés à tout mettre en oeuvre... pour l'indépendance totale des Québécois...
>
> Le FLQ est la réponse à l'agression organisée par la haute finance, les marionnettes des gouvernements fédéral et provincial... 100 000 travailleurs révolutionnaires organisés et armés... Nous en avons soupé du fédéralisme canadien. Qui pénalise les producteurs laitiers du Québec... jette à la rue les petits salariés des textiles et de la chaussure. Nous en avons soupé d'un gouvernement de mitaines qui fait mille et une acrobaties pour charmer les millionnaires américains... Travailleurs des mines, de la forêt, enseignants, étudiants, chômeurs, prenez ce qui vous appartient, votre travail, votre détermination et votre liberté...
>
> Vive le Québec libre ! Vive la révolution québécoise !

Elle se laisse tomber sur une chaise.

— Si je m'attendais à cela, bredouille-t-elle.

— Et moi donc ! reprend François. Le FLQ qui passe aux enlèvements... l'armée dans Montréal...

— Avec les compliments de l'homme qui porte la rose à la boutonnière, ironise Pierre.

— On a déjà fait la guerre avec des roses ou pour des roses, ajoute Christiane. Ça fait déjà cinq jours que c'est arrivé et nous ne le savions même pas.

— L'isolement a assez duré, déclare Pierre. Faut suivre les nouvelles... peut-être à Radio-Canada international ce soir. Demain, j'envoie un télégramme à mes parents. Ils doivent être atterrés... mais pas pour les mêmes raisons.

— Roch ? Guy ? Penses-tu qu'ils sont dans le coup ? demande François.

— J'sais pas… Ça fait presque un an que j'les ai vus. La dernière fois, c'était lorsqu'ils s'étaient fait arrêter à la manif du McGill français. C'est possible.

— En tout cas, ça c'est d'l'action. J'aimerais bien être là, moi… j'espère qu'y lâcheront pas. Faudrait tous les enlever… Trudeau, Bourassa en premier… ça les ferait peut-être réfléchir ?

— Tu crois ? Tu crois que ça ferait réfléchir ton père s'il était enlevé ? remarque Christiane, agacée.

— Peut-être, qui sait ? Il a toujours dit que la peur, c'est l'arme de la sagesse.

— C'est un vrai suicide.

François, étendu sur le sofa, les observe.

— Je ne suis pas assez naïf pour croire qu'il suffit d'un enlèvement pour faire la révolution, voyons !

— Mais, ils ne sont pas 100 000, tu le sais très bien, reprend Christiane. Ils sont une poignée. Ça fait sept ans qu'ils posent des bombes. Tu crois que ça a contribué à faire avancer la cause du Québec ?

— Mais qu'est-ce que tu veux qu'on fasse, ma pauvre Christiane ? On n'est même pas foutus de s'élire un gouvernement qui nous défende. C'est pas en faisant disparaître des symboles comme le mouton de la Saint-Jean-Baptiste qu'on gagnera. Ni en brûlant les drapeaux de l'Union Jack, ou Trudeau en effigie. Ni en recouvrant les murs de graffiti : « Vive le Québec libre ! »

— Sauf que le peuple ne suit pas…

— Le peuple ! Le peuple ! Il suivra bien un jour. Tu penses, toi, qu'il faut compter sur la majorité silencieuse ?

— Ces gestes-là amènent la répression.

— Plus les gouvernements seront répressifs, plus le peuple, justement, prendra conscience.

— Plus il prendra peur, plus il s'écrasera.

François, mal à l'aise, s'est retiré dans la cuisine. Pierre hésite à continuer.

— Il faut parfois un choc pour se rendre compte qu'on est opprimé… Ton attitude, c'est l'attitude type du colonisé. Toi, tu fais comme le Christ. On te donne une claque et tu tends l'autre joue.

Christiane sursaute.

— Il y a d'autres moyens que l'agression physique pour répondre à l'agression.

— Lesquels ? Hein ! dis-moi, lesquels ? La résistance passive peut-être ? Comme Gandhi. Fais-moi rire ! Tu as peur. Ma pauvre fille, y faudrait peut-être que tu te fasses, toi aussi, taper dessus à coups de matraque pour que tu comprennes. C'est la preuve que tu ne comprends justement pas grand-chose à la politique.

— C'est ça, traite-moi d'idiote parce que moi, je ne fais pas de maîtrise en sociologie…

Pierre se rend compte qu'il est allé trop loin.

— Avant qu'on en vienne là, prépare donc le souper. Ce serait le temps, non ?

Christiane se lève, la rage au coeur. Elle voudrait retrouver les paroles qu'elle s'était promis de lui dire mais l'esprit s'y refuse.

Elle ramasse le panier de victuailles et se dirige vers la cuisine en retenant ses larmes. Des larmes de colère, des larmes de désespoir. Elle aurait envie de tout casser. Elle se contente de ruminer.

— Ainsi, se dit-elle, monsieur me retourne à mes plats quand je lui déplais, quand j'ose m'opposer. Bien sûr, monsieur préfère converser avec un camarade qui s'est retiré au premier signe d'altercation. Un homme, c'est tellement plus logique… !

— Tu veux de l'aide ? demande François à Christiane en essayant de capter son regard.

— Non merci, répond-elle sèchement, sans pouvoir retenir un sanglot.

Elle l'entend ouvrir l'armoire de bois, le tiroir qui contient la nappe blanche, celui des ustensiles, les panneaux derrière lesquels sont empilées les assiettes bordées de petites fleurs rosées. Les mots de Pierre tournoient dans sa tête. « Tu as l'attitude typique du colonisé… On te donne une claque sur une joue et tu tends l'autre joue. Gandhi. La résistance passive. Eurk ! Va donc faire le souper. »

L'oignon la fait pleurer et ses larmes ont le goût de la mer.

Aveuglée, elle s'entaille un doigt. Le sang colore l'oignon. Elle jette les rondelles rosé rouge puis lèche la plaie mais le sang coule encore. Un pansement, déniché dans la trousse de soins, arrête l'hémorragie. Pierre essaie de reprendre la discussion avec François.

— Si tu permets, s'exclame François, je préférerais ne pas en parler. Pas pour le moment.

— Tu es du même avis qu'elle, c'est ça ?

Surpris, François hésite avant de répondre, évite de se tourner vers Christiane.

— Oui, si tu veux savoir, je suis du même avis qu'elle. Ce n'est pas une poignée d'hommes qui va faire la révolution contre un État armé. Il n'existe pas de conditions objectives suffisantes pour faire la lutte armée au Québec. Surtout après la dernière défaite électorale.

— Toi tu es plus blasé que moi, mon vieux.

— J'suis pas ton vieux ! J'suis réaliste. Tu sais comment ils ont fini, les patriotes, en 1837 ? Sur l'échafaud. En exil.

Les deux hommes sont face à face. Christiane tourne et retourne vivement les légumes dans le poêlon.

— Charrie pas ! Laisse faire le passé. Le Québec a maintenant une base indépendantiste, une avant-garde socialiste.

— On a quand même élu Bourassa à Québec, Trudeau à Ottawa.

— Tu m'déçois en maudit ! Après tout ce qu'on a fait ensemble… Veux-tu que j'te dise ? Vous avez la chienne. Tu ne penses qu'à ton p'tit confort.

— C'est un futur prof d'université qui dit ça à un p'tit cul comme moi ? Un gars élevé dans les beaux salons d'Outremont ?

— On ne choisit pas ses origines.

— Et je suppose que toi, t'es prêt à mourir pour cette cause-là ?

— Mourir pour ça ou pour autre chose…

— Facile à dire quand on n'est pas derrière les barricades.

La remarque fait bondir Pierre.

— En tout cas, c'est pas avec des lâches ou des peace and love à la manque que l'on va changer quelque chose ! Ce sont des gens comme toi qui sont dangereux.

François surprend le regard déconcerté de Christiane.

— Tu confonds tout. Ce n'est pas en montrant ses poings puis en faisant sauter de la dynamite qu'on va transformer le Québec. Si tu crois comme Vallières que la liberté est au bout du fusil, c'est ton affaire. J'préfère ne plus en parler.

— Il y a des pays où ça a marché.

— Oui.. à Cuba, au Viêt-nam, en Chine. Et qu'est-ce qu'on en a fait de la révolution ? On a instauré au nom du peuple un autre système de répression. Je me méfie de plus en plus de ce qui est chef ou système. Parce que dans chaque pouvoir, il y a un germe de totalitarisme. De droite ou de gauche.

— Tu as beaucoup changé, mon gars.

François hésite avant de répondre.

— Je crois plus à l'éducation qu'à l'agitation. Toi aussi, Pierre Lavoie, tu as changé. Je me rappelle du temps où tu critiquais les actions du FLQ.

— Il y a des limites à la patience. Il y a des limites au désespoir.

— Bon, j'arrête. De toute façon, chacun va rester sur ses positions. Christiane, je vais chercher Nadia.

Le riz, couché sur son plat d'argile, répand une odeur d'ail, de safran et de légumes grillés.

— Ce sera bon comme d'habitude ! Comme si rien ne s'était passé, se dit-elle.

Pierre, debout devant la fenêtre donnant sur la mer, reste silencieux et sombre. Pour éviter un affrontement, Christiane décide d'attendre les deux autres avant de porter les plats sur la table. Elle tourne le dos en s'appuyant contre le cadre de la porte du patio, ouverte sur le jardin. Nadia revient avec François en sautillant, un bouquet de fleurs à la main.

— Regarde ce que la dame m'a donné. Tiens, c'est pour toi !

— Oh ! merci ! répond Christiane émue malgré sa morosité. On va les mettre dans l'eau. Veux-tu aller te laver les mains maintenant ?

Elle apporte les casseroles et les fleurs sur la table. Comme sur les illustrations de son premier livre de lecture. Puis elle s'assied face à l'homme, de l'autre côté de la table rectangulaire. Comme dans son premier livre d'anglais. Entre eux, l'enfant et François.

— Regarde-moi ces mains dégueulasses, grogne Pierre en saisissant les mains de Nadia. Va te laver ! T'as compris ?

Nadia fixe son père d'un regard étonné, baisse la tête et se tourne vers sa mère.

— Oui, va ! Va ! ajoute celle-ci.

L'enfant retient ses larmes, se dirige sagement vers la salle de bains et revient s'asseoir.

Le silence s'installe de nouveau. Les yeux sont baissés, les esprits ailleurs. On n'entend que le bruit des couverts sur la porcelaine et le clapotis des vagues. Pierre quitte brusquement la table après avoir ingurgité le mets principal, allume une cigarette puis se dirige vers sa chambre.

— Tu ne fais donc pas la vaisselle ce soir ! risque Christiane.

— Laisse-moi avec ta vaisselle ! Tu oses me demander cela après ce que j'ai fait aujourd'hui ? J'ai besoin de dormir.

— Ce que tu as fait aujourd'hui ?

La porte claque. François hausse les épaules.

* * *

Christiane marche longtemps sur la plage, d'est en ouest, entre le cap au profil de jeune femme et celui au profil de vieillard ridé. Elle a besoin de sentir sa vie s'imprégner dans le sable humide. Sa vie coincée entre le passé et le futur. Au retour, toute trace disparue. Les siennes, celles des humains, celles des chiens qui sont passés pendant la journée. Seule l'empreinte blanche et diaphane de la lune marque l'eau et le sol d'une ligne longue et étroite comme celle d'une autoroute. Une autoroute lumineuse entre ciel et terre.

La présence près d'elle de cette eau noire qui efface tout lui fait peur soudain. Elle a froid et veut rentrer à la maison. Elle pourrait revenir par l'avenue qui longe la Méditerranée, mais elle a peur de rencontrer des promeneurs, ces fauves qui rôdent la nuit à la recherche d'une proie.

Elle se souvient des moments de terreur qu'elle a vécus avec une amie, un autre soir de pleine lune, sur une plage de Cape Cod. Les pas et les jurons menaçants des deux hommes derrière elles. La course sur le sable dont le frottement brûlait les pieds. La chute de Lydia. Leur refuge dans une Volkswagen et la surprise des deux amants affalés sur le siège arrière. Depuis, elle a appris à se dissimuler pour circuler la nuit, dans la rue, en forêt ou, mieux, à ne sortir qu'en voiture. Elle s'éloigne de la mer et marche dans le couloir étroit d'une sécurité relative.

La maison est comme envoûtée. Autour, tout est noir. Ses murs ne sont plus que des ombres blanches sur lesquelles se reflète le faisceau lunaire. Des chauves-souris tournent en rond. Aveugles, décrivant de longues volutes dont le point de départ et le point d'arrivée semblent confondus. À l'intérieur, seule la lampe sur le foyer éclaire les murs blancs de la salle de séjour. Le profil régulier de François penché sur un livre. En entrant, elle se dessine un masque d'indifférence paisible. Il lui renvoie un regard attendri, presque compatissant.

Elle passe la nuit près de Nadia. Durant plusieurs heures, elle tourne dans le lit trop étroit. Se lever pour lire ? François n'est pas encore couché. Dans sa tête, tourne un manège où les images, les émotions désordonnées ne cessent de se bousculer, de se pourchasser pour reparaître. Châteaux désagrégés. Empreintes disparues. L'envie de tout quitter. Pierre, Nadia, François. Sa mère, le pays, l'oasis. La vie.

— Je dois dormir... Dormir, se répète-t-elle comme dans une incantation.

Les images surgissent. Des soldats au coin de la rue Hutchison. Le Français à la bouche rouge. Les chauves-souris. L'air méprisant de Pierre. Les yeux de François. Des tanks écrasent le pays. Des militaires en armes pénètrent dans leur appartement. On perquisitionne. On se saisit des livres. *L'Homme rapaillé. L'Automne du patriarche. De la lutte des classes. Le Deuxième Sexe. La Nausée.*

Aéroport de Madrid. C'est l'envol en catastrophe pour Montréal. Dorval, les douaniers. Je porte une longue robe de mariée blanche qui me fait trébucher à chaque pas. J'ai perdu mon passeport. Pierre franchit la barrière, indifférent.

— Votre passeport madame ! Vous l'avez perdu ? Votre résidence ? Votre lieu de naissance ? Votre occupation ? D'où venez-vous ? Où allez-vous ? Êtes-vous séparatiste ? Madame vous êtes interdite de séjour. Vous n'avez pas fait la preuve de votre citoyenneté canadienne. Il ne suffit pas de parler français et de dire que l'on est né au Québec. Le Canada est en crise, madame ! Allez, suivez ces messieurs.

Deux hommes en uniforme me tirent du box des voyageurs. Je résiste, me laisse tomber sur le sol. Ils me traînent le long d'un couloir.

* * *

Elle se réveille en sueur. Revoit le beau regard indifférent de Pierre, au comptoir des douanes. Ces yeux d'encre bleu marine qui la pénètrent comme des couteaux jusqu'au tréfonds de la chair, quand il la déteste. Ces yeux qui deviennent turquoise lorsqu'ils aiment. Comme la première fois, sur une plage des îles, entre La Martinique et Sandy Hook. Ses amis, la mer, les dunes de sable avaient disparu. Il n'y avait plus qu'elle et lui.

Les madeleines et les fourmis

Le 10 octobre 1970

Un soleil jaune marbre la cuisine de larges bandes de lumière. Nadia, accoudée à la table, à côté des poupées Ramón et Concepción, dessine. Dans le coin supérieur gauche de sa feuille, elle a esquissé, comme à l'habitude, un quart de soleil. Jamais un soleil rond, entier, mais presque toujours une maison à toit en pignon avec une fenêtre derrière laquelle se cache une petite fille blonde. Selon les circonstances, le visage est marqué d'un sourire ou de grosses larmes qui coulent comme des gouttes de pluie vers le sol. Nadia qui rit. Nadia qui pleure.

Cette fois, la fillette n'est pas là, ni la maisonnette. Plutôt un énorme château au milieu d'un désert de sable jaune et, dans le coin gauche, toujours le même soleil chétif et pâle.

— Maman, j'suis allée à la pastelería. J'ai acheté les croissants. Regarde !… et j'ai vu la dame qui habite dans les arbres… elle m'a dit Buenos días… ça veut dire bonjour, c'est ça ? Et elle m'a donné une orange…

— Et tu l'as remerciée.

— Non, j'sais pas comment ça s'dit.

51

— Gracias, Gracias señora, répond Christiane en faisant réchauffer le café. Tu vois, c'est facile. Répète après moi : Gracias señora.

— Gra-cias se-ño-ra, reprennent-elles ensemble.

— C'est ça ! s'exclame fièrement Christiane en l'embrassant.

— Vous avez fini de jacasser, hostie ! Vous pourriez pas vous la fermer le matin au moins.

Elles restent interloquées.

— On a parlé trop fort, chuchote Nadia, craintive.

— Peut-être un peu trop, répond Christiane à voix basse. Il est beau ton dessin. Tu veux bien le continuer plus tard ? On irait se baigner pendant que les autres dorment.

— Oh ! Oui ! lance Nadia.

— Ch…chut !

Nadia pose une main devant sa bouche en riant.

Christiane avale une longue gorgée de café et, par des mimiques, demande à sa fille de boire son verre de jus. Un croissant entre les dents, elles sortent de la maison sur la pointe des pieds et courent vers la mer. Elle prend sa fille dans ses bras et s'élance, fend la masse liquide à contre-courant, à contre-marée. Elle n'est pas triste malgré le dernier éclat de Pierre. Parfois, sa mauvaise humeur a moins de prise sur elle.

Elles nagent vers l'horizon et folâtrent comme des poissons. Christiane propose la voltige de la baleine. Elle prend la position de tête, Nadia s'accroche à ses pieds et imite le mouvement de la queue. La tête monte vers le ciel, comme dans le mouvement du cobra, la queue disparaît sous l'onde, puis la tête, puis la queue. Comme un balancier. Elles avalent de l'eau, s'étouffent, et recommencent.

Épuisées, elles se laissent tomber sur le sable. Rester étendue, se laisser chauffer, emmagasiner toute l'énergie possible.

Devenir une centrale solaire. Nadia tente à nouveau de construire un château de sable.

* * *

Christiane n'a jamais cru à l'instinct maternel. Les liens qui se sont tissés entre elle et sa fille se sont construits au fil des années, à partir du moment où elle a su qu'elle devrait assumer quasi seule les soins exigés par l'enfant. Se lever aux petites heures pour la faire boire. Se coucher tard après le travail pour laver les couches. Elle a pourtant choisi le biberon pour éviter de se retrouver seule responsable de la nutrition pendant des mois, six à huit fois par jour. Pierre est demeuré irréductible. L'enfant, à cet âge, a besoin de la mère avant tout, affirmait-il. Freud et combien d'autres, des psychologues, des pédiatres, des psychanalystes, l'ont certifié. Elle a la science contre elle, la science des hommes.

Le lendemain de son retour de l'hôpital, une semaine après l'accouchement, elle a été réveillée en sursaut par un concert de cris et de pleurs.

— Nian ! Nian ! Nian !

— Lève-toi. Lève-toi ! criait Pierre à tue-tête. T'entends pas, elle t'appelle.

— Quatre heures, c'est l'heure de son boire, marmonnait-elle, assise dans son lit, encore engourdie par le sommeil.

— Ben, va la nourrir ! Qu'est-ce que t'attends, a-t-il grogné en la poussant du coude.

Elle s'est alors levée, muette d'étonnement. Sa première colère, la première qu'il lui faisait. Et elle s'est pressée pour réchauffer le biberon.

— Vas-tu la faire taire !

— Comment veux-tu que je fasse deux choses à la fois ? Fais-le, toi, si t'es pas content, a-t-elle ajouté les larmes aux yeux.

Elle n'a pas entendu sa réponse. Rien à faire. L'enfant criait toujours, sans doute apeurée par ce chahut inhabituel dans les pouponnières d'hôpitaux. Furieux, Pierre a arraché les couvertures du lit, les a mises autour de lui et est allé se coucher sur le divan du salon.

Trois heures plus tard, Pierre partait pour déjeuner à l'extérieur avant le travail. Elle venait de donner le quatrième biberon depuis la veille et tenait l'enfant dans ses bras, serrée contre elle comme une bouée à laquelle on s'accroche pour ne pas se noyer. Le regard perdu, elle a desserré les lèvres et s'est mise à chanter avec une voix presque éteinte : « Gris, gris, l'amour est gris. » La première berceuse de l'enfant.

Gris, gris… J'ai le ventre lourd comme si mon utérus n'était pas encore vidé de son contenu. Bleu, bleu… Et je prends dans mes bras ton corps menu de petite fille avec les vingt chandelles qui te poussent au bout des mains et des pieds, avec ta tête à fontanelle fragile, avec ton ventre, ton sexe qui te rappellera que tu es femme. Antre de plaisir et de douleur. Déversoir de sang et de cyprine. Réservoir de liquide séminal qui te rendra capable d'enfanter pour que l'histoire continue à se répéter. L'homme à sa place. La femme à sa place. « Non, ma petite, ne fais pas cela. Ne fais pas comme toutes celles qui t'ont précédée. » Ton cordon est coupé mais je le sens encore au milieu de mon ventre, attaché à ma bulle d'oxygène et de sang.

Et le manège recommence chaque jour, six fois par jour. Toujours pareil. Quatre heures. Ton cri comme celui d'une sirène au mécanisme d'horloge. J'ai les yeux dans la brume, la tête lourde. Mon cerveau me commande de me lever rapidement. Pour préparer ta nourriture terrestre. Tais-toi ! Tu vas réveiller ton père. Je te berce. Tu pleures toujours. Je m'éloigne de la chambre avec toi qui cries famine. Ma tête qui veut éclater. Et ce biberon qui ne se réchauffe pas. Le test du bras. Ça y est ! J'enfouis la tête du biberon dégoulinant de lait dans ta bouche vorace. Tu ronronnes comme un chat. Pierre ne s'est pas réveillé cette fois. Ouf ! Et le rot indispensable. Je tapote ton dos. Tu as bu trop vite et tu vomis un peu de lait caillé. J'insiste. Une éructation vient enfin. Bois encore, bébé ! Bois encore si tu veux devenir belle et forte, puis à ton tour, plaire aux garçons, puis à ton tour te marier, puis à ton tour faire des petits, puis à ton tour mourir. Chut ! Ne pleure pas. Je vais changer ta couche humide. Tu m'arroses juste au moment où je vais épingler le carré de tissu. On recommence. Patiemment, j'enlève la couche, t'en remets une nouvelle, te revêts d'une autre camisole, d'un autre pyjama. Bien nourrie, bien au sec, tu te rendors enfin. Je te couche à nouveau, rince la bouteille, mets à tremper les vêtements souillés.

Cinq heures. Je retourne au lit. Pierre dort profondément. J'essaie de me rendormir. Vainement. J'écoute mon coeur battre. Quelques exercices de concentration pour engourdir les membres, l'esprit. Rien à faire. Ils se rebellent. Je prends un livre commencé il y a plusieurs mois. Je vais le lire sur le sofa pour que la lumière ne réveille pas le dormeur. Je me rendors enfin.

Sept heures. Tu as encore faim. Ta gardienne prend la relève. Ton père et ta mère se quittent en s'embrassant. L'autobus. Le boulot. Dans une grande salle sous l'éclairage fade des néons, dans l'air aseptisé des climatiseurs. Le boss avec ses yeux bouffis et son nez rouge. Thermomètres de son alcoolisme.

Dix heures. C'est l'heure où tu réclames à boire. Je vois ton visage chiffonné sur la feuille blanche posée sur le clavier de la machine à écrire. La voix du patron me ramène à l'ordre. Je lui montre l'heure. Je prends un café avec mes consoeurs... mes soeurs de vie, pour parler d'alimentation et de coliques pendant qu'eux parlent de hockey, d'autos et de femmes. « Elle, j'la prendrais bien dans mon lit mais elle a le cul un peu trop large. Ah ! Ah ! Ah ! »

Treize heures. Quinze heures. Tu te réveilles à nouveau. Attends, ma chérie. J'arriverai bientôt. Je prends la relève. Vaque à la préparation du repas. Une engueulade. Le souper servi en catastrophe. Et pour le dessert... tes pleurs d'enfant affamé. Le repas de bébé. Le bain de bébé. La vaisselle. Ton premier sourire. Dans les bras de ton père. Ton premier babillage.

Vingt-deux heures. Ton dernier biberon avant la nuit. Je respire. Je prends un bain. M'endors sur mon livre. Pierre n'est pas rentré de sa réunion. Tu te réveilles et tu pleures… tu pleures à tue-tête. Qu'est-ce qui ne va pas ? Tu as bien mangé. Tu souriais durant ton bain. Qu'est-ce qui te fait mal ? Les coliques ? Les dents ? Tes fesses brûlées par le pipi. Pas une gastro ? Non ! Juste au moment où je mettais ton pyjama, tu as déféqué dans mes mains… un caca d'oiseau. Maudite marde ! J'ai envie de brailler, moi aussi. De crier que j'en ai marre de tes pleurs. De tes cris. De ta merde. De ta pisse. De celui qui n'est pas là. Et qui devrait être là. Ne pleure pas, ma chérie. Maman va s'occuper de toi et tu me feras de grands sourires. Et tu m'empoigneras de tes petites mains fortes. Ma fille. Ma douce-amère. Je t'embrasse et te serre sur mon corps. Pour le meilleur et pour le pire, nous sommes soudées l'une à l'autre. Comme deux soeurs siamoises… Bleu, bleu, l'amour est bleu…

* * *

— Maman, j'ai faim, se plaint Nadia. Et puis mon château se brise toujours. Je suis tannée, bon !

Christiane, le visage enfoui au creux de sa serviette de plage, se retourne, engourdie, comme après un long sommeil. Le soleil, au-dessus d'elle, est jaune. Entier. Il doit être midi. Elles sont maintenant encerclées de dizaines et de dizaines de personnes, chacune avec un territoire minimal. Un monde d'innombrables petites bulles souvent fragiles, fermées sur elles-mêmes comme autant d'univers étrangers qui surgissent et qui meurent. L'alvéole individuelle. La cellule familiale. Les ethnies. L'espèce. La galaxie. Le cosmos…

Le château de Nadia s'est écroulé… Seuls des vestiges restent encore, le temps que la mer et le vent les érodent. Définitivement.

56

De retour à la maison, Nadia signale, avant d'entrer, un nouveau parcours de fourmis sur le sol sablonneux, troué comme une passoire. Elles ont envahi le pourtour de la maison. Minuscules mais organisées, elles grugent la matière avec une rapidité phénoménale.

— Où vont-elles, maman ?

— Quel est leur but ? se demande Christiane.

De la maison, des cris fusent. Ceux de Pierre. Christiane se précipite vers la cuisine malgré Nadia qui la retient.

— Non, maman, n'y va pas !

François est en train de laver la vaisselle. Pierre, de l'essuyer.

— Maudite vaisselle ! On n'est même plus capable de se faire une tasse de café, ici. Mais non, madame flâne sur la plage. Madame…

— Madame n'est pas ton esclave ! rétorque Christiane. La vaisselle, c'est ton problème. Pas le mien !

— Assez ! crie Pierre, les yeux exorbités. Assez ! Christ de vache !

Nadia éclate en pleurs.

— Toi, va te coucher, fatigante !

Il la prend par le bras, la conduit dans sa chambre. L'enfant se jette sur le lit et pleure à tue-tête. Christiane ferme les yeux et retient son souffle. Elle revoit son père la frapper d'un coup de « strap ».

« Ramasse le caca du chat, lui avait-il commandé en désignant du doigt le tas de matière fécale. »

« Non ! avait-elle répondu. Je ne le ferai pas. C'est pas moi qui l'ai fait. »

Et chlac ! Un coup de courroie de cuir sur les fesses !

— Non. Non ! s'écrie-t-elle.

— Qu'est-ce qui te prend ? dit Pierre, refermant la porte derrière lui. T'es folle !

Christiane se réfugie dans sa chambre.

— C'est ça, va te coucher toi aussi.

Il saisit son portefeuille et file par la porte donnant sur la cour.

— Va-t'en ! va-t'en ! scande-t-elle en frappant le matelas à coups de poing.

Les pleurs de l'enfant, dans la chambre d'à côté, l'empêchent d'éclater. Elle se relève, court la consoler, jette en passant un coup d'oeil à François qui continue à laver la vaisselle. Il n'interviendra pas, il est trop mal à l'aise pour le faire.

— Papa est parti. Papa est parti. Nadia n'a plus de papa, gémit l'enfant.

— Mais non, ton papa n'est pas parti. Tu le sais bien. Il a laissé toutes ses choses ici. Il est simplement fâché. Tu verras, quand il reviendra, cela ira mieux. Tu verras...

Assise sur le lit, elle entoure de ses bras les épaules de sa fille et fredonne une berceuse. Un air qu'elle a inventé un soir de grande marche solitaire sur les sentiers du mont Royal. Elle retient ses larmes qui s'arrêtent sur le bord des paupières. Larmes inutiles. Larmes que les hommes savent contenir, réprimer. Le sommeil a finalement raison du chagrin de l'enfant.

— Que faire ? Que dois-je faire ? se demande-t-elle, pendant qu'elle berce Nadia.

Lentement, elle étend doucement Nadia sur les draps blancs. François achève de balayer et de ranger la cuisine et la salle de séjour. Elle se laisse tomber dans un fauteuil, l'observe, la tête vide. Que fait-il dans cette galère, sur cette mer houleuse ? Qu'ont-ils en commun, lui et Pierre ? Le goût de la musique, des voyages et un passé de complicité politique ? Pourquoi demeure-t-il avec eux, lui qui fuit les altercations ?

— Connaissais-tu bien Pierre ? demande-t-elle à brûle-pourpoint.

Il sursaute, hésite avant de répondre.

— Je le croyais différent. Je t'assure… si j'avais su !

— Tu serais pas venu, d'ajouter Christiane en riant de son air dépité.

— Peut-être… non mais je t'assure, je n'avais jamais vu Pierre comme cela. Au contraire, je l'ai toujours connu volontaire, déterminé, plein d'énergie quand il s'agit de défendre une cause… même drôle quand il s'agit de faire la fête, sympathique… avec ses amis du moins. Mais, depuis le début du voyage, je me demande parfois si je ne ferais pas mieux de partir. Il est peut-être différent quand vous êtes seuls…

— Justement non, il n'est pas différent. Mais ne laisse pas tomber ce voyage à cause de nous. Faudrait pas, dit-elle sur un ton involontairement suppliant.

Puis, voulant se raviser :

— Après tout, tu as investi autant que nous dans ce projet. Sans doute que demain ça ira mieux. Pierre, il est comme le Québec. Il a le climat changeant. Il peut passer de la froideur à la chaleur en un rien de temps.

— La température est davantage à l'orage et au froid depuis le départ.

— J'ai longtemps cru que c'était relié au travail, à ses préoccupations de militant, reprend-elle pour essayer de se justifier. J'ai cru également que des vacances prolongées lui feraient du bien. À nous aussi. Mais j'ai été victime de ma naïveté… encore une fois. On peut peut-être essayer encore… en ne permettant jamais plus qu'il nous écrase.

— Ah ! Tu sais, c'est pas tellement pour moi…

Christiane se renfrogne. Voilà qu'elle cherche en François un appui, un conseiller, un témoin… qui les aide à régler leurs problèmes.

— Non, c'est idiot ce que je dis ! Si tu en as assez, pars… tu n'as pas à subir nos querelles.

— T'en fais pas pour moi, ça va... même si l'ambiance n'est pas toujours olé olé, répond-il en esquissant un large sourire. Viens, ne pense plus à cela ! Viens t'asseoir dans le jardin. L'instant présent, il n'y a que cela. Il fait soleil. J'ai acheté des madeleines et préparé un thé. Bien sûr, ça te rappelle quelqu'un...

François dépose les madeleines dans une grande assiette, les apporte avec le thé sur la table blanche.

— Humm ! ça sent bon. Remarque, j'ai jamais vraiment tripé sur ce qu'il faisait, Proust. J'étais peut-être trop jeune. Surtout que les bonnes sœurs nous obligeaient à le lire.

Les pâtisseries dégagent un léger parfum citronné. Le thé fume. Les palmiers dessinent une ombrelle, au-dessus du bosquet de cactus et de fleurs, filtrent les rayons solaires. C'est l'heure de la sieste. François emplit les tasses.

— Nous sommes dans un paradis pourtant... Toute cette végétation, ce soleil, cette mer... un lieu de nourritures terrestres, reprend-elle après un instant de silence. Et ça, ce n'est pas du passé, c'est du présent. Du réel.

— Mais c'est le paradis ! affirme François en dévorant une madeleine. Une île déserte où tout n'est que luxe, calme et volupté. Ils se sourient.

Elle attend que l'arôme de la madeleine, qu'elle tient dans sa main, fasse monter à la bouche une eau chaude et sucrée avant de goûter. Avant de savourer.

— Tiens, fais comme ça, dit-elle. Elle prend une autre bouchée et lève le petit doigt, comme font les bourgeoises qui prennent le thé à London ou Westmount. Tu trempes délicatement un tout petit morceau de gâteau dans le liquide. Et puis, quand il n'y a plus de thé, tu lèves l'index et tu demandes la bonne.

— Le bon, corrige-t-il.

Ils éclatent de rire. Elle se sent bien. Le thé et les rires ont fait passer la tristesse.

— Pourquoi tout doit-il être détruit ? dit-elle en redevenant grave. Pourquoi tout doit-il mourir ? Pourquoi cette obsession ridicule, ce temps perdu à essayer de retrouver un paradis ?

— Parce que, justement, durant des siècles, on nous a dit que c'est ce qu'il fallait faire. On a appris à vivre plus dans le passé que dans le présent. On a étudié de pauvres auteurs romantiques, nostalgiques qui ne cherchaient qu'à revivre les moments heureux.

— On est comme ça. Et nos sensations restent comme des âmes à se rappeler. C'est Proust qui disait cela. Tu vois, je me souviens, ajoute-t-il en riant. Ça me fait penser à mes parents. Ils se souviennent davantage du passé lointain, du Régime français, Jacques-Cartier, Champlain, que de Durham ou Colborne. Pourtant, les premiers ont existé deux siècles plus tôt.

— On se souvient plus des premières étreintes amoureuses que des querelles, ajoute-t-elle songeuse.

— Davantage des beaux paysages, des Rocheuses que des villes de béton et des lacs pollués.

— Il faudra bien un jour mettre ses illusions à la porte.

François n'ajoute rien. Leurs regards se croisent. Mal à l'aise, elle tourne la tête vers le jardin.

— On dit que les cactus seraient nés de roses qui auraient développé leurs épines… Tu savais ?

— Non…, répond François, songeur.

Ils se regardent. Se taisent. Un bourdon jaune passe, voltige autour des lauriers-roses, puis se pose sur la corolle de la fleur d'un cactus chandelier. La maison de la señora García Márquez est déserte. Elle doit faire la sieste. Nadia dort toujours. Christiane cherche à renouer la conversation. Elle voudrait tellement parler… aller plus loin. Elle sirote une dernière gorgée de thé tiède et lui demande naïvement :

— Toi, tu as déjà cru à l'amour éternel ?

— Moi ? Non, répond laconiquement François, étonné par la question. C'est plus un problème de fille, ça, non ?

Il la regarde, le sourire ironique.

— Nous avons été tellement conditionnées par cela... le Prince Charmant. L'amour éternel. Une maison près de la mer, des grands champs de fleurs.

— Tu sais, nous avons aussi les nôtres... nos conditionnements. L'illusion d'être faits pour le pouvoir, pour la compétition. Et c'est pas facile de se défaire de cela.

— Je sais, approuve-t-elle.

Chacun fait un retour sur soi, le temps d'un autre silence. Et, hésitante, elle lui demande :

— Lorsque quelque chose t'angoisse, te tourmente, que fais-tu ?

— Quelque chose comme ?

— Par exemple, quelqu'un que tu aimes, un ami, une amante qui t'agresse, te convainc que tu es inférieur, inutile, tout croche.

— Je me demande si ça m'est déjà arrivé... peut-être quand j'étais petit. Un petit boss de dix ans.

— Et qu'est-ce que tu as fait ?

— Ah ! Je n'ai pas réfléchi très longtemps. J'ai coupé les relations. J'ai compris qu'il ne pouvait y avoir d'amitié sans respect. En amour... ça ne m'est jamais arrivé avec une femme.

— Et si cela t'arrivait, est-ce que tu essaierais de te battre pour garder cette relation ?

— Se battre, c'est nécessaire pour se défendre, pour survivre... pas pour chercher de l'amour.

— Et tu pourrais ensuite tout oublier... tout recommencer ?

— ... Non je ne crois pas que j'oublierais. À quoi ça sert d'oublier ? Ça ne règle rien. Le passé peut aider à comprendre le présent. À se connaître aussi. C'est pas comme ça pour toi ?

Elle ne répond pas. La conversation n'ira pas plus loin. D'ailleurs, la théière est vide et l'assiette aussi.

Elle ferme alors les yeux, étend les jambes sur le tabouret et s'abandonne à son vieux vice : la contemplation des images du passé qu'elle a pris la peine de sélectionner. Les images heureuses d'abord. Les sensations agréables qui veulent se rappeler comme des âmes.

« Cette fois, c'est la dernière fois, se dit-elle. Cette fois, c'est pour m'en libérer. »

* * *

Les Îles-de-la-Madeleine, la plage de Sandy Hook. Là où ils s'étaient frôlés pour la première fois. Lui. Ses cheveux bouclés retenus par un bandeau. L'éphèbe des mythes grecs. Mi-homme, mi-dieu. Elle. Belle et brune dans sa robe rose de mousseline. Leurs corps avaient roulé sur le sable et dans la mer comme les algues de l'océan.

C'était l'amour-symbiose, l'amour printanier en forme de crocus. Il rêvait de la femme parfaite. Elle, du Prince Charmant. Ils se voyaient à travers les vapeurs de l'innocence et l'amour mystifié. Ils étaient Roméo et Juliette.

Tu te rends compte, mon amour. Une lagune de sable pour nous deux. Avec des coquillages en arc-en-ciel et des pierres de lune. Roses, vertes, violettes. Et puis, un soleil figé qui enfièvre la chair.

Il était son Vendredi. Elle sa sirène, sa sirène des îles. Ils voguaient à la dérive sur les dunes, leurs corps enlacés comme des herbes de mer. Les lèvres soudées à l'oasis. Leur peau nacrée et brune au goût de sel. Leur bouche, odeur de pêche et de miel. L'amour aurait dû prendre fin à ce moment-là. Cruellement. Avant qu'ils ne deviennent Roméo-Robinson et Juliette-Vendredi.

Ils passaient leurs journées à parcourir l'île d'est en ouest. Le matin, du côté de la Martinique, pour attendre le lever du soleil. Le soir, du côté de la plage grecque pour voir le couchant empourprer les cavités des falaises. Il y avait là les profils de l'Indien et du dieu des vents qui savent l'importance de la liberté. Ils n'ont pas compris leur message.

Il lui inventait des airs de harpe celtique et elle des chants de nymphe en regardant les hirondelles de mer voltiger au-dessus de leurs têtes, creuser leurs nids en rangées, à hauteur de falaise.

Mais il a fallu quitter l'éden, l'île à fleur d'eau sur l'océan. Faute d'argent. Faute de soleil. Ils traversèrent le Québec à contre-courant. Pierre dessinait son nom sur les rochers de la Gaspésie, lui cueillait des bouquets de fleurs sauvages, marquait l'écorce des bouleaux blancs de coeurs percés de flèches.

Un jour sur l'île d'Orléans, deux hirondelles des granges, au plumage bleu et cannelle, tournèrent au-dessus d'eux en jouant de la trille et du glouglou. Puis, elles partirent en laissant dérouler de leurs longues queues deux interminables rubans satinés blancs. C'était comme à une fête. Comme à une noce. Ils tendirent les bras pour s'accrocher aux rubans diaphanes mais ceux-ci disparurent, fugaces comme des rayons de soleil ou de lune.

Quand ils devaient se quitter pour le travail ou les études, ils s'écrivaient des lettres folles garnies de pétales de roses séchées. Elle l'attendait à l'aube ou à la brunante dans son appartement de la rue Prince-Arthur qu'elle avait loué après avoir quitté la maison de ses parents à Arvida et les crachats de suie et de fluor de l'usine Alcan. Plus le moment approchait, plus le tic-tac de l'horloge devenait fou et lui martelait les oreilles. Le coeur lui battant aux tempes, elle le revoyait à travers les érables aux grands doigts d'hiver gelés, dans les sapins chargés de bonnets blancs comme du fudge « Divinity », à travers les feuillages rouge et ocre des forêts de Sainte-Marguerite. Courant avec elle dans les champs de foin, d'immortelles et d'épervières.

Viens, mon amour. Nous avons les ailes des anges. Les ailes des amoureux de Chagall. Et l'âne bleu nous porte haut dans le ciel, au-dessus des maisons et des champs couverts de neige. Tu te souviens, le violoneux qui nous faisait danser sur des airs de musique acadienne ou tzigane. Tu te souviens, les hirondelles...

Un jour, il oublia leur rendez-vous alors qu'il était à la taverne avec des amis. Elle ne dramatisa pas. Bientôt elle n'aurait plus à attendre. Il serait avec elle pour la vie. Ite missa est. Vous êtes maintenant mari et femme. Mais ils n'eurent pas beaucoup d'enfants et ils furent parfois heureux, parfois malheureux. L'île avait fait place à la réalité des petites existences civilisées, organisées, chronométrées. Le soleil n'apparaissait plus que de façon sporadique entre les tours des gratte-ciel.

Un matin d'automne, elle avait découvert, sur le balcon, le corps gelé d'une petite hirondelle bicolore. Elle ne lui en parla pas. Il était déjà trop loin d'elle.

— C'était un si beau petit couple, disait le voisinage, témoin de leurs querelles.

Elle se revoit seule avec l'enfant qui s'accrochait à son sein, incapable de rejoindre ses anciens amis, ses anciennes amies, elle s'apitoie sur sa jeunesse et sa liberté perdues. Malgré des velléités de rébellion, elle finit toujours par rester. De crainte de traumatiser sa fille. On lui a tant de fois dit que les enfants de parents séparés ont des problèmes. On l'a tellement rendue coupable. Cette génération de bons pratiquants. Celle des férus de psychologie à la sauce freudienne ou spockienne. Elle reste parce qu'elle a peur de se retrouver seule avec l'enfant. Parce qu'elle ne veut pas subir la rupture avec un être qu'elle a aimé, qu'elle aime encore. Sans aucun doute...

Souvent elle retournait dans sa cage de verre, une cage dont l'air raréfié l'asphyxiait de plus en plus. Il lui arrivait, lorsqu'il était parti pour la soirée, de s'étendre sur l'affreux tapis brun moucheté du salon, pour attendre que sa voiture arrive. Qu'il en descende comme d'un grand cheval blanc : beau, impassible comme un héros de western ou de conte de fée. Elle était la belle qui attendait pendant des nuits, des siècles, qu'on la réveille d'un baiser.

Aujourd'hui tu craches sur moi. Tu me « croc-en-jambes ». Tu me montres les dents, tu me poursuis de ton regard dans la maison, dans mon lit, sur cette chaise où je fais semblant de dormir à côté d'un être mille fois plus tendre que toi. Laisse-moi ! Va t'en ! Va t'en ! Sinon je sens que je vais te faire mal.

— Maman ! Maman ! crie Nadia, effrayée. Les fourmis sont partout dans la maison !

Christiane bondit vers la cuisine, François derrière elle. L'enfant, fascinée par le spectacle, se tient debout près de la table, immobile, son doudou à la main. Derrière elle, en provenance de la chambre de ses parents, un large défilé qui serpente sur le carrelage du plancher jusqu'à la cuisine, puis gravit le mur, derrière le buffet de la cuisine, jusqu'à la boîte de madeleines. Une masse noire grouillante sur le mur blanc. Christiane reste un moment figée.

Pierre, l'air à la fois contrit et étonné, arrive, les bras chargés de nourriture. Nadia se précipite vers lui. Christiane se saisit de la boîte de carton contenant encore quelques pâtisseries, la jette avec son contenu vivant dans le foyer et y met le feu. François essaie de chasser, avec le balai, les ouvrières et les guerrières. Elles résistent, tournent en rond, tentent de retrouver leurs chemin. Pierre pose ses paquets sur le divan et écrase les bestioles du pied.

— Je vais chercher un insecticide chez la propriétaire, lance François en sortant.

Les fourmis commencent à rebrousser chemin vers le minuscule trou, au bas du mur de la chambre. C'est la panique !

— S'il peut revenir, lui ! se plaint Pierre en continuant à écraser les fourmis. Si ça continue, elles vont toutes réussir à se sauver.

— Pauvre Pierre ! dit Christiane d'un air las.

François revient avec une poudre insecticide. Il en saupoudre sur le défilé, autour des fissures. Les insectes se tordent, tombent. D'autres cherchent une issue.

— Il faudra éviter, à l'avenir, de laisser sur le comptoir toute pâtisserie ou friandise, prévient Christiane.

— Papa, qu'est-ce qu'elles font maintenant les fourmis ? demande Nadia qui a retrouvé les genoux de son père et se fait câline.

— Elles continuent à se promener dans leurs galeries.

— Dans leurs galeries sous la maison ? Ça veut dire qu'elles pourraient aussi manger la maison ? s'informe l'enfant, la mine inquiète.

— Mais non ! de répondre Pierre en la serrant contre lui. Les fourmis mangent du sucre, des gâteaux, mais pas du béton.

— Mais oui ! approuve-t-elle avec sérieux. Y a pas de danger ! La maison n'est pas en gâteau.

Les trois adultes se regardent en riant. La fillette s'esclaffe à son tour.

— Où t'es allé cet après-midi ? demande-t-elle en profitant de la bonne humeur de son père.

— Oh ! ... Je me suis promené en ville... j'ai envoyé un télégramme à grand-maman et grand-papa... puis je suis passé au marché pour le repas de ce soir. Il regarde Christiane en souriant.

— J'ai apporté ce qu'il faut pour faire un couscous... ce serait bon, non ?

— ... Papa, j'ai eu peur que tu partes, lui avoue timidement l'enfant.

— Mais non, ma chatonne ! Tu vois ? Je suis là, répond-il en cachant son visage derrière ses mains, puis en le découvrant plusieurs fois. Je suis là. Je suis là, répète-t-il en souriant.

— Viens, dit-il en la soulevant dans les airs. On va construire un château de sable sur la plage.

— Ah non ! Ça ne me tente pas. Ça ne marche jamais ! réplique-t-elle en faisant la moue.

— Comment ça ? Viens quand même ! insiste le père.

Comme les autres fois, les murs de sable se lézardent et le château s'effrite avant même d'avoir sa première tourelle.

— Ce doit être parce qu'on ne peut pas faire des châteaux en Espagne, explique Pierre. Les châteaux en Espagne, ce sont justement des châteaux qui s'écroulent.

— C'est pour ça que le château qu'on a visité l'autre jour était tout brisé ? Mais non, papa ! se ravise-t-elle, y a un petit garçon qui a réussi l'autre jour. Tu te rappelles ?

— C'est vrai. Alors c'est nous qui sommes de mauvais architectes. D'ici la fin des vacances, on réussira, tu verras.

À la place du château, Pierre creuse un trou profond d'au moins cinq pieds, une sorte d'antre où il peut se glisser complètement. N'en sort que la tête. Comme la tête de quelqu'un qui s'est enlisé dans des sables mouvants.

Nadia, d'abord stupéfaite, bat des mains en riant. Elle court chercher François et Christiane restés à la maison. Seul François vient. Il demeure un instant bouche bée. La vision est stupéfiante. Un homme sans pieds, sans bras, sans corps. Avec une tête qui va de gauche à droite et qui rit à gorge déployée. François éclate de rire, lui aussi.

— Comment feras-tu pour sortir de là ? Viens, Nadia, on va le déterrer.

Comme des taupes, ils grattent le sable blanc jusqu'au sable gris et humide des profondeurs. Pierre remonte à la surface. On referme la cavité.

Le repas est servi. À l'heure. Un large plat de couscous garni de légumes verts et rouges et de pois chiches qui répand une odeur de cumin, de harissa et de cannelle. Les deux bouteilles de vin espagnol que Pierre a rapportées de la ville.

— Pour se faire pardonner, songe Christiane en les contemplant.

Nadia raconte à Christiane le jeu de Pierre dans le sable. Il rit un verre à la main. À nouveau, l'image filante du bonheur. Séquence heureuse de la vie d'un jeune couple, de leur enfant et d'un ami.

À la radio, un air de jazz se confond avec la langueur de cette autre fin de journée. Soudain, la musique-thème des informations. Une musique militaire assourdissante, jouée par des cuivres et des tambours.

Buenas tardes señor, señora.
En manchette ce soir :
Le président visite Séville sous un soleil radieux.
Un ministre québécois accuse de Gaulle d'être responsable de la crise canadienne.

— Écoutez ! avertit François. Les adultes cessent de manger.

Dimanche prochain, à Madrid, le président commémorera la grande victoire de 1939, en affrontant un taureau de 450 kg. Le président participe pour la trentième année consécutive à cette grande corrida nationale.

— O.K., tu traduis quand on parle du Québec ? demande Pierre à François.

Le lecteur, d'une voix solennelle, affirme que les spécialistes prévoient un autre triomphe du septuagénaire. Il précise que cette corrida rappelle la victoire des troupes franquistes sur les troupes républicaines, mettant fin ainsi à une guerre civile qui avait duré trois ans.

— Qu'est-ce qu'il y a, maman ? Qu'est-ce qu'il y a ? s'inquiète Nadia.

— Chut ! Chut ! Vas-tu te la fermer, toi !

— Ch… chut, ma chouette. On te dira après. Attends.

69

Le ministre du Travail et de l'Immigration du Québec, M. Pierre Laporte, attribue les circonstances tragiques vécues actuellement par la province au cri « Vive le Québec libre », lancé par le général de Gaulle sur le balcon de l'hôtel de ville de Montréal, lors de sa dernière visite en 1968.

— « Circonstances tragiques ! » Quelles circonstances tragiques ? s'informe Pierre.

— Ch... chut, papa ! ose timidement l'enfant, ce qui fait sourire Christiane.

De son côté, le chef du Parti québécois, René Lévesque, tout en déplorant le geste posé par les felquistes, attribue le terrorisme au Québec à l'inertie des dirigeants devant trop d'injustices sociales et économiques.

— Lévesque ! Qu'est-ce qu'il a dit ? Qu'est-ce qu'il a dit, lui ?

— Chut ! Je te le dirai tout à l'heure, répond François qui a de la peine à se concentrer.

La cellule felquiste, responsable de l'enlèvement de l'attaché commercial britannique, James Richard Cross, n'exige plus que la libération des prisonniers politiques et la cessation des fouilles et arrestations policières pour relâcher son otage.

Pour le moment, les autorités canadiennes refusent toujours de négocier avec les terroristes et la police poursuit les perquisitions et les arrestations. Des journalistes ont été appréhendés dans la journée d'hier et aujourd'hui.

François traduit, résume les faits à ses compagnons. Christiane va dans la cuisine chercher le pain. Les images de son dernier cauchemar reviennent. L'arrestation. La bibliothèque pillée. Sa robe de mariée salie. Le regard indifférent de Pierre. Elle les chasse de sa pensée car elle n'a jamais cru aux prémonitions.

Pierre tourne le bouton de la radio.

— Non, mais ! il est con ce Laporte ! Un petit politicailleux, comme je l'ai toujours pensé. Expliquer une crise politique par une petite phrase d'un homme politique étranger ! Comme si on était des imbéciles ! Comme si on l'avait pas dit assez souvent qu'on voulait que le système change.

— Il leur faut bien un bouc émissaire, énonce calmement François. Quand on ne veut pas régler un problème, c'est ce qu'on fait. On accuse... on trouve une cible au lieu de chercher les causes. C'est une excellente façon de se déculpabiliser.

— Aussi une excellente façon de manipuler l'opinion publique. Et de gagner du temps. As-tu vu ? Ils refusent encore de négocier. Pourtant, les felquistes ont laissé tomber le réengagement des gars de Lapalme.

— Ils sentent que l'opinion est de leur bord.

— Je commence à avoir hâte qu'il y en ait d'autres que Lévesque qui parlent.

— Remarque que Lévesque est dans l'opposition. Je ne suis pas sûr qu'il aurait le même langage s'il était chef du gouvernement. Aucun pouvoir, de droite ou de gauche, ne tolère le terrorisme sur son territoire.

Christiane avale sans déguster. Elle n'écoute plus depuis un bon moment. Elle n'a pas envie de prendre part à la discussion. L'homme qui est devant elle l'a insultée ce matin, hier, avant-hier. Pour lui, rien ne s'est passé. Rien. Tout est oublié, effacé. Ce qui importe, ce sont « les grandes causes ».

François s'est tu. Pierre continue à parler. Des mots, des mots. Il ne voit plus Christiane. Il ne voit que son camarade. C'est avec lui qu'il préfère discuter. Son visage s'enflamme, se colore, et ses pupilles s'éclairent. Il gesticule, mord avec conviction dans des mots.

Elle prend une grenade rouge, l'ouvre avec son couteau, puis mord dans une grappe d'alvéoles juteuses. Les inséparables sont face à face. Dans quelques heures, il s'approchera comme si rien ne s'était passé. Une goutte de jus rouge tombe sur sa blouse. Une goutte de sang.

Ce soir, vous les ravisseurs, vous les terroristes, vous êtes mes frères et mes soeurs. Ce soir je vous comprends. Ce soir je vous aime parce que je suis de celles que l'on cherche à noyer, parce que je porte en moi le désespoir comme la nation d'où je viens. Un jour le cri contenu en moi jaillira comme une fontaine, éclaboussera de rouge cette toile que nous avons filée pour nous garder captifs. Et toi je te mordrai comme je mords dans ce fruit, à la mesure de ma tristesse, toi à qui j'ai cédé mon droit d'existence pour un plat d'extases, un jour.

Troublée par la méchanceté contenue, découverte en elle, Christiane abandonne la grenade dans l'assiette et tente de faire disparaître la tache rouge sur sa chemise. Les deux hommes ne se sont aperçus de rien. Ni Nadia qui a vite quitté la table.

— Demain, j'essaierai de rejoindre Guy au téléphone, annonce François. La situation m'inquiète.

Un silence lourd comme un souci. Nicole, Guy, Roch, Jacques... Tous militants, tous nationalistes, tous engagés jusqu'à la moelle des os. La plupart ont été membres du RIN jusqu'à sa dissolution et son remplacement par le MSA. Maintenant, seul Jacques a sa carte du Parti québécois. Les autres, même s'ils ont voté pour ce parti aux dernières élections, préfèrent s'engager dans leur propre association étudiante ou syndicale. Comme eux, ils ont participé à de longues assemblées, distribué des tracts, manifesté contre le bill 63, pour l'indépendance, pour une société plus égalitaire.

Christiane jette un coup d'oeil à la propriété de la señora Márquez pour voir si Nadia s'y trouve. Nadia, qui a fui la maison comme d'habitude quand elle a senti l'atmosphère survoltée... Elle aperçoit, à la limite de l'oliveraie, la tête blonde de l'enfant et la tête grisonnante de la vieille femme, en train d'observer quelque chose sur le sol.

Une voiture s'arrête devant la maison. Un couple d'âge moyen en descend et un garçon d'une quinzaine d'années. Ils embrassent la dame.

De grands traits roses, or et pourpre traversent l'horizon et viennent se dissoudre sur la toile bleue étale de la mer. Les fourmis sont rentrées dans leurs trous. La soirée s'annnonce chaude et humide. Les trois adultes devisent, en prenant leur café, d'une excursion qu'ils projettent pour le lendemain. François propose la montagne du côté est de la baie, là où la tête de proue s'avance dans la mer. Les autres acquiescent. Pierre annonce qu'il a l'intention, cette fois, de se coucher tôt pour se lever tôt, que c'est lui qui fera la vaisselle le lendemain.

— Sans gueuler ! insinue François.

— Oui, sans gueuler, affirme-t-il.

Christiane éclate de rire.

— C'est ça, riez de moi !

— Admets qu'il y a de quoi rire ! Ris donc toi aussi, maudit ! Ça te fera du bien. Allez ! On fait un peu de musique ce soir ?

— O.K. ! s'écrie Christiane qui a mis de côté sa colère et son ressentiment.

Elle court dans la chambre chercher sa flûte puis revient s'asseoir dans le hamac, pendant que les deux autres sont allés quérir guitare et harmonica.

Les deux hommes s'assoient sur le rebord de la galerie. Face au coucher du soleil, ils accordent leur instrument, accompagnent la rumeur de la marée qui monte. François joue les premières notes d'un air des Beatles sur sa guitare. Les autres suivent. Et que la fête commence ! *Here comes the sun…*

Nadia, attirée par les sons familiers, ne tarde pas à revenir, s'empare du tambourin que Pierre lui offre, demande *Yellow Submarine*. La chanson du petit sous-marin jaune. Eh ! Tout le monde en choeur !

Contente, elle s'étend dans le hamac à côté de sa mère, lui raconte qu'elle a vu les trois chats de madame García Márquez : la grosse chatte grise et tigrée, Martha, et ses deux chatons bariolés de jaune. Puis, elle finit par s'endormir au son des mugissements marins qu'entrecoupe la musique de Dylan, Charlebois, Joni Mitchell.

La toile orange et bleu, devant eux, fait place à une toile sombre où l'air se confond avec l'eau. Comme une grande couverture de laine grise qui se laisse percer ici et là d'une lumière. D'une toute petite lumière. Christiane va coucher l'enfant en la portant dans ses bras. Quand elle revient, le ciel est piqué d'étoiles. La musique, les voix qui se font de plus en plus tendres, de plus en plus langoureuses, tentent de remplacer les mots difficiles à dire après trop d'amertume, deviennent supplication, incantation à l'amour. Les doigts tambourinent, les regards se croisent, se fuient, s'entrecroisent à nouveau à travers les mesures d'un long chassé-croisé.

Attiré par le son langoureux de l'harmonica, un chien, noir comme un terre-neuve, gros comme un berger allemand, aux oreilles pendantes d'épagneul, s'approche et s'étend discrètement sur la galerie. On l'accueille avec les mots d'usage.

— Bonjour mon beau chien-chien ! C'est bien, reste là. On va te donner à manger.

Pierre jubile. Après l'avoir nourri de quelques morceaux de jambon, il le caresse longuement, tendrement.

— Il s'appellera Liberación, proclame-t-il. Super ! C'est le même mot en français et en espagnol. Moi qui ai toujours rêvé d'un gros chien. Chez nous, on n'avait que ces affreux petits caniches de salon…

Étendue sur la galerie, le museau entre les pattes, la bête paisible fait semblant de sommeiller, intriguée par les éclats de rire. La musique reprend lentement, de plus en plus éthérée. Christiane s'abandonne au hamac, au bercement lent de la guitare et de l'harmonica.

— Moi, je vais me coucher, annonce Pierre. Mais j'aimerais que le chien passe la nuit ici. Je l'attache.

— Mais il reviendra, ajoute Christiane. C'est un chien errant. Il préfère la liberté.

— Ma chérie, répond-il en lui caressant les cheveux, si je ne fais pas ça, on le reverra plus, c'est sûr.

Il entre dans la maison, revient avec une des cordes de la tente, et la passe autour du cou de l'animal.

— Tiens, ma belle bête ! dit-il. Dors bien ! À demain matin, Liberación ! ¡ Buenas noches !

Christiane le suit après avoir salué François qui continue à jouer de l'harmonica.

La tiédeur de l'air et les sons d'un blues mélancolique pénètrent dans la chambre aux persiennes closes. Il s'approche d'elle et la serre dans ses bras. Elle se laisse faire. Il l'embrasse délicatement sur les lèvres. Elle répond poliment, a envie de céder. Il lui caresse les épaules et la nuque. Elle recule un peu.

— Pierre, je voudrais te parler, demande-t-elle suppliante. C'est urgent.

— Comment se fait-il que tu veux me parler à des moments stratégiques ? se plaint-il en s'éloignant.

— Pourquoi la nuit serait-elle un mauvais moment ? C'est le seul où nous pouvons nous rencontrer. Nous deux.

— Qu'est-ce qu'il y a encore ? maugrée Pierre. Qu'est-ce que j'ai fait encore ?

— Tu vois, tu refuses de discuter. Tu refuses de m'entendre.

— Mais non ! Dis ce que tu as à dire ! Allez !

— C'est à propos de nos relations, répond Christiane hésitante. Entre autres de ce qui s'est passé ce matin.

— Arrête de tourner autour du pot. Dis-le ! clame-t-il.

— Comment veux-tu que je parle quand tu cries ?

— Mais non je ne crie pas ! Allez ! Qu'est-ce qui s'est passé ce matin ?

Dehors, l'harmonica s'est tu brusquement.

— Tu as déjà oublié ? s'exclame-t-elle de plus en plus irritée. Tu ne te souviens pas d'avoir gueulé encore pour la vaisselle, d'avoir inutilement disputé Nadia et de m'avoir injuriée ?

— Crie pas si fort ! Tu me dis ça, je suppose, pour pas faire l'amour ! C'est ça, hein ! Dis-le donc.

Pierre se tourne vers le mur. Elle s'assied brusquement et lui secoue l'épaule pour qu'il la regarde.

— Comment veux-tu que je fasse l'amour avec un type qui m'a traitée de vache, de salope, de niaiseuse ou de folle ? Comment veux-tu que je fasse l'amour avec quelqu'un qui ne me respecte pas ? Jamais je ne pourrai te mépriser comme tu m'as méprisée ! Des fois je voudrais te mordre pour que tu comprennes !

— Sadique à part ça ! ironise-t-il en se retournant. Tu vois, ça vaut pas la peine de parler. C'est toi qui grimpes dans les rideaux.

— L'agression répond à l'agression, cher camarade ! C'est toi qui dis souvent cela ! Et on se fatigue de recevoir des coups. Je voudrais bien savoir qui s'emporte le plus, dans cette maison. Qui passe son temps à chialer pour rien ? La soupe n'est pas salée ou trop salée. Le souper n'est pas prêt à l'heure sacrée ! Nadia fait trop de bruit en mangeant, en marchant, en vivant ! Tu respectes jamais tes engagements. Puis tu exiges que l'on t'obéisse au doigt et à l'oeil. Je ne suis pourtant pas ta domestique !

— Même pas ma maîtresse. Je me demande pourquoi on vit ensemble. Faire l'amour avec toi, c'est de plus en plus difficile !

— Ah ! Parce qu'en plus de la domestique tu voudrais une putain ?... Une putain, ça ne fait pas l'amour par plaisir, par amour. Ça fait fi de ses sentiments ! Eh bien ! moi, je ne peux pas les ranger dans un tiroir, mes sentiments, puis faire l'amour quand même... quand tu m'insultes, quand tu m'engueules.

— Qui est-ce qui gueule, là ? Tu vois, c'est toi qui n'es pas parlable ! Si tu veux me faire un sermon, va donc prêcher ailleurs ! Moi j'aime mieux dormir !

— C'est ça, dors, rétorque-t-elle en sortant du lit.

Elle revêt une chemise puis se précipite hors de la chambre, hors de la maison. Surexcitée, elle court vers la mer, s'y enfouit pour cacher sa rage, s'empêcher de tout briser. La vigueur des eaux obscures la calme. Elle ressort apaisée, froide et impassible.

Dans son énervement, elle n'a pas vu le chien, attaché à la galerie, qui la fixe de ses yeux interrogateurs, brillants comme des billes. La bête et la femme se regardent tristement. L'animal laisse échapper une plainte lorsque Christiane s'approche de lui.

— Ma pauvre bête ! fait Christiane en se penchant pour caresser sa tête. Viens que je te détache !

Le chien se lève en frétillant de la queue.

— Tu es libre. Va, maintenant.

Hésitante, la bête la fixe quelques instants encore de ses yeux d'or, se dirige vers la plage, puis disparaît dans la nuit.

Christiane entre, allume une lampe, s'assied à table, prend une cigarette dans le paquet de Pierre, tire vers elle une feuille de papier blanc. Elle y dessine des lignes anarchiques, des lignes qui s'entrecroisent, s'entrechoquent, passent l'une sur l'autre, puis repartent brisées chacune de leur côté. Sur ces lignes, elle inscrit des mots. Homme. Femme. Bête. Liberté. Égalité. Révolution. Des phrases. Le roi n'est pas mort. À bas la monarchie ! ¡ Basta la dictadura ! Puis elle s'invente une histoire, un conte.

Il était une fois un petit homme qui rêvait de devenir grand. Très tôt, il avait vu l'aigle aux ailes d'argent déployées sur le bureau de son père, et le portrait de Napoléon qui ornait le mur de sa bibliothèque. Un jour, il deviendrait grand aussi. Un jour, il deviendrait Tarzan, Zorro ou Superman. À quinze ans, il aimait les petites filles surtout pour ce qu'elles faisaient remuer dans ses pantalons. À seize ans, il était le chef de la bande et portait un aigle sur le dos. Il arborait des chaînes et montait une Harley Davidson que lui avaient offerte ses parents qui, depuis, frémissaient de peur et de regret chaque fois qu'il prenait un malin plaisir à faire vrombir sa machine dans le quartier... pour ter-

roriser tous ces exploiteurs, bourgeois, petits ou grands. *Le jour où l'un de ses copains mourut d'un accident de moto, frappé de plein fouet par une voiture, il décida de changer le cours de sa vie.*

Il était un petit d'homme devenu grand qui rêvait de rétablir la justice sur la terre. Comme Marx, Lénine, Mao, Gandhi. Il visita l'Inde, revêtit le sari des humbles et prit conscience du fossé économique qui divisait le monde. Et il en eut honte. Il devint alors sympathisant de la cause socialiste, de la cause nationaliste et de toutes les causes internationalistes. Il croyait à la nécessité d'une révolution mondiale. Un jour, les masses comprendraient la vérité enseignée par l'avant-garde intellectuelle. Et tant pis pour ceux qui n'avaient pas la foi ! Ils finiraient bien par suivre.

Il y avait une fois un petit de femme qui conservait en lui le côté romantique hérité de sa mère. Un jour, il mènerait une vie paisible avec des amis, une femme et des enfants. Un jour, l'amour universel régirait le monde, une fois la révolution réalisée. La terre n'aurait alors plus besoin que d'un seul gouvernement. Un jour, le grand jour du grand jour... En attendant, le petit devenu grand aimait déterminer les règles de la vie quotidienne. Horaires précis. Gestes mesurés, efficaces. Maîtrise de soi et des autres. Désormais, les sons cacophoniques sont interdits. Désormais, le service domestique doit être assuré à l'intelligentzia dont le temps est trop précieux pour s'occuper de lavage, de nettoyage, de cuisine.

Comme lui, il y avait sur la terre d'autres petits hommes qui rêvaient aussi d'être président, ministre, pape, cow-boy ou matador. Le président s'en va chassant. La chasse aux sorcières. La chasse aux dissidents.

Parvenue au bout des mots, Christiane parcourt ce qu'elle a écrit, bariole le texte de larges traits rouges, le froisse, puis le déchire.

Pique-nique sur la montagne

Le 11 octobre 1970

Elle a dormi dans le hamac, bercée par la brise venant du sud. Une nuit agitée, traversée de cauchemars. Le rêve de la mariée. Et le filet qui lentement se tisse autour d'elle.

Les douaniers m'ont entraînée jusqu'à une cellule. Ma robe blanche, maculée de gris, a pris la couleur des murs de la prison. J'aperçois, à travers un grillage, un geôlier en uniforme. Je le supplie de me libérer, mais l'homme ne m'entend pas. Je passe les doigts à travers la grille de métal pour que l'homme endormi se réveille mais il ne me voit pas.

La nuit est tombée. Il fait froid. Je grelotte. Je m'enroule dans ma robe mais celle-ci m'empêche de bouger. Mes poings, mes jambes, mes pieds sont liés par des cordages. J'essaie de les défaire. Mais ils ont la solidité des chaînes. Un poids oppresse ma poitrine, m'empêche de respirer. Je veux m'en libérer. Mais plus je me débats, plus les mailles se tressent autour de mes bras, autour de mes pieds, plus le filet se referme. Une immense fatigue m'envahit mais j'essaie de rester consciente. J'essaie de me réveiller. Les mailles se défont une à une. J'ouvre les yeux.

C'est l'aube. Le temps a viré au gris. Un brouillard laiteux, venant du nord, étend ses lambeaux. Elle a froid. Péniblement, elle se libère du hamac pour aller se chercher un lainage et regarder le jour se lever. La mer lointaine fulmine. La plage est déserte. Même les fourmis ne sont pas sorties de leur abri.

Une autre journée. Un autre recommencement. Comme si la vie tournait toujours en rond, sur la même orbite, maintenue par la loi de l'attraction comme un quelconque satellite lancé par une main invisible. Avec les mêmes rêves, les mêmes angoisses, les mêmes gestes qui font mal. Avec la guerre qui recommence après la trève. Chacun sa proie, chacun son prédateur. Comme chez les bêtes. La loi de la survie.

Son éducation de fille, sa naïveté l'ont longtemps tenue à l'écart des combats. Mais, avec le temps, elle a appris à mettre de côté sa spontanéité pour devenir stratège. Elle a aussi appris à mesurer les gestes, évaluer les silences et les mots. La moindre erreur peut provoquer une avalanche de reproches et entacher toute une journée. Particulièrement le matin ou le soir, étendue sur son lit, elle aime repasser les événements de la journée, les analyser, soupeser la validité de ses actions ou de ses réactions.

Debout contre la façade râpeuse de la maison, les yeux perdus dans la frange écumeuse de la mer, elle revoit les instants de désespoir et d'euphorie de la veille. Le « jam » de rock et de blues sur la galerie. *All you need is love.*

L'engueulade au sujet de la vaisselle. La discussion manquée. « Si tu veux me faire un sermon, va donc prêcher ailleurs. Moi, je préfère dormir. » Quoi qu'il arrive, c'est toujours lui qui a le dernier mot.

Elle se convainc qu'elle est également fautive. Elle a mal choisi le moment pour amorcer une discussion. La soirée a été belle, joyeuse même. Elle l'a gâchée. Elle aurait peut-être dû attendre après l'amour. Elle l'a déjà fait. Une fois de plus ou de moins… même si elle s'en sent de moins en moins capable.

« J'aurais dû, se dit-elle, ne pas parler à ce moment-là. J'aurais dû laisser nos corps se réapprivoiser… j'aurais dû ne pas m'emporter quand il m'a demandé ce qui n'allait pas… j'aurais dû ne pas être sur la défensive, ne pas l'accuser… On ne négocie pas en brandissant ses armes. Maintenant, le mal est fait. Il faut que j'apprenne à lui parler sans m'emporter, sans l'incriminer. Faire fi de mes émotions. Être plus rationnelle. Exiger qu'il le soit aussi. »

Quelle heure est-il ? Depuis quand se tient-elle là, immobile ? Le soleil se cache derrière un large voile. La marée commence à monter. De la cuisine, elle entend les éclats de rire de Nadia.

— Maman ! Maman ! Papa ! arrête de me chatouiller !

L'enfant réussit à se libérer des bras de Pierre et veut s'accrocher à la taille de Christiane qui apparaît sur le pas de la porte.

— Ma chérie ! Mon petit soleil ! Embrasse-moi ! dit-elle en la prenant dans ses bras.

— Ah ! C'est comme ça ! s'exclame Pierre. Tu te sauves de moi. Attends que je te rattrape !

Il l'arrache de son refuge et la soulève dans les airs en l'embrassant vigoureusement. Nadia rit à fendre l'âme. Christiane sourit.

— Papa, quand est-ce qu'on va à la montagne ?

— Quand Christiane et François seront prêts… et quand j'aurai fait la vaisselle, ajoute-t-il avec son plus beau sourire.

— Maman, dépêche-toi ! Habille-toi !

— Mais toi, as-tu déjeuné ?

— J'ai pas faim tout de suite, bon !

— On peut aussi déjeuner sur la montagne ! suggère Pierre.

— Alors on s'habille chaudement. C'est frais ce matin. Il risque aussi de pleuvoir. Tu viens avec nous ? François apparaît les cheveux ébouriffés. Il acquiesce.

— Curieux quand même ce changement de température ! remarque Pierre en passant dans la cuisine.

Pendant qu'il lave la vaisselle, elle se presse de faire le café et de préparer le panier de provisions. Le pain. La confiture. Des serviettes de papier. Les couverts. Ils n'échangent aucune parole. On n'entend que le bruit des assiettes et la voix plaintive de Nadia.

— Maman, où sont mes jeans ? Maman, où sont mes bas ? Maman où sont mes souliers ?

— Mais je ne sais pas, moi, répond-elle énervée.

« Pourquoi faut-il qu'elle me demande toujours cela à moi ? » songe-t-elle. Elle a trop entendu les cris de ses frères, ceux de son père répéter inlassablement « Maman, où est ma chemise ? Maman, as-tu mis mes pantalons au lavage ? Maman, j'ai plus de bobettes ! Maman ! Maman ! » Et elle a trop de fois vu cette femme au visage impassible, de trente ans, quarante, cinquante, faire les mêmes gestes, répondre servilement aux désirs de ses hommes. Ramasser les vêtements qui traînent. Faire leurs lits. Leur donner les meilleures portions. Manger les restes. Non jamais ! Jamais elle ne laisserait sa fille l'exploiter de cette façon.

— Maman, j'te parle ! Où sont mes jeans ?

Pierre la presse de s'occuper d'elle. Elle pousse un soupir et, pour ne pas provoquer une autre querelle, abandonne le panier de provisions, accourt vers la chambre, ouvre brusquement les tiroirs sens dessus dessous de la commode et déniche dans le fond du placard une paire de jeans.

— Qui les a mis là ?

— C'est moi, répond timidement Nadia.

— Tes bas, puis tes sandales ! Cherche-les sous ton lit ! ordonne-t-elle en quittant la chambre.

En vitesse, elle passe sous la douche d'où sort François. L'eau gicle, trop chaude, puis trop froide. Elle ressort, réajuste la température, entre à nouveau. Elle s'abandonne au jet d'eau fraîche. Apaisée, elle s'essuie, ramasse les serviettes que François a laissées sur le sol, puis s'habille.

Quand elle revient dans la salle de séjour, les deux hommes sont réunis autour de la radio qui diffuse un bulletin d'informations nationales et internationales.

— Bon, ça y est ! On t'attendait ! lui reproche Pierre misérieux, mi-moqueur.

Elle le regarde fixement et ne rétorque pas.

— De toute façon, on va écouter les nouvelles avant de partir, annonce-t-il.

François signale qu'un ministre du cabinet Bourassa a été enlevé.

— Chut ! ordonne Pierre comme s'il s'adressait à des êtres invisibles.

— C'est Laporte, précise François surexcité.

— Quoi ! s'exclame Pierre.

Le ministre québécois de la Main-d'oeuvre et de l'Immigration, monsieur Pierre Laporte, a été enlevé hier par une cellule du FLQ alors qu'il jouait au ballon avec un de ses neveux à sa résidence de Saint-Lambert près de Montréal...

— C'est bon ! Ils n'ont qu'à négocier !

— Chut ! Papa ! rappelle Nadia qui s'est appuyée contre l'épaule de sa mère assise sur la parquet.

La cellule Chénier menace d'exécuter le ministre, ce soir à 22 heures, heure de Montréal, si d'ici là les autorités en place ne répondent pas favorablement aux sept demandes émises à la suite de l'enlèvement de l'attaché commercial britannique, James Richard Cross, il y a une semaine.

De leur côté, les forces policières continuent à passer au peigne fin des maisons et des chalets, posent des barrages sur les routes et procèdent à des arrestations, particulièrement dans les milieux nationalistes et syndicalistes. L'avocat Robert Lemieux, défenseur des felquistes, a été mis sous arrestation quelques heures après avoir déclaré que l'opération Libération, lancée par le FLQ, n'est que l'aboutissement logique de la lutte que ce groupe mène depuis 1964.

Ils demeurent muets. François ferme la radio et Christiane se laisse entraîner par Nadia vers l'extérieur.

— En tout cas, moi je n'ai aucune pitié pour lui. Un bonhomme qui a toujours profité du système, puis qui fait des déclarations idiotes comme celle qu'il a faite l'autre jour. Un gars qui a eu la merveilleuse idée de faire imprimer des piastres à 65 cents pour faire peur au monde... et prendre le pouvoir. S'il peut avoir peur à son tour...

— Bourassa doit être dans ses petits souliers, ajoute François. Surtout que c'est Ottawa qui mène sûrement la barque ! Pauvre Bourassa ! Pris entre sa fidélité à un collègue et les ordres d'Ottawa. Dramatique !

— Maintenant, ils vont être obligés de bouger. Laporte, c'est un homme du gouvernement, pas un petit diplomate britannique. Les gars du FLQ se raidissent. Eux aussi doivent se sentir coincés puisque ça n'a pas marché avec le premier enlèvement. Cette fois, ils ont bien frappé. Malheureusement, on ne saura rien de ce qui peut arriver avant demain matin. Tu vois, j'avais peut-être raison quand je disais que le FLQ était mieux organisé qu'on le croyait.

— Peut-être, reprend François en le toisant. Peut-être... Moi, ce qui m'inquiète le plus, ce sont les arrestations. Il faut absolument que je téléphone à Montréal... à Guy.

— O.K. en même temps, tu prends des nouvelles de Nicole et Jean ? demande Christiane.

En sortant, Pierre constate que le chien Liberación est parti.

— Qui l'a détaché ?

— C'est moi, répond Christiane en soutenant son regard. Je l'ai libéré à cause de son nom.

— T'es fine, hein ?

Il se renfrogne, s'empare du panier à provisions et met le cap vers l'est de la ville avec les trois autres derrière lui.

Très haut, les nuages passent, muraille de ouate grise entre le ciel et la terre. Les quatre excursionnistes longent d'abord la plage déserte, la mer violette parcourue par des centaines de chevaux sauvages qui galopent sur la crête des vagues. Devant eux, la montagne, grossièrement sculptée, comme le profil d'une femme au corps immergé. Un amoncellement de nuages opaques recouvre son sommet, laisse passer parfois de faibles stries de lumière.

Les promeneurs traversent la partie est de la ville, parsemée de chantiers de construction, prennent la route qui mène au promontoire, suivent son tracé en épingles à cheveux. Devant eux, deux femmes âgées, dos courbé, yeux rivés au sol, montent lentement en égrenant un long chapelet entre leurs mains arthritiques veinées de bleu. Ils les dépassent d'un pas alerte. Seule Nadia, accrochée aux épaules de François, se retourne. Les femmes continuent leur route, en s'agenouillant parfois sur le sol de terre battue, indifférentes.

Ils traversent alternativement des couches d'air froid et des couches d'air chaud, se retournent de temps à autre pour apercevoir au-dessous d'eux la ville et la plaine coincées entre la sierra et l'immense étendue de liquide sombre parsemé de moutons blancs. Au nord, des trombes de vapeur d'eau, hautes comme des cheminées d'usine, surgissent entre ciel et terre et répandent leur crachat gris sur le paysage. Le château du Caudillo se cache derrière ce masque, lointain, parfois invisible comme le pouvoir.

Au loin, la cloche d'une église appelle les fidèles à la messe du dimanche. « Priez mes frères pour sauver ce monde en perdition déchiré par les divorces, la contraception, l'avortement, la délinquance juvénile. Prions pour la famille, mes frères. Croissez et multipliez-vous comme nous le dit la Bible ! Prions la Vierge et demandons grâce au Tout-Puissant. Je vous salue Marie, pleine de grâces... »

François qui commence à trouver Nadia lourde, la fait descendre. Christiane et Pierre suivent, silencieux. Elle court les rejoindre, s'interpose entre les deux et leur prend la main.

— Dans combien de temps est-ce qu'on arrive ?

— Oh ! Pas avant une demi-heure, répond Pierre.

— Alors on va monter dans les nuages ?

Ses parents lui sourient sans lui répondre.

— ... Vous êtes fâchés ?

— Qu'est-ce qui te fait penser cela ? s'enquiert Christiane.

— Ben... hier soir... je vous ai entendus... vous vous êtes chicanés.

— Et qu'est-ce que t'as entendu ? demande Pierre.

— Je sais pas... j'ai pas bien compris.

— On a discuté un peu... c'est tout... ajoute Christiane pour la rassurer.

Pierre acquiesce faiblement d'un signe de la tête.

— Vous voulez pas me le dire que vous vous êtes chicanés, hein ? Moi je sais que c'est vrai.

Le regard incrédule et inquiet, Nadia se sépare d'eux pour rejoindre François mais, auparavant, elle se saisit de la main gauche de son père et de la main droite de sa mère pour les joindre. Ils se regardent, troublés. Ils n'osent détacher leurs mains... Ces mains se sont ainsi touchées, retenues tant de fois au cours d'excursions similaires. Dans les bois du mont Orford qu'ils ont descendu en roulant dans les feuilles d'or et de cuivre. Sur le mont Jacques-Cartier gravi à flanc de rocher pour la simple conquête de l'ivresse, pour la griserie du roulis des corps qui s'emmitouflent d'une épaisse couverture de neige blanche et molle quand on se laisse débouler... débouler... débouler jusqu'au bas d'une pente.

L'arrivée soudaine, à un tournant de la route, de deux gardes civils à moto, surgis de nulle part, les fait sursauter. Ils se séparent. Comme s'ils se sentaient coupables d'avoir été surpris en flagrant délit d'attendrissement.

— Que peuvent-ils bien faire ici ? se demande Pierre. Décidément, il faut des chiens partout !

Ils dépassent une famille espagnole. Un homme et une femme d'une trentaine d'années, suivis de trois jeunes enfants. L'homme les salue. La femme qui les observe à la dérobée a appris à ne pas fixer et à ne pas parler aux étrangers. Le plus vieux des garçons fait un clin d'oeil et, de la main, un salut à Nadia qui éclate de rire.

Ils arrivent au sommet de la falaise sur lequel tourne un chapeau de nuages disloqués.

— On peut pas toucher les nuages ! crie l'enfant, les bras tendus vers le ciel. La montagne n'est pas assez haute !

Soudain, elle est prise d'un mouvement de recul.

— Maman ! s'écrie-t-elle horrifiée.

Le chemin s'arrête là, coupé, sectionné comme s'il avait été tranché par un immense couteau. La falaise s'engouffre dans la mer. La peur, mêlée de vertige, leur serre la gorge. Des automobilistes pourraient arriver au bout de cette route sans savoir qu'ici prend fin leur existence. François, Christiane et Nadia reculent. Seul Pierre, songeur, contemple le précipice.

Ils aperçoivent soudain sur leur gauche, à quelques centaines de mètres d'eux, une croix dissimulée dans le brouillard. Devant cette croix, une vierge de plâtre et des pèlerins agenouillés, en vêtements du dimanche. Une vingtaine d'hommes, de femmes et d'enfants. Le murmure de leur voix s'égrène avec le chapelet. « Ave Maria. Ave Maria gratia plena… Sancta Maria, Mater Dei ora pro nobis… Amen. »

Ils s'éloignent vers la droite pour être à l'écart. Christiane étend la nappe blanche sur le tapis d'herbe qui recouvre la tête de la figure de proue… juste au-dessous d'eux. François déballe les provisions : les baguettes de pain, le thermos de café, le jambon, le fromage, les olives noires et la confiture d'abricot.

— Mmm ! Ce sera bon ! affirme François.

— Ça ne te gêne pas, toi, de manger à proximité de ces gens ? remarque Christiane.

— Non et toi ?

— … Non, pas vraiment, répond-elle sans conviction.

Pierre s'approche. Chacun s'installe sur l'herbe brûlée par le soleil.

Le silence des hauteurs est brisé par la mer qui cogne en bas contre la paroi rocheuse, la rumeur des prières et le croquement du pain entre les dents.

— Vous pourriez faire moins de bruit ! déclare Pierre en regardant ses trois compagnons d'un oeil furieux.

— Il y a aussi le bruit de la mer, le chant des oiseaux et puis ces personnes ! Il faudrait peut-être aussi les faire taire ! ironise François.

— Maudit ! apprenez donc à manger ! On dirait un troupeau de ruminants ! Qu'est-ce que vous avez à me regarder comme ça... avec des yeux de vache ?

— Maman ! se plaint Nadia, j'ai plus faim.

— Toi, mange !

— Mange, Nadia, répète Christiane.

— Non ! J'ai plus faim ! pleurniche-t-elle.

— Moi, je n'ai pas envie de vous entendre ce matin ! Je m'en vais.

— Grr ! Grr ! grogne Christiane.

Il ramasse son imperméable, saisit la bouteille de vin, un bout de pain et quitte les lieux. Nadia pleure. Christiane baisse la tête en continuant à grignoter une croûte garnie de confiture, même si elle n'a plus faim. François continue à manger, le regard ailleurs.

L'orage s'amène du nord. Les oiseaux de mer se sont tus. Les vagues se fracassent bruyamment contre la falaise. Un amoncellement de nuages, avec à leur tête une sorte d'être hybride, mi-cheval, mi-dragon, se dirige vers eux. Au loin, le grondement du tonnerre. On rassemble les restes du repas et la nappe.

Un instant, Christiane regarde le ciel menaçant. Elle a envie de hurler comme le tonnerre, d'éclater comme la foudre. Il y a trop de monde autour d'elle. Elle passerait pour une folle. Une possédée. Elle rentre et refoule à nouveau le cri qu'elle a en elle. Les croyants ont cessé de prier. Ils dévalent la montagne comme des fugitifs.

— Ils devraient réciter des prières pour arrêter la pluie. Ça marcherait peut-être, remarque François qui cherche à la distraire.

Elle ne réagit pas, froide, lointaine. Fuir l'oeil de l'orage, l'oeil de Pierre, et trouver un refuge. Ils descendent la montagne en courant. Le nuage monstrueux qui galope au-dessus de leur tête crève. Un torrent tombe du ciel. Nadia, accrochée aux mains de Christiane et de François, trébuche. Ils la soulèvent, reprennent leur course en la soutenant.

La route est maintenant boueuse. Christiane perd pied, glisse et pique du nez. Ses vêtements sont sales, son visage, ses mains tachés de matière argileuse. D'abord étourdie par le choc, elle reste immobile. En apercevant François et Nadia aussi déconfits qu'elle, elle laisse éclater un rire retentissant. Ses deux compagnons l'imitent en lui tendant la main pour l'aider à se relever. Leurs rires gonflent leurs joues comme des ballons, percutent le roc, montent dans l'air comme des montgolfières. En un rien de temps, les trombes d'eau décapent l'albâtre qui dégouline sur ses vêtements, rendent la peau ruisselante. Les pèlerins autour d'eux continuent à fuir sous la pluie drue en leur jetant de temps à autre un regard étonné.

Ils arrivent trempés à la maison vide et froide. Christiane s'empresse d'allumer un feu. Ils se déshabillent, s'essuient et, revêtus de couvertures chaudes, s'entassent comme des chats sur le même sofa, devant la cheminée.

La pluie cesse subitement, la mer se calme, la lueur du soleil apparaît et un magnifique arc-en-ciel trace sa courbe colorée dans le ciel grisé de vapeur d'eau.

Un vieux couple de touristes, vêtus d'imperméables gris, passent, le pas lent, cachés sous un grand parapluie noir. Impassibles comme si la pluie et les orages ne les atteignaient plus à cette heure où la sagesse sonne la fin des passions. Ils reconnaissent le couple aperçu sur la plage, il y a deux jours. L'homme à la tête de Picasso âgé et la femme au maillot de bain imprimé de fleurs magenta.

Nadia s'endort sur les genoux de sa mère. L'amertume a fondu avec la chaleur des rires et du feu. Christiane a soudainement envie de parler, de parler. Sans détour.

— Le comprends-tu, Pierre ? demande-t-elle.

— Sûrement moins que toi ! répond-il, hésitant.

— Ah ! Je n'en suis pas sûre. J'ai l'impression, parfois, d'avoir perdu toute faculté d'analyse quand je l'observe. J'aimerais tant savoir d'où lui vient cette rage intérieure. Ce côté tyrannique. Les freudiens parleraient d'une naissance douloureuse et d'un séjour difficile dans le ventre de la mère. D'autres psychologues, d'une enfance surprotégée.

— Et les diététistes, d'un manque de zinc dans l'alimentation... ou d'un abus de colorants ! affirme-t-il, sarcastique.

Christiane sourit.

— Il faudrait alors peut-être parsemer sa nourriture de poudre de zinc... continue François, lui interdire de manger du chocolat ou de la crème glacée, ou encore décolorer sa bouffe à l'eau de Javel.

Christiane dissimule son malaise derrière une grimace.

— C'est pas drôle. C'est triste à mourir, murmure-t-elle en retenant ses larmes.

— Ma pauvre chouette, dit François en passant un bras autour de ses épaules. Excuse-moi. Pleure pas... ou plutôt pleure... ça te fera du bien.

— Non. Je ne veux pas pleurer. J'ai assez pleuré, se ressaisit-elle en s'essuyant les yeux. J'ai tellement de fois essayé de lui parler. Mais il ne m'écoute pas... il ne veut jamais rien remettre en question.

— Le mieux, c'est sans doute de penser à toi et de penser moins à lui...

— Mais je ne peux pas !... Je vis avec lui. Tu crois que ça peut durer encore longtemps ainsi ?

— Je ne sais pas, moi. Ça dépend de vous deux, ça dépend de toi...

— Je te fatigue avec ça ? Tu es son ami. Je ne devrais pas te parler de lui comme ça.

— Je vis avec lui et avec toi pour la première fois. C'est normal que nos relations changent avec le quotidien... je t'avoue d'ailleurs que depuis un bon bout de temps, je me sens beaucoup plus près de toi que de lui... C'est vrai.

Ils se regardent un moment sans rien dire.

— C'est vrai ? répète-t-elle, ne sachant trop que dire. Je...

— J'ai l'impression parfois qu'il ne cherche que la guerre. C'est un gars qui aime l'affrontement, qui aime se mesurer aux autres, et le monde, pour lui, est divisé en bons et en méchants. J'ai essayé pourtant de me battre aussi, de l'attaquer avant qu'il ne le fasse, de le prendre par surprise. Mais je finis par céder, horrifiée par le champ de bataille que nous avons créé, par les blessures que nous nous infligeons.

— Je ne suis pas certain cependant qu'il aime se battre avec ses proches ! Je suis même sûr que ça le rend malheureux ! ajoute François, songeur. Mais c'est comme s'il ne pouvait s'en empêcher ! T'en fais pas ! C'est toi qui as raison ! La guerre, c'est absurde ! Faire l'amour, c'est tellement mieux...

Troublée, elle éclate d'un rire nerveux.

La propriétaire vient pour s'informer des fourmis et leur indiquer où se trouve le bois au cas où ils en manqueraient. Elle accepte après s'être fait prier, l'invitation de François à prendre un café avec eux. Elle demande du lait. La tasse tinte contre la soucoupe lorsque sa main tremblotante saisit l'anse pour reprendre une gorgée de liquide.

François lui demande si elle connaît la cause du changement subit de température. Elle lui répond que cela est inhabituel. Au pays, la température est au beau fixe depuis des années. Ensoleillée sur la côte. Nuageuse dans l'arrière-pays.

— Certains disent que c'est politique ! insinue François pour connaître son opinion.

— Politique ? Je ne sais pas. Moi, vous savez, la politique, il y a longtemps que j'ai appris qu'il valait mieux ne pas en parler... depuis que mon mari est mort à la guerre de 36... tué par les troupes du gouvernement.

Embarrassé, François n'insiste pas.

— C'est pour le soleil et la mer que je reste ici ! ajoute-t-elle pour rompre le silence. C'est pour cette raison que je ne veux pas vendre la maison... malgré les pressions de mon fils. Il voudrait que j'aille dans un foyer pour vieillards parce qu'il prétend que je n'ai pas la force d'entretenir la maison et la propriété. Mais la vieille est plus forte qu'il pense... et têtue aussi. Elle ne veut pas mourir dans une cage. Elle préfère plutôt mourir seule dans sa maison. Elle vivra ainsi plus longtemps !

— C'est bien, tenez bon, madame García Márquez ! lui dit Christiane en fixant son beau regard noir encore pétillant malgré le voile diaphane qui l'obscurcit.

Puis, comme regrettant de s'être trop livrée, madame García Márquez leur demande s'ils passent de bons moments à Castel del Caudillo. Ils lui donnent une version améliorée de leur excursion. Elle leur explique que les gens, qui ont escaladé la montagne pour prier, commémorent la fête de la Maternité de la Vierge et que partout dans le pays, il y a eu des processions précédées de la statue de la Vierge portée par des hommes. Elle s'étonne d'apprendre qu'au-delà de la ville les olives sont déjà noires. Pour rompre le silence qui suit, elle demande si Pierre est parti.

— Non, non, dit Christiane. Il est simplement allé visiter la ville.

Puis elle les salue et demande à Nadia de lui rendre visite pour voir ses « gatos ».

— Alors la dame veut me donner des gâteaux ? demande l'enfant.

— Non, non. « Gato », en espagnol, veut dire chat... et je ne crois pas qu'elle veuille que tu les manges !

Ils s'esclaffent. Le beau temps revient et, avec lui, la lumière d'un soleil rouge.

* * *

François est sorti et Nadia dort. C'est une nuit fraîche, une nuit de pleine lune. Comme ils n'avaient pas le goût de sortir pour faire le marché, ils ont préparé des croque-monsieur et lavé ensemble la vaisselle, abandonnant volontiers la consigne de la division du travail. Malgré les questions de Nadia sur le départ de Pierre et l'angoisse de Christiane de le voir revenir en mauvais état, le repas a quand même été gai. Ils ont parlé avec gravité du Québec, de leurs amis, du sentiment d'être exilés.

Les étoiles percent le ciel de leurs pointes lumineuses. Christiane referme les volets de sa chambre et sort de sa valise le diagramme qu'elle trace depuis deux mois, depuis leur départ de Lyon. Il sert à établir l'évolution de ses rapports avec Pierre.

Elle dessine un éclair au-dessous du 11 octobre. Après avoir parcouru les symboles du soleil, de la pluie et de la foudre, elle établit le diagnostic général. Fait le décompte et s'aperçoit que la période choisie se divise en cycles réguliers d'environ six jours comprenant un jour de beau temps pour cinq de mauvais temps ; ces derniers se répartissent généralement entre trois jours de pluie et deux jours d'orage qui ne se suivent pas nécessairement.

Les jours d'orage, c'est lorsque Pierre se met en colère. Ces jours-là, la vaisselle vole en éclats, les portes claquent et elle se réfugie le plus souvent dans sa chambre pour pleurer ou ronger sa colère.

Les jours de pluie, ce sont des jours d'incertitude, de clair-obscur, parfois traversés d'un rire, où l'on se parle surtout par nécessité. Le plus souvent alors, elle a la moue triste et boudeuse et il promène son regard sombre sur les êtres qui l'entourent.

Il y a aussi les jours ensoleillés. Ces jours-là, le soleil immense, flamboyant comme une orange, brille jour et nuit. Une caricature de Girerd ou de Hara-Kiri, un monologue de Deschamps, une remarque drôle de Nadia sert alors de prétexte au « renouement conjugual ».

— Papa ! Maman ! Le petit de la vache, c'est le vachon ! C'est ça ?

Alors on se prend les mains. On rit. On sourit. On réapprend le désir, le temps de rouvrir l'espace de ses bras, de se toucher du bout des doigts, du bout des lèvres sur une couche de mousse, d'herbe, de sable ou de coton frais. Le temps de mêler sa soif, de tresser son corps à celui de l'autre. Le temps d'une courte et fragile escale d'amour avant de fourbir à nouveau les armes.

Alors tout événement peut servir de prétexte à division. L'appartement se transforme en échiquier sur lequel le roi et la reine prennent place avec leurs pions. Mais le roi est plus aguerri que la reine.

— Comment ! Tu n'as pas encore acheté de pain ? Le souper n'est pas prêt ? Tu n'écoutes jamais quand je te parle ! Tu ne comprends rien ! T'es folle, complètement folle !

Et presque tous ces reproches font référence à une privation ou à la peur d'une privation.

Elle en est sûre maintenant. Pierre demeure un petit garçon. Le p'tit gars de sa maman. C'est pour cela qu'il la voit comme une mère. Serveuse, nourricière, compréhensive et soumise. Sainte Marie, mère de Dieu et de tous les hommes, priez pour nous, pauvres mères damnées par le fruit de leurs entrailles.

Elle refait le décompte des jours. Cinquante jours de chagrin pour dix jours de plaisir. C'est décidément trop. Un jardin des délices qui ne fait pas le poids avec la descente aux enfers. Elle ne peut continuer ce jeu qui la détruira tôt ou tard. Elle doit penser à elle avant tout, comme le lui a dit François... à Nadia aussi. Pour le moment, il faut qu'elle lui dise tout ce qu'elle a sur le coeur.

Elle enfouit le diagramme dans sa grande enveloppe de papier jaune, la dissimule au fond de sa valise. Il ne lui est plus d'aucune utilité. Le diagnostic est clair.

— Ben ! J'ai le choix, se dit-elle en s'étonnant de sa propre froideur, entre une thérapie conjugale ou un traitement de choc.

Un jour, l'homme qui ne veut pas comprendre découvre que sa femme est partie et vlan ! Qu'est-ce que je fais ?

Surexcitée, elle s'attable, s'empare d'une feuille de papier.

Pierre

Je pars avec Nadia pour toujours si tu ne réponds pas dans les douze prochaines heures à ces revendications :

1. Liberté. J'exige la reconnaissance en tant qu'être autonome capable d'avoir ses propres idées sans me faire taxer d'idiote.

2. Égalité et justice. J'exige le partage entier des tâches et des responsabilités quotidiennes.

3. Paix. J'exige le désarmement total et la destruction des armes de tout acabit encombrant notre territoire.

J'attends ta réponse demain matin à dix heures précises au café del Mar.

Christiane

P.S. Quant à l'amour, cela ne se commande pas. Et vive l'amour libre ! Vive le Québec libre ! Vive le monde libre ! ¡Y viva la libertad!

Castel del Caudillo, 11 octobre 1970.

« Je le connais, se dit-elle. Il ne négociera jamais à partir d'un tel ultimatum. Il va se mettre en rogne ou me rire au nez. Ma cause ne peut se comparer à celle des grands révolutionnaires nationalistes ou marxistes ! Il n'y a ni Marx ni Lénine derrière moi. Ni même Freud. Il me ridiculisera : Voyons t'exagères. T'es hystérique, quoi ! Et nous serons encore sur le sentier de la guerre. »

Elle déchire le communiqué, rédige une lettre :

Castel del Caudillo, le 10 octobre

Pierre, mon ex-ami, mon ex-amant

Elle rature, déchire et recommence sur une autre feuille.

Pierre

Je t'implore ce soir de faire l'impossible pour que nous puissions du moins finir agréablement ce voyage... ensemble.

L'air que nous respirons est de plus en plus vicié. J'ai peine à respirer. Toi aussi. Nadia, François également. Vite, je t'en prie, de l'oxygène ! Pourquoi construire cette tragédie absurde où, par ennui ou désoeuvrement, de tristes acteurs jouent jusqu'à s'entredéchirer la représentation du maître et de l'esclave ? A-t-on besoin de reproduire dans nos vies ce que nous dénonçons ?

Un fantôme me hante. Je m'accroche à lui. Je revois son sourire des jours de soleil, la lumière de ses yeux. Il est là, heureux sur cette plage, sur ce rocher, dans l'érablière enneigée. J'essaie de le toucher, de le retenir. Ma mémoire persiste à vouloir recréer les lignes de son visage amoureux, de ton visage, mais plus le temps passe, plus ses contours sont imprécis. Tu es loin déjà, j'ai peur de ne plus pouvoir me souvenir. Parfois je me concentre, je réussis à me rappeler quelques impressions heureuses. Je m'accroche toujours à la même ombre, mais c'est l'étranger qui reste. L'étranger sombre qui cherche à écraser. À imposer ses volontés. À tout régir.

Malheureusement, je ne puis rien contre ton mal de vivre, contre tes colères subites, contre tes caprices d'enfant. Mais je sais très bien que je ne puis plus les supporter. Ni l'injustice inscrite dans nos gestes quotidiens.

Trop longtemps nous nous sommes résignés à dépendre l'un de l'autre. Je me suis fiée à ta force, à ton esprit de décision et toi sans doute à « mon sens des réalités domestiques ». Nous avons obéi à la programmation séculaire. Nous avons répété le modèle de nos parents. Maintenant, le château que l'on a construit croule. Et je renie la femme que je fus, le jeu que je me suis résignée à jouer.

J'en appelle pour la dernière fois à ta lucidité pour que nous retrouvions chacun notre autonomie. Pour que le bateau ne coule pas et nous avec lui. Sinon, moi je débarque ! Avant de me noyer.

J'attends une réponse rapide. Toi que je ne veux ni étranger, ni fantôme. Quand tu te réveilleras, je serai partie au café del Mar. Je t'y attendrai jusqu'à dix heures. Bonne nuit !

Christiane

Elle écrit le nom de Pierre sur une enveloppe et la dépose sur la table, bien en vue sous la lumière d'une lampe. Elle se précipite dans sa chambre, de peur d'être surprise, se sent inquiète, tiraillée entre le regret et la satisfaction.

Un moment, elle reprend le livre sur l'histoire espagnole commencé à Madrid et abandonné à plusieurs reprises. Un livre acheté à Paris, qu'elle a réussi à soustraire à l'attention des douaniers. Un essai qui remonte à la guerre civile et à ses horreurs, qui raconte les liens du régime avec le nazisme et le fascisme, répertorie et analyse ses interdits. La presse cavalièrement censurée, les réunions politiques prohibées comme les organisations syndicales et politiques autres que celles créées pour le pouvoir. Non, encore une fois, elle n'a pas le goût de se concentrer là-dessus.

Elle repousse son livre, regarde l'heure. Vingt-trois heures. Le délai donné par le FLQ au gouvernement québécois est passé. Laporte est peut-être déjà mort si Québec et Ottawa ont maintenu la ligne dure. Elle frissonne, remonte la couverture, décide de feuilleter les magazines rapportés par Pierre la veille. Elle ne voit que les photos. Plutôt des taches de couleur en mouvement. Images de misère noire ou grise dans les bidonvilles de Tanger ou les rues de Calcutta. Images de révolte et de répression maculées de rouge. Les révolutions, les changements importants, semble-t-il, ne se font que dans le sang. Elle est incapable de fixer son attention sur un texte. Qu'il s'agisse d'un reportage sur la guerre du Viêt-nam, la vie sexuelle des fourmis ou la contre-culture californienne. Elle décide d'éteindre.

Que fera-t-il en apercevant cette lettre ? pense-t-elle. C'est sa première tentative du genre. La lira-t-il seulement ? Sera-t-il choqué ou touché ? Il ne peut y être insensible. Ses propos ne peuvent inviter qu'à la conciliation. Les accusations ? Pierre n'aime pas être accusé ! Comme elle d'ailleurs. Elle le rend entièrement responsable de la tragédie qu'ils vivent... Non, quand même pas entièrement. Il serait offusqué de se faire comparer à un fantôme ou à un étranger... ou à un enfant. Il aurait fallu s'exprimer autrement. Tout est dans la manière ! disait sa mère. Elle n'a pas été très subtile.

Corriger le texte, ou mieux, le détruire. Ses tergiversations sont ridicules. Trève de spéculations ! Se casse-t-il la tête, lui, avec la subtilité ? Elle n'a rien à perdre, au point où ils en sont. Elle aurait pu aussi être plus directe. Lui déclarer qu'elle déteste cet étranger qui la harcèle de ses humeurs capricieuses, l'accuser de tyrannie, lui ordonner de partir.

Le bruit de la clef dans la serrure et la porte qui s'ouvre. Pierre ! Ah non ! Pas déjà ? Des pas feutrés mais lourds traversent la salle de séjour. Elle se dissimule sous les draps, sent une sueur lourde couler entre ses seins comme lorsqu'elle se réveille d'un cauchemar. La porte de François s'ouvre et se referme. Fausse alerte ! Il faut essayer de dormir. Ne plus penser, laisser venir les événements.

Elle se sent comme un baril perdu entre les vagues d'une mer agitée, qui tourne, puis se retourne sur lui-même. Sur le ventre, son coeur bat trop fort. Sur le dos, la lumière de la lampe la dérange. Elle a envie de frapper à la porte de François pour savoir s'il a des nouvelles du Québec, lui dire n'importe quoi. Et si Pierre arrivait... Elle réussit finalement à s'endormir dans sa position habituelle, dans un cocon de chaleur, en position quasi foetale.

Quand il rentre, presque à l'aube, elle ne bouge pas. Elle s'est éveillée trop tard pour savoir s'il a vu sa lettre. Elle essaie d'être attentive au moindre indice qui pourrait lui faire croire qu'il en a pris connaissance. Un bruit de papier froissé, de feu qui brûle. Rien ! ¡ Nada ! Seulement le grincement de la porte et le glissement des vêtements sur le plancher de la chambre.

Il sent l'alcool et la cigarette. Elle est convaincue qu'il a détruit la lettre. Cet autre pont qu'elle a tenté de jeter entre elle et lui s'est écroulé. Elle a de nouveau perdu la partie. Échec et mat !

* * *

Vingt-deux heures trente. Heure de Montréal. C'est l'heure des informations à Radio-Canada, CKAC-Montréal, CHRC-

Québec, CBJ-Chicoutimi, CJBR-Rimouski. Des millions de Québécois ont l'oreille collée à leur récepteur.

Le ministre Pierre Laporte, enlevé samedi dernier par des terroristes felquistes, implore son collègue Robert Bourassa de lui sauver la vie.

Il lui demande, dans une lettre personnelle, de faire cesser les recherches policières et d'accorder la libération des prisonniers politiques exigée par le FLQ. « Tu as le pouvoir de décider de ma vie, écrit-il. Autant agir tout de suite et éviter un bain de sang et une panique inutiles. »

Par ailleurs, lors d'une conférence de presse télévisée, le premier ministre Bourassa vient de laisser entendre qu'il pourrait négocier la libération des prisonniers politiques s'il est assuré que les deux otages auront la vie sauve. Selon des sources officielles, Ottawa continue à s'opposer à toute concession.

Quelque part dans la nuit, quelqu'un crie au secours. Personne ne répond. La majorité se couche et s'endort.

Une tache de sang sur le mur

Le 12 octobre 1970

La maison est silencieuse. Il dort. Le visage fermé. Indifférent, vulnérable. Elle se détourne de crainte qu'il ne sente son regard sur lui, repose délicatement les draps, se presse d'enfiler un maillot, un jean et une chemise indienne.

L'enveloppe a disparu. Aucune trace ni sur les meubles, ni dans la poubelle, ni dans les cendres du foyer. Il l'a lue. À moins qu'il ne l'ait détruite. Il est près de huit heures. Seulement deux heures avant la rencontre au café del Mar. L'idée qu'il paraisse sur le seuil de la chambre l'énerve.

Le miroir de la salle de bains lui renvoie un visage bronzé mais des traits tirés. Elle secoue la tête, tapote ses joues, s'asperge le visage d'eau froide, coiffe ses longs cheveux. Elle se persuade qu'elle a meilleure allure et s'empare nerveusement d'un crayon et de papier pour rédiger une note.

> Pierre
> Je serai au café del Mar à partir de dix heures. Je t'y attendrai jusqu'à onze heures.
>
> Christiane

Une force sauvage l'attire à l'extérieur. La mer verte se joue d'elle en étendant une couche d'écume sous ses pas, puis en la retirant. Elle a soudainement envie de voir du monde, de se noyer dans une foule anonyme, de sortir de l'exil.

Sur le boulevard, des camions venant de l'est défilent dans la même direction. Chargés de fruits, de légumes, de porcelets et de poulets aux plumes blanches entassés dans des cages de bois. Terrorisées, les bêtes criaillent, s'égosillent sans savoir qu'on les mène à l'abattoir. Des plumes s'échappent des cages et folâtrent dans l'air avant de choir sur le sol comme les feuilles des arbres à leur dernière saison.

Christiane suit le tapis qu'a laissé derrière lui le nuage de duvet blanc. Le marché où elle arrive est plus étendu, plus pittoresque que celui qu'elle fréquente habituellement. Les étalages se côtoient, s'enchevêtrent le long des ruelles étroites et désordonnées. Les camionneurs, aidés des commerçants, déchargent les marchandises. Cageots de fruits, de légumes jaunes, verts ou écarlates, et de volailles. Saucissons de toutes formes. Des jambons fumés. Derrière les comptoirs, des femmes en noir classent les victuailles, étalent pour les mettre en valeur des tissages et des dentelles. Elles ont toutes la chevelure et le regard sombre.

Christiane frissonne. Elle pourrait être l'une d'entre elles. Elle veut effacer l'image de ces femmes, revient sur ses pas et tente de se laisser absorber par la beauté des nappes de dentelle ajourées comme des toiles d'araignée.

Le cri d'un volatile perce l'air. Une poule. Le couperet tombe. Sa tête sur le sol. L'homme, vêtu d'un sarrau blanc, se saisit d'une autre poule. Mère poule, poule d'eau, poule aux oeufs d'or, poule mouillée. Toutes semblables. Un dernier cri. C'est terminé. Sa robe blanche tachée de sang.

Neuf heures. Elle traverse à nouveau le large boulevard où se croisent fardiers, camionnettes et voitures à l'immatriculation espagnole ou étrangère. Les klaxons, le grincement des freins près des feux de circulation. Des touristes, généralement des couples, quittent leur hôtel pour la plage, sacs ou chaises sous le bras. Des femmes de ménage lavent les vitres des grands hôtels et des condominiums, des serveurs s'affairent autour des tables sur les terrasses et les ouvriers montent la charpente des tours d'habitation pour touristes fortunés. Certains la regardent, l'oeil goguenard.

— ¡ Eh, guapa ! ¿ Cómo estás ? Tu m'amènes à la plage ce matin ? Souris un peu ! Allez ! Moi je sortirais bien avec elle, ce soir !

Elle passe sans les regarder. Incapable de toujours saisir les mots, incapable de trouver les mots justes pour rétorquer comme elle le fait au pays.

— ¡ Basta ! ¡ Basta ! lance-t-elle.

Étonnés. Les hommes se taisent.

À un kiosque, elle achète le journal qui l'aidera à passer l'heure. Il annonce la trentième corrida nationale de dimanche prochain. La première page est tapissée de photos du président vêtu de son costume de gloire, garni d'insignes militaires. Le Caudillo entrant dans l'arène, le Caudillo faisant voler fièrement sa cape rouge, le Caudillo transperçant le corps de la bête, le Caudillo délirant de joie sous les applaudissements de la foule. La victoire à quarante ans. La victoire à cinquante ans. La victoire à soixante ans. La victoire à soixante-dix ans. Trente ans de pouvoir ininterrompu sur une masse de fidèles. Amen.

Elle se retourne. Le pays au-delà de la côte essaie de repousser le manteau d'ombre qui le recouvre encore. Le café del Mar est à moins d'un kilomètre de la maison. Avant d'y entrer, elle jette un coup d'oeil rapide en direction de l'est, cherche une tête blonde dans la foule hétéroclite. Il n'est pas à l'intérieur non plus. Anxieuse, elle choisit une table près de la baie vitrée donnant sur la mer. Elle est la seule cliente.

Un homme, dont elle ne voit que la chemise blanche, le pantalon et le noeud papillon noirs, se penche au-dessus d'elle pour lui offrir le menu. Elle commande des croissants et du café au lait. Les pâtisseries sont sèches. Elle s'efforce de manger le premier croissant, mais abandonne le deuxième.

103

De toute façon elle n'a pas faim. Le café est corsé et crémeux, et elle le boit jusqu'à la dernière goutte en suivant des yeux les promeneurs et les promeneuses qui s'entrecroisent.

Neuf heures trente. Elle dépose sa montre sur la table. Comment le temps peut-il être à la fois aussi long et aussi court ? Pour se calmer et s'empêcher de trop penser, elle feuillette le journal. Des reportages sur la productivité du pays, sur les chefs politiques, les affrontements internationaux et les compétitions sportives. Elle vit dans un autre monde, un monde qui ne fait pas partie de l'actualité, un monde dont les médias ne parlent jamais.

En le refermant, elle croise, dans un des miroirs qui garnissent les murs le regard de deux hommes. Une femme seule dans un restaurant. Elle essaie de se replonger dans son journal. Il n'y a rien à lire. Elle relève le visage, sent à nouveau le reflet dans la glace des deux hommes. Ils la scrutent. Elle a l'impression d'être une espèce de poisson rare dans un aquarium. Elle fixe l'un des deux serveurs. Elle aurait envie de faire des grimaces… des bulles avec le café. Il baisse la tête et retourne à sa vaisselle. Le plus jeune continue son jeu, lance un clin d'oeil.

Neuf heures cinquante. Les gens passent et la plage est envahie. Le tableau du temps est là devant elle : les enfants qui attendent d'être grands, les adolescents qui attendent l'amour, les couples qui attendent un enfant, les retraités qui attendent la mort. Neuf heures cinquante-cinq ! « Et s'il ne venait pas » se dit-elle. Il ne peut lui faire ça. Et s'il ne tenait pas à cette discussion ? Et s'il se fichait carrément de son ultimatum ? S'il se foutait tout simplement d'elle ?

Dix heures. Dix heures cinq. Toujours rien. Et si elle partait? Non elle ira jusqu'au bout de l'absurde. Elle croise et décroise les bras, persiste à boire dans un bol de café vide, consulte à nouveau le menu. Elle sursaute. Des bruits dans l'escalier menant au restaurant. Un jeune couple, d'allure « just married », emplit la pièce de rires saccadés. Ils commandent en anglais des jus d'orange et des oeufs à l'américaine. Ils se regardent avec insistance.

— Une farce tout cela, se dit Christiane.

Elle commande un verre de vin blanc, boit lentement. C'est frais comme l'eau d'une rivière en été, capiteux comme un nectar de fruits. Elle en commande un second sans regarder le serveur.

Dix heures trente. Elle se sent un peu grise. Il ne viendra pas. Une tristesse amère l'envahit, mais elle la repousse comme son verre vide.

— Je m'en contrefous qu'il vienne ou non ! Après tout, il n'est pas le nombril de la terre. Il y en a d'autres que je saurai aimer. Il y en a d'autres qui sauront mieux m'aimer. Et puis l'amour... l'amour, à quoi ça sert ? se demande-t-elle en imaginant le visage torturé de Piaf.

Comment en arrive-t-on à faire tout un plat avec un simple amalgame de frissons ? Les hommes savent mieux se protéger. Ils s'engagent moins, ils savent se contenter de faire l'amour.

Elle considère le plus jeune des serveurs par le biais du miroir.

— Il n'est pas si mal, ce gars ! se dit-elle. De beaux yeux, un beau corps, de belles fesses. Un coup d'oeil, un petit signal... et il serait dans mon lit... ou plutôt je serais dans son lit ! Et après ! Ce serait terminé !

Mais elle revoit le visage de Pierre.

— À onze heures pile, je pars ! décide-t-elle. Je ne gaspillerai pas une minute de plus à attendre ! Aujourd'hui c'est jour de relâche au grand théâtre de la tragi-comédie. J'irai vers un lieu inconnu de toi. Tu devras bien t'interroger sur mon absence... à ton tour ! Tu devras bien t'occuper seul de Nadia à ton tour !

Elle vide un troisième verre de vin. Elle esquisse un sourire désabusé. Elle a oublié le couple américain ou canadien-anglais, le regard de ceux qui l'observent. Elle remet la montre à son poignet, repousse sa chaise, et, un peu chancelante, se dirige vers la caisse. Onze heures.

— Trois cent cinquante pesetas, señorita, lui dit le serveur qui pourrait être son père.

— Trois cent cinquante pesetas ! Cinq dollars ! s'exclame-t-elle étonnée en calculant son argent. Et puis tant pis ! Tenez ! Aujourd'hui, c'est ma fête ! ¡ Si ! hoy es la fiesta ! À moi le soleil et la mer ! À moi le temps et l'espace ! ¡ Buenos días ! ¡ Hasta la vista ! Elle dévisage l'homme en lui montrant un large sourire. Celui-ci semble interloqué par le comportement de cette étrange jeune femme qui franchit le seuil, le corps droit, les jambes légèrement vacillantes.

La morsure du soleil sur sa peau la fait jubiler.

— Adiós, Pierre. Adiós, Pedro. Adiós amigos. ¡ Adiós ! crie-t-elle aux gens qui s'arrêtent pour l'examiner.

Elle se précipite vers la plage, tourne sur elle-même, esquisse des entrechats désarticulés entre les corps étendus. Elle retire sa chemise, la fait tournoyer autour de sa tête comme une banderole de soie légère. Ses gestes de danseuse dessinent des arabesques, des spirales de cerf-volant.

Elle abandonne son sac et ses vêtements sur le sable, pénètre dans les vagues, plonge tête première. L'eau la dégrise. Elle continue sa marche, euphorique, vers la limite ouest de la grande baie, gravit par un sentier étroit le rocher à flancs ridés qui la relie à une crique. En bas, à gauche, la plage la plus belle pour les étrangers ; à droite, la plus exiguë pour les habitants de la ville. Des enfants jouent. De jeunes couples enlacés s'embrassent, sur des serviettes à motifs de palmiers, de poissons, d'otaries ou de danseuses hawaïennes.

Elle déniche un coin à l'écart de cette agora indolente, se laisse tomber sur le sol, s'y creuse un nid comme les araignées de sable. Un trou pour se cacher. Avec une ouverture sur l'espace juste assez grande pour respirer et laisser passer les rayons du soleil. Elle ne sera pas seule longtemps.

Un jeune bourdon, sans doute alléché par la perspective d'une aventure, tourne autour d'elle, s'approche. Il lui parle d'abord en anglais, puis constatant son indifférence, il essaie l'allemand et le français. Elle est prise au piège ! Elle fait semblant de ne pas comprendre. Il insiste. Elle soulève la tête et lui jette un regard irrité.

— ¿ Habla usted español ? ¿ francés ? persiste-t-il en exhibant des dents blanches, petites et régulières.

— ¡ Francés ! répond-elle en rentrant sa tête dans le sable.

— C'est merveilleux ! s'exclame-t-il en s'asseyant près d'elle. J'ai terminé un bachot à Paris l'année dernière. Tu es en vacances ? D'où viens-tu ? du Canada ? Comment t'appelles-tu ?

— Christiane… du Québec ! répond-elle en se soulevant et en se laissant à nouveau retomber.

— Christiana… ça me fait penser à Anna ! Il y a beaucoup d'Anna en Espagne. Ma mère s'appelle ainsi. Ma grand-mère paternelle aussi.

— Mon arrière-grand-mère aussi, ironise-t-elle. J'avais aussi une grand-mère qui s'appelait Malvina, une autre qui s'appelait Rose-Alma.

— Ah oui ! s'étonne le garçon. C'est la première fois que tu viens ici ?

Elle lui annonce qu'elle doit partir faire des courses.

— Comment des courses ? Toutes les boutiques sont fermées à cette heure-ci. C'est l'heure de la sieste.

Elle est coincée mais cela l'amuse. Elle éclate de rire.

— Tu es belle quand tu ris. Et quels beaux yeux… Tu étudies ? Oui ? en quoi ?… En psychologie ! j'imagine que tu es freudienne !

Cette remarque l'irrite. Il n'y a pas que cette école en psychologie. Elle a choisi cette discipline pour mieux connaître les autres. Ce goût de l'autre l'avait menée à l'oubli de soi.

Elle joue le jeu de l'indifférence, tourne la tête, imagine une île déserte au milieu de la mer. Il respecte un moment son silence puis revient à l'assaut.

— Ça ne va pas au Québec ? Un deuxième enlèvement. J'avoue que j'ai été le premier surpris. Je savais, pour avoir rencontré des Québécois en France, qu'il y avait des velléités d'autonomie chez vous, quelques bombes par-ci, par-là... mais je ne pensais pas que la situation était aussi grave !

Agacée, elle se redresse en ripostant que les manifestations de violence ne sont pas étonnantes quand on a peur d'une mort collective, quand on sait que toute négociation d'égal à égal est impossible, lorsqu'il y a dix gouvernements majoritairement anglophones contre un seul francophone.

Il se laisse tomber près d'elle.

— S'il y a des gens qui veulent prendre les armes au Québec, ajoute-t-elle avec conviction, c'est parce qu'il y a au Canada un pouvoir de plus en plus centralisateur qui empêche le Québec d'agir. C'est une sorte de vengeance pour trois siècles de domination. Pour la menace qui pèse sur les francophones alors que la politique d'immigration canadienne et même les lois provinciales favorisent l'assimilation des immigrants à la majorité anglaise.

Elle s'arrête. Voilà qu'elle parle comme Pierre maintenant.

— Tu es donc favorable au FLQ ! En fais-tu partie ? demande le jeune homme.

— Je ne favorise pas leur action. Je la comprends, c'est différent.

— La population, elle, tu crois qu'elle l'approuve ?

— Les Québécois ne sont sûrement pas favorables à la lutte armée. Ce qui ne signifie pas qu'ils n'éprouvent pas une certaine sympathie pour les felquistes.

— C'est une minorité qui souhaite l'indépendance, non ?

— Une minorité grandissante !

Elle se tourne vers lui. Il applaudit. Cela la fait sourire.

« Il doit être fier de lui, se dit-elle. Il a touché une fibre sensible. Tant pis. Puisqu'il joue, je jouerai aussi. »

Elle verrait où l'imprévu la mènerait. De toute façon, elle n'avait pas l'intention de rentrer avant le souper. Brusquement, elle lui demande ce qu'il pense du chef de l'Espagne.

Sa bouche s'étire, se crispe. Après avoir regardé attentivement autour de lui, il lui annonce qu'il ne peut pas ne pas abhorrer cet homme pour le régime de terreur et d'oppression qu'il a imposé à son peuple. Son grand-père républicain a été tué lors de la guerre civile. Ses parents, ses voisins ont peur de parler, de se regrouper, peur de la délation. La moindre tentative de réunion est suspecte. Tout ce qui compte c'est le travail... quand c'est possible d'en avoir un, le travail, avec au bout un salaire dérisoire, la religion, le soccer... et la corrida.

Devenu grave, il se tait, observe les alentours et regarde Christiane qui l'écoute maintenant avec attention.

— Pourtant, ce n'est pas ma famille qui a fait mon éducation politique ! précise-t-il sur le ton de la confidence. On a tout fait durant des années pour nous cacher les causes réelles de la mort de mon grand-père, l'emprisonnement d'un de mes oncles. Un frère de mon père que je croyais en Amérique du Sud mais qui a passé toute sa jeunesse dans les prisons de l'État. Comme les autres enfants, j'ai appris à applaudir le Caudillo quand il apparaissait publiquement. J'ai découvert qu'ailleurs les gens ont au moins le droit de vote, au moins le droit d'appartenir à un syndicat... même si j'ai participé, moi aussi, aux événements de mai 68 ! C'est pour ça, vois-tu, que les enlèvements, les assassinats d'hommes politiques et de gardes civils, je ne les condamne pas comme avant... et je considère même qu'ils peuvent être parfois nécessaires...

Il se tait comme s'il regrettait d'en avoir trop dit, regarde autour de lui. Les gens dorment ou jouent à se lancer des ballons. Un cerf-volant à tête d'oiseau, tenu par un enfant, s'élève dans le ciel.

— Et qu'est-ce que tu fais ici ? demande Christiane qui veut rétablir la communication.

— Moi ? Ah ! J'essaie de me trouver un emploi depuis mon retour l'automne dernier. Impossible ! Les portes sont bloquées partout, dans la fonction publique, l'enseignement, l'administration municipale. Rien à faire ! Je ne suis pas identifié comme un ami du pouvoir.

— Et la population ne réagit pas ?

L'Espagnol regarde à nouveau autour de lui.

— La majorité est silencieuse parce qu'elle a peur... Mais le nombre de foyers de révolution grandit.

— Dans les mouvements basques et catalans, dans les universités ?

— Aussi chez les immigrants qui ont travaillé à l'étranger et reviennent au pays, dans les syndicats contrôlés par l'État où les commissions ouvrières tentent de changer le régime des relations de travail...

— Il y a quand même l'armée ?

— Oui... malheureusement... il y a l'armée riche et puissante. Mais qui dit que certains militaires plus jeunes ne cherchent pas à remplacer ce régime ?

— Par un autre régime militaire ? Comme en Amérique du Sud... C'est pas rassurant.

— J'espère que non. Pour cela il faut que l'opposition s'organise politiquement. L'armée n'osera pas frapper une opposition bien structurée.

— Tu crois ?

— J'y crois. Même les États-Unis ont intérêt à ce qu'il y ait ici un assouplissement politique.

— Fais-tu partie d'un groupe d'opposition ?

— ... Si tu veux bien, je préfère ne pas en parler... je t'en ai déjà trop dit... curieuse ! répond-il avec un sourire taquin. J'avais l'intention d'aller à la corrida cet après-midi. Ça te tenterait ? Ici il y a trop de spectateurs ! fait-il en désignant de la tête, un homme étendu au soleil qui porte des lunettes miroirs.

— On ira à la corrida... après la baignade, clame Christiane dans le but de distraire le surveillant.

Elle se lève brusquement, saisit la main de son compagnon et l'entraîne vers la mer. Elle le trouve non seulement intéressant, mais sympatique, touchant. Elle sourit. Il nage à côté d'elle.

Essoufflée et grisée, elle regagne le rivage en courant, en riant, Juan à sa suite. Elle se laisse choir sur le sable face au soleil, les jambes et les bras écartés et ferme les yeux. Son sang bat rapidement contre ses veines, au ras des tempes, au creux de son cou. Les pulsations s'accélèrent avec la chaleur du soleil sur sa peau. L'eau salée coule sur ses lèvres, sur son ventre, entre ses bras, entre ses cuisses. Elle est une animale. Une animale qui a soif. Des images, des fantasmes, des désirs se bousculent dans sa tête. Un bel animal à ses côtés... avec une chair qui frémit comme la sienne... Mais il restera un étranger. Elle veut qu'il en soit ainsi.

Elle ouvre les yeux et croise son regard. Son offre de l'amener à la corrida tient toujours. Il l'embrasse sur la joue. Ils s'habillent, ramassent leurs objets, passent devant l'homme assis. Christiane se retourne et aperçoit le reflet de Juan dans les lunettes miroirs de l'homme. Celui-ci semble impassible comme un chat à l'affût. Ils pressent le pas en direction de la vieille ville. Les rues se réveillent lentement. La sieste est terminée. Les marchands et les marchandes s'installent derrière leurs étalages. Des odeurs de marrons et d'amandes grillées se répandent dans l'air. Il lui prend la main sans qu'elle s'en surprenne, ni qu'elle essaie de la retirer... ne serait-ce que pour avoir le sentiment de provoquer le destin. Et si Pierre apparaissait au coin d'une rue ! Quelle scène lui ferait-il ? Celle de la jalousie ou de l'indifférence ?

Sur les murs, des affiches immenses du Caudillo maniant l'épée ou tuant la bête annoncent la grande corrida de dimanche prochain à Madrid. À travers le dédale des rues, Juan lui parle de la signification de ce sport pour son peuple, de ses plus grands héros : Manolete, El Cordobés, de leur courage, de leurs styles différents, de leur fin parfois tragique. Une corrida signifie la mise à mort de six taureaux de choix, gras et solides, soigneusement préparés au combat de leur vie dans des fermes spécialisées de la région de Ronda.

L'arène est située à la limite de la ville ancienne et de la ville moderne. Christiane reconnaît, du haut du promontoire, le long couloir qu'il faut prendre pour se rendre à la maison. Juan insiste pour payer son billet d'entrée. Elle refuse. Elle sait que son geste lui a déplu. Ils prennent place sur l'estrade circulaire au milieu d'une foule animée et colorée. Des milliers de personnes, portant le mouchoir, l'éventail ou le sifflet, attendent,comme au temps des Romains, le début des jeux. Les trompettes annoncent le moment solennel, l'ouverture du combat mythologique entre l'homme et la bête. La foule applaudit, crie sa joie.

— C'est le paseo, précise Juan.

Trois matadors, vêtus de velours et de soie brodée d'or, défilent comme des paons, suivis de leurs aides. Cette parade soulève la foule. Dans l'enclos, les bêtes attendent, impassibles et nerveuses. Elles sont condamnées, depuis leur naissance, à mourir dans une arène. Car assurément, le plus souvent l'homme est le vainqueur. C'est ce qu'affirment les statistiques.

— Le scénario est simple ! explique Juan en se rapprochant d'elle. Après l'arrivée du taureau, le matador attise sa fureur par le jeu de sa muleta. Puis les picadors, montés sur leurs chevaux, plantent leurs piques dans les flancs, et les banderilles au milieu du garrot de l'animal. C'est alors que le matador entre en scène pour tuer la bête par une estocade à la hauteur des omoplates.

Adulé par une foule délirante, le matador déploie sa cape. ¡ Olé ! Elle virevolte. ¡ Olé ! La bête gratte le sol, mugit et fonce aveuglément.¡Olé ! Elle n'a que son corps pour affronter l'adversaire armé. Les piques et les banderilles percent la chair au grand plaisir de la foule. ¡ Olé ! crie Juan avec elle. « Allez ! Tue-le ! Frappe-le ! » Un frisson soudain secoue Christiane. Elle ne peut continuer à assister passivement à ce jeu qui l'horrifie !

— Je m'en vais, lance-t-elle.

Juan tente de la retenir mais en vain.

Elle se précipite vers la sortie. Elle entend ses pas mais réussit à se dissimuler derrière une colonne. Après avoir jeté un long regard autour de lui, Juan retourne à son siège, rappelé par les cris passionnés de la foule. Elle reprend sa course, se heurte à un homme au ventre proéminent qui applaudit à tout rompre.

La télé filme le spectacle. Gros plan sur la bête abattue. Gros plan sur l'homme victorieux. Très gros plan sur son regard de conquérant...

L'homme au gros ventre maugrée des insultes qu'elle ne comprend pas. Elle trouve enfin une allée qui mène à la sortie. Les cris de la foule lui transpercent les tympans. Hors de l'amphithéâtre, elle court encore. Des passants la regardent, amusés. Elle entend des rires. Elle s'immobilise lorsqu'un garçon lui demande où elle court ainsi. Pour se calmer, elle entre dans le premier café, s'assied au comptoir.

Elle est la seule femme. Les femmes ne vont pas seules dans les cafés, les restaurants ou les bars. Elles restent à la maison, vont au marché ou à l'église. Elle avale rapidement son expresso puis repart en direction de la maison.

C'est la cohue sur le grand boulevard. La cohue vers les magasins. Les camions, les motos font un bruit infernal. Elle entend des pas et des rires derrière elle. On la suit. Elle accélère sans se retourner. Il faut faire mine de rien, se mêler à la foule, devenir imperceptible, inexistante. Ils sont trois, elle en est sûre.

— On peut t'accompagner ? Où est-ce que tu vas, chérie ? Marcher vite comme ça, c'est pas bon pour le coeur ! Voyons ! faut pas avoir peur ! On te fera pas de mal ! Tu peux nous répondre. On t'mangera pas.

Elle reconnaît l'homme qui se tient sur sa gauche. Il était au café, appuyé au comptoir. Il porte un gilet sans manches sur lequel s'inscrit le nom de Jimmy Hendrix avec, au poignet gauche, un bracelet de cuir piqué d'étoiles de métal.

Christiane se dirige vers un téléphone public, simule un appel. Non, il vaut mieux se rendre à la maison le plus rapidement possible. Faire semblant de ne pas les voir, de ne pas les entendre. Si un taxi peut passer.

Elle sort en coup de vent de la boîte téléphonique, accroche au passage l'un des trois. Elle revoit le personnage de l'*Orange mécanique* et sa tête effrayante. Lui cependant est petit et gros.

— Je peux sortir avec toi ce soir ? demande le poursuivant au T-shirt noir. Tu as perdu ta langue ? Pourtant tu parlais au téléphone.

Les deux autres s'esclaffent.

— Elle doit pas aimer les hommes, remarque le petit gros à la tête d'Alex. Ce doit être une lesbienne.

Leurs rires saccadés lui martèlent les tympans.

— Y a rien à faire avec elle. Venez, supplie le troisième. Je vais chercher la voiture.

Ils ne sont plus que deux. L'un à sa droite. L'autre sur ses talons. Elle est la bête à l'intérieur de l'arène. Il faudrait au moins faire montre de courage comme le taureau. Se défendre. Mais tout ce qu'elle connaît, c'est la fuite et le silence. Elle ne peut même pas demander du secours en espagnol. Trouver un cinéma ou une église ! Bientôt, ce sera le coin des édifices à bureaux et la rue sera presque déserte.

Une voiture s'approche du trottoir et s'immobilise. Ses poursuivants y montent. Mais ils continuent de la piquer de leurs quolibets. Elle comprend à demi. L'auto la suit.

Las de son indifférence, l'un deux sort de la voiture, s'approche d'elle, lui saisit la taille puis monte jusqu'au sein. Elle se retourne et, brusquement, le frappe au niveau des testicules. L'homme se tord de douleur. Étonnée par la force de son geste, elle profite de la diversion pour prendre la fuite.

— ¡ Mujer sucia ! entend-elle. ¡ Perra ! Maudite chienne!

Le petit gros essaie de l'attraper. Le coeur battant, elle enfile une rue secondaire, voit les maisons passer en travelling, pousse la grille d'une propriété donnant sur un jardin. La cour, entourée de palmiers et de magnolias est inhabitée, sauf par les oiseaux. Elle se dissimule derrière un bosquet de chèvrefeuille. Après quelques minutes d'attente, elle scrute les environs, puis la rue, et reprend discrètement le chemin de la ville.

Elle les a semés, mais elle doit continuer à être prudente comme les êtres de son espèce. Se coller à la muraille, chercher les coins d'ombre, faire corps avec les arbres, devenir caméléon et prendre la couleur de son environnement. Effacer son identité et fuir la jungle des rues sombres.

Peu importe maintenant la réaction de Pierre à son retour. Tout ce qu'il lui faut, c'est un refuge. Elle a envie de crier sa révolte. De parler à quelqu'un. À qui ? Seule Lydia, seule Nicole pourraient comprendre. Pierre minimisera cette aventure et elle se doit de ne pas effrayer sa fille.

Peur de l'homme qui rôde. Peur de l'homme qui viole. Peur de l'homme qui peut rendre enceinte. Nadia doit être d'une autre race que la sienne. Apprendre à reconnaître l'ennemi, à se défendre, à mordre quand on se fait attaquer. Pour elle, c'est maintenant trop tard. Elle n'a soudainement plus envie de rentrer. Elle a trop honte. Honte d'être de son sexe. Honte de ne pouvoir s'assumer. Honte d'exister. Il faut que sa génération meure. Elle décide de rentrer par le chemin de la plage.

Pierre filme le sol entourant la galerie, les fourmis, la plage à nouveau désertée. Soudain, il tourne sa caméra vers elle. Zoom in. Gros plan sur son visage. Très gros plan sur ses yeux, sur le désarroi qui s'y trouve. Le bruit du moteur qui tourne. Christiane avance malgré sa crainte.

— D'où viens-tu, toi ? Tu as vu l'heure ? Ta fille a faim ?

Elle est comme la louve romaine avec, suspendus à ses mamelles, deux bébés humains. Mère nourricière à l'intérieur, proie à l'extérieur.

Elle passe à côté de Pierre sans dire un mot. Il la suit, caméra à la main.

— Veux-tu me dire où tu as passé la journée ? T'as perdu ta langue en plus ? On a dû rester ici toute la journée à t'attendre.

Sa tête chavire, c'en est trop.

— Assez ! Assez ! crie-t-elle de toutes ses forces. Assez ! Assez ! Elle se laisse choir sur une chaise près de la table.

Un silence pesant comme le temps avant l'orage s'installe. Nadia entre par la porte du patio, la tête ébouriffée, la bouche barbouillée de chocolat.

— Maman ! J'ai faim ! Qu'est-ce qu'on mange ?

Christiane ne réagit pas, fixe le visage de Pierre à travers ses larmes.

— Arrête de me regarder comme ça, ordonne-t-il mal à l'aise, en faisant demi-tour vers la cuisine.

Il ouvre le réfrigérateur, en sort deux paquets. Avec soin, il coupe les carottes en rondelles, les met à cuire. Il s'empare ensuite du steak haché, en fait une première boulette qu'il échappe sur le parquet. Le sang coule de la viande agglutinée autour de ses doigts. En colère, il saisit la viande et il la lance sur le mur.

— Christ de tabarnak d'hostie de câlisse ! Une large fleur de sang sur le mur blanc.

Elle court dans sa chambre, referme la porte derrière elle, se jette sur le lit, inerte. Le regard vide. Sans un cri. Sans une larme. Sa tête pleine d'images éclatées, pleine de cris et des coups de poing de l'enfant contre la porte.

Maman ! maman ! Le sang s'échappe des blessures du tau-reau. Le sang s'échappe du mur blanc. Le toréador en colère derrière sa cape rouge. Ses yeux, des yeux. Des yeux qui convoi-tent. Des yeux qui méprisent. Ceux des trois hommes. Ceux de Pierre en furie. Ceux de Juan. Ceux du petit gros à la tête d'Alex. Des bouches, des têtes, des regards qui s'attirent ou s'éloignent. Le quotidien morcelé. Tante Pauline est-ce que je deviens folle ? Comme toi.

Encore étourdie par une douleur à la tête, elle aperçoit par la fenêtre, les reflets de la lune sur le jardin. Comme un appel.

Elle se lève, peigne soigneusement ses cheveux, revêt une longue robe de nuit. Celle couleur pêche, décolletée et garnie d'une dentelle que sa mère lui a offerte le jour de son mariage.

La porte de sa chambre s'ouvre devant elle. La route est libre. Elle pousse la seconde porte, celle de la galerie. La masse liquide noire, mystérieuse, est là, attirante. Un rayon de lumière l'y mène. Vérité. Éternité. Derrière elle, il n'y a rien. Ni le visage de Pierre, ni celui de Nadia, ni le visage de François. La lune ronde a chassé ses fantômes, coupé ses racines. Elle veut simplement se laisser glisser dans le ventre profond de la mer qui se contracte puis se dilate. Un ventre immense, accueillant et chaud d'écume.

Des ailes s'accrochent à ses épaules, des ailes de mouette géante. Il n'y a plus d'obstacle. Elle est d'une race qui doit mourir. Elle suit la trajectoire lactée. Pierrot est mort, sa plume au doigt. Elle a envie de se confondre avec la mer et les algues.

Elle s'accroche à un rocher, essaie de se suspendre au ruban de lumière, le perd. Et tombe. L'eau froide et salée dans sa gorge. Elle reprend pied, crache, et revient à la nage poursuivie par des lames d'eau. La vie. La vie. Vite s'accrocher à la vie. Survivre à tout prix. Une faible lumière irradie vers la maison à travers les arbres. La ville scintillante autour de la grande baie. Superbe comme Montréal ou New York la nuit, aperçus du bout des ailes d'un oiseau de métal. Trempée, tremblotante. Elle trébuche sur un morceau de bois et tombe. Elle a du sable dans les cheveux, dans la bouche, sur sa robe mouillée qui lui colle à la peau.

Dans sa chambre François joue de la guitare. Il la regarde passer, interloqué.

— Je peux faire quelque chose, Christiane ?

— Non... répond-elle en frissonnant, surprise d'entendre à nouveau son nom.

Il s'approche, passe son bras autour de son épaule humide et froide.

— Qu'est-ce qui t'arrive ?

Elle sent l'inquiétude dans sa voix.

— Non je t'assure... ça va. Ça va maintenant. ... Où est Nadia ?

— Elle dort depuis au moins une heure.

Elle passe dans la salle de bains. La porte de sa chambre est fermée.

— Pierre doit être couché, pense-t-elle.

Elle glisse dans la baignoire, savonne son corps avec énergie. Des larmes se mêlent à l'eau, à la sueur, au sable. Son corps se vide du fiel accumulé. Elle se sent mieux. Elle ne veut plus mourir. Elle ne sera l'Ophélie de personne. Même si, pour cela, elle doit se battre. Le sommeil l'envahit. L'eau froide la sort de sa torpeur. Elle se réfugie sur le sofa à demi consciente.

* * *

Au réveil, elle voit qu'elle a une couverture sur elle. Pierre ou François ? Quelqu'un a vu sa détresse ? Qui l'a regardée dormir. Elle ne se souvient que vaguement des derniers moments de la journée. Une sensation diffuse de chaleur et de bien-être en s'endormant dans le bain. Le reste est venu comme dans un rêve. La tête qui tourne. Le corps qui se glisse dans une épaisseur moelleuse. Puis l'absence. Elle referme les yeux, se concentre sur la vie chaude qui coule en elle.

Elle sursaute. Pierre est là, à ses côtés, avec son regard des bons jours. Un regard où se mêlent la culpabilité de l'enfant et l'attente de l'amoureux.

— On peut se parler ?... Je voudrais que l'on se parle ! demande-t-il d'un ton suppliant.

Elle se laisse prier, fait semblant de vouloir dormir avant d'acquiescer et de le suivre dans la chambre. Lui rendre la monnaie de sa pièce, le faire attendre à son tour.

Elle s'assoit confortablement entre les oreillers sur le lit, en face de lui. Le laisse parler sans lui donner un signe d'encouragement.

— ... D'abord, je m'excuse pour la scène d'hier soir... pour le rendez-vous manqué. J'ai eu peur, réellement peur de te perdre. Mais je n'ai pas aimé le ton de ta lettre... même si tu as peut-être raison.. J'étais d'ailleurs sûr que tu reviendrais. J'étais d'autant plus furieux que j'étais certain que tu n'étais pas rentrée par vengeance. J'avais envie de hurler. C'est ce que j'ai fait d'ailleurs à ton retour... Mais quand je t'ai vue, étendue sur le lit, les yeux perdus comme une morte, j'ai eu pitié, même si je n'aime pas ce mot, j'ai eu pitié de toi, de moi, de nous... de Nadia aussi. Et j'ai eu peur. Je suis allé chercher des cigarettes avec Nadia mais quand je suis revenu, tu n'étais plus là. Je l'ai alors couchée puis je t'ai cherchée partout autour de la maison. Après je t'ai attendue dans la chambre jusqu'à ce que je t'entende parler avec François, puis te faire couler un bain.

Il garde les yeux sur les couvertures, incapable d'affronter son regard. Il fait une pause. Elle demeure silencieuse comme si ses propos ne la touchaient pas, ne la touchaient plus.

— Crois-moi, reprend-il. Je tiens à toi même si je ne te le dis pas souvent. Fais-moi confiance une autre fois... J'ai un maudit caractère, je le sais... mais donne-moi une autre chance. S'il n'était pas là aussi, ça aiderait.

— François n'a rien à faire là-dedans, rétorque-t-elle, piquée à vif. Cherche pas de bouc émissaire !

— O.K. ! O.K. ! Je ne parlerai pas de lui... si ça te touche à ce point. Tout ce que je sais, c'est qu'on s'est chicanés à ton propos hier... Tout ce que je veux savoir, c'est si tu veux encore de moi. Si tu m'aimes encore...

— Avoue que c'est quand même curieux que tu me fasses tes offres lorsque je suis à bout.

— Tout ce que je te demande, c'est d'essayer de recommencer... d'attendre un peu.

— Attendre un peu ? Tu oses dire cela alors qu'il y a des années que j'attends que tu me respectes, que tu cesses de me considérer comme un objet que l'on prend quand il est utile... ce n'est pas un chum que j'ai, c'est un boss ! Pourtant tu es le premier à crier pour la justice, l'égalité, l'autonomie !

— Parle pas si fort ! Ils vont t'entendre.

— C'est toi qui me dis de ne pas m'emporter ! Tu crois qu'ils ne s'aperçoivent de rien ? ... Nous sommes tellement différents ! ajoute-t-elle plus calme. Trop différents. Je me demande parfois ce qui nous réunit.

— Il faut cette différence-là pour s'attirer. C'est le principe des aimants.

— Je n'en suis plus si sûre maintenant ! Il faut se ressembler aussi pour s'aimer. Les pacifistes s'entendent mal avec les militaires. Les persécuteurs s'entendent mal avec leurs victimes... à moins d'être complètement aliénés.

— Parce que c'est moi le persécuteur, je suppose ? Moi aussi j'ai des choses à dire. Moi aussi j'ai été désillusionné. Tu n'as pas le monopole de la souffrance, ma fille. Au début, tu m'écoutais quand je te parlais. Aujourd'hui, tu n'es plus là. Au début, tu me faisais la cuisine sans maugréer. Maintenant c'est devenu pour toi une corvée. Au début, tu souriais toujours. Maintenant de moins en moins.

— Tu t'es jamais demandé pourquoi ? S'il y a une chose que je regrette, c'est bien d'être entrée dans un rôle par amour. On n'entre pas dans un rôle par amour. On ne s'écrase pas par amour. C'est vrai. J'ai été naïve. Parce que j'ai cru un certain temps que les bons petits plats allaient attiser cet amour-là, allaient favoriser chez toi un changement. Mais tout s'est retourné contre moi. Je me suis réveillée et j'ai compris que j'étais devenue ta servante le jour et ton amante le soir. Tu crois que l'on peut garder son sourire, sa spontanéité, sa fraîcheur quand on prend conscience de cela ?

— Alors pourquoi demeures-tu encore avec moi ?

— Cela s'achève probablement. Le décompte est commencé !

Il lui saisit fermement les épaules.

— Christiane ! Regarde-moi. Tout ce que je te demande, c'est de me faire confiance encore une fois. Je te promets d'essayer.

— Sans aucune garantie !

Elle le saisit par les épaules à son tour.

— Écoute-moi, la confiance, je l'ai perdue. Je l'ai perdue tant de fois. Encore davantage hier. Quand je me suis rendu compte que tu te foutais complètement de moi.

— On ne reviendra pas là-dessus. Si je me foutais de toi, je ne serais pas là en ce moment à essayer de m'entendre avec toi... D'ailleurs, ce n'était pas un rendez-vous. Un rendez-vous ça se fixe à deux. C'était un ultimatum.

— Je t'attendais, c'était urgent et tu le savais... Non, on n'est plus amis. Des amis qui s'écoutent, se comprennent, s'entraident, se sentent à travers les moindres signes. Quand je suis rentrée hier, je venais de vivre quelque chose d'épouvantable. Tu as pris des images de moi, je suis passée à côté de toi et tu n'as rien vu. Au lieu de cela, tu m'as engueulée.

— Qu'est-ce qui était épouvantable ?

— J'ai été suivie par trois hommes dans la rue. Ils m'ont harcelée, insultée, suivie en voiture.

— Durant le jour ? Est-ce qu'ils t'ont touchée ?

— Parce que pour toi, pour qu'il y ait agression, il faut qu'il y ait toucher ? Oui, l'un d'eux m'a pris la taille et un sein.

— Sacrement ! j'aurais bien voulu être là, moi. Il aurait eu mon poing dans la face... Mais c'est la preuve qu'il vaut mieux toujours sortir avec son chum !

— C'est ça. À l'avenir je m'engagerai un « bouncer » pour sortir. Tu trouves ça normal, toi ? Tu le vois ! Encore une fois, on n'est pas sur la même longueur d'ondes. On ne sent pas les choses de la même façon. Je suis sûre que cela aurait été ainsi pour la corrida que je suis allée voir. Moi j'ai trouvé ça terrifiant.

— Parce que tu n'en comprends pas le sens ! La tauromachie, c'est reconnu comme un art, comme une science. Ça traduit aussi toute une culture.

— Oui la culture du besoin qu'a l'homme de toujours se prouver qu'il est le plus fort, dans une arène, dans la rue, sur la scène politique.

— Mais c'est ça la vie, ma chère. Un combat.

— En tout cas, il me semble qu'elle devrait être autre chose qu'un vulgaire champ de bataille. C'est absurde... Tu vois comme on est loin ! Comment veux-tu que l'on communique ?

— Mais qu'est-ce que je ferai, moi, sans toi ? demande Pierre soudainement attristé.

— Je me suis déjà demandé la même chose.

Elle relève la tête, le regarde. Une larme glisse le long de sa joue. Puis une autre larme qu'il ne retient pas. Il souffre. Comme elle. Ils sont deux enfants malheureux qui rêvent d'aimer mais qui découvrent qu'ils en sont incapables. Il lui secoue les épaules en penchant la tête pour pleurer. Elle le prend dans ses bras et ferme les yeux. Une brise fraîche entre par les volets. Deux enfants s'enlacent et se bercent au rythme du vent dans les palmes. Le temps s'écoule lentement comme un vieil ensorceleur.

Il relève la tête, la regarde, attend une réponse.

— ... On recommence ? On essaie à nouveau ?

— Je veux bien... une autre fois, répond-elle, hésitante, circonspecte. Pour la dernière fois. Aux conditions que tu connais.

— Je suis heureux, lui déclare-t-il en l'embrassant. Je t'aimerai comme tu es... ma tigresse, ma lionne, ajoute-t-il en caressant ses cheveux emmêlés.

— Attention, prévient Christiane en le menaçant. Là où il y a une lionne, il y a un lion. Et tu sais comme je me méfie des lions. Tout le monde sait ce qu'ils font pendant que les femelles chassent et s'occupent des petits.

— Compris ! Compris ! Toi je suis sûr que durant ton escapade d'hier tu as fait la rencontre d'un beau jeune fauve !

— Comment le sais-tu ? Tu m'as suivie ?

— Pas du tout. Mais j'en étais sûr.

Laconiquement, elle lui parle de sa rencontre avec l'Espagnol et de son départ précipité de la corrida.

— Et je suppose qu'il était beau, fin et intelligent ? s'informe-t-il en la taquinant. Bref, tout ce que je ne suis pas…

— Si tu veux. Du moins à première vue, plaisante-t-elle. Près d'un mètre quatre-vingts comme toi. Des cheveux comme les tiens. Un corps désirable… comme le tien. Très au courant des réalités politiques de son pays et très engagé… comme toi.

— Bref, mon jumeau ? Et tu l'as quitté ?… Sans-coeur ! Et il n'y a même pas eu de rendez-vous ?

— Puisque je te dis que non ! Tu es jaloux ?

— Non, non, je veux juste me rassurer. Savoir si tu es bien avec moi… si tu es bien à moi…

— Je ne t'appartiens pas, rétorque-t-elle. Tu ne m'appartiens pas non plus.

— Je vais voir ça, moi, si tu ne m'appartiens pas ! Il la chatouille à un de ses endroits sensibles, près de la nuque.

Elle rit jusqu'à en avoir mal. Ils entrent dans le jeu de la séduction et du plaisir. Comme ceux qui s'aiment pour la première fois. Besoin de chaleur. Besoin de vertige. Besoin de ne faire qu'une chair, qu'une âme. Par magie, par alchimie. Le temps d'une étreinte. Même si l'on sait que le vieux rêve d'osmose est inutile.

Ils font l'amour mais la tête et le coeur n'y sont pas. Laissant la chair inhabitée. Comme si quelque chose avait été définitivement brisé. Leurs corps se séparent après le plaisir, elle sent une larme couler sur sa joue.

Lucy in the sky

Le 13 octobre 1970

Ils ouvrent les yeux. Du ciel suinte une lueur rosée. Une libellule, aux ailes bleues translucides passe près de la maison. Ils s'étreignent avec une désespérante tendresse pour écraser cette barrière érigée à coups de paroles et de gestes multipliés. Comme si la chair faisait tout pour se réapproprier le coeur. Même après la guerre, il y avait toujours ce lien, ce fil qui les retenait ensemble. Un fil solide comme une corde de pendu.

Nadia observe les fourmis de plus en plus nombreuses et leur territoire de plus en plus étendu. La guerre chimique ne les a pas fait fuir. Les ouvrières continuent leur oeuvre souterraine. Leurs corps deviennent grues mécaniques. La matière se désagrège, la croûte terrestre s'écroule... imperceptiblement.

La maison est presque encerclée. Nadia, avec un bâton, joue à repérer les labyrinthes.

— Maman ! Papa ! Les fourmis sont revenues ! Pierre et Christiane la regardent sur le pas de la porte.

— Elles ne sont pas revenues, précise sa mère. Elles étaient toujours là dans leurs nids. Nous les avions tout simplement oubliées.

« Elles ne sont pas frivoles comme les cigales… elles » lui disait son institutrice en cinquième année quand elle lui reprochait d'être distraite ou songeuse. Cela lui donnait l'envie, elle qui n'avait jamais vu de cigales, d'aller les entendre chanter. « Tu vois, elles gagnent leur vie « croûte » que « croûte »… Le travail, c'est la vie. La vie, c'est le travail », déclarait fièrement son père lorsqu'au printemps les fourmis envahissaient les armoires. L'alumine lui pénétrait par tous les pores de la peau, rongeait sa gorge et ses poumons. Aux mauvais jours, il avait le visage gris, les mains tavelées, le regard jaune. Peu importe ! La vie, c'est le travail. On est fait pour mourir et il préférait mourir sur le champ de bataille. En crachant. Il est mort prématurément, tué à petit feu, comme d'autres hommes avant et après lui. Il est mort sans comprendre que certains exploitent la sueur des autres. Sur la tombe de son père, à douze ans, elle a pris conscience que dans la vie il ne devait pas y avoir que le travail. Maintenant qu'elle a entendu le grésillement des cigales, maintenant qu'elle a observé les fourmis persister contre l'oppression humaine, elle les voit davantage comme des résistantes.

— Tu viens, Nadia ? Nous allons déjeuner.

— Oui, tout à l'heure ! répond l'enfant davantage préoccupée par l'exploration de la fourmilière.

Pierre prépare le café et les croissants, François, un verre de jus à la main, rejoint Christiane qui met la table sur la terrasse.

— Bonjour. Ça va ?

— … Oui, oui… ça va. Elle se sent un peu mal à l'aise à cause de la dernière vision qu'il a eue d'elle, la veille. Ne sachant que dire, elle demande s'il a bien dormi.

— … Non, pas vraiment. Je suis allé dans un bar voir le spectacle d'un guitariste, mais les lamentables *Viva España* entonnés par les touristes durant l'entracte, m'ont fait fuir.

Elle voudrait lui demander quelle querelle s'est élevée, entre lui et Pierre, la veille. Si c'est lui qui a déposé la couverture sur elle durant la nuit. Mais le moment n'est pas propice. Alors, elle se tait et pense à la douceur des petits déjeuners ensoleillés sous les arbres.

Les sens qui s'éveillent. La lumière sur les fruits. Les oranges à la chair pulpeuse qui fondent dans la bouche. Le miel de fleurs sauvages qui coule dans la gorge avec le café chaud. Le silence qui avale tout.

Les adultes dégustent leurs croissants sans parler. Nadia accourt, frappe son verre en s'asseyant. Il tombe sur les tuiles d'argile, se brise en éclats. Pierre sursaute, agrandit les prunelles, retient un reproche. La fillette lève les yeux vers son père, commence à pleurer.

— Mais j'ai rien fait ! J'ai rien dit ! se plaint-il en regardant Christiane. Va chercher le balai, dit-il avec douceur à Nadia. Je vais aider Christiane à ramasser les morceaux.

Elle s'exécute et puis se rassoit sagement en se contentant d'écouter et de déjeuner.

— Il fait beau ces jours-ci. C'est le moment de tourner notre film à la Leone ! lance Pierre avec enthousiasme.

Ils en ont discuté avant leur départ et ont emporté de la pellicule et une caméra super-huit. Il existe non loin de là, au milieu de la sierra, un village western de type mexicain, spécialement conçu pour le cinéma, et depuis peu abandonné. Un village avec de fausses façades d'église, de saloon et de maisons.

L'histoire classique de la poursuite d'un affreux, sale et méchant criminel évadé de prison par un justicier, collectionneur de primes. Une histoire de chasseur et de gibier où s'affrontent le bien et le mal. Christiane propose d'appeler le bon : Batzorro Elliott et François d'appeler le méchant : Ti-Jean Lévesque.

— Maintenant, la distribution des rôles. Moi, j'aimerais jouer le justicier, affirme Pierre. Ça ne me déplairait pas de caricaturer Trudeau.

— Je n'ai pas le choix. Je jouerai ce que tu veux... La brute, le truand ou le sale chien andalou...

— Que tu joues tel ou tel rôle, au fond, ça n'a pas beaucoup d'importance, rétorque Pierre, contrarié par le ton de François.

— Non, non, je veux prendre le rôle du méchant. Au fond, ça ne me déplaît pas d'être l'affreux qui résiste à Trudeau.

— Si t'insistes...

— J'insiste.

— Très bien. Toi, Christiane, tu seras à la caméra ?

— Évidemment. C'est assez difficile de faire autrement, surtout dans ce type de scénario... À moins que vous n'ayez besoin d'un rôle secondaire... tenancière de saloon par exemple. C'est classique dans les westerns.

— Non ! Non ! On ne mettra pas de femme.

— C'est ça, ajoute Christiane, satirique.

Pierre la regarde un moment, ne sachant que rétorquer, une grimace au coin des lèvres.

— Et moi ? demande Nadia.

— Toi ?... hésite Pierre. On n'a pas prévu de petite fille !

— Tu pourras t'occuper du son, du magnétophone à cassettes, propose Christiane. Tu pourras aussi faire partir et cesser la musique quand il le faudra. Ça ira, monsieur le réalisateur ? Tu vas voir, ma fille, on va devenir de superbes techniciennes.

— C'est parfait ! réfléchit Pierre à haute voix. Alors ça va ? Demain très tôt, on loue une voiture puis on part avec l'équipement. C'est pas très loin. Le village est à soixante kilomètres environ... Si on allait faire une excusion... à la montagne !

— J'veux pas « esclader » la montagne une autre fois, se plaint Nadia.

— Escalader la montagne, escalader ! corrige Christiane.

— On ira à la montagne en prenant le chemin de la plage. On dit qu'il y a là une grotte étonnante, creusée dans la falaise.

— Et toi, François, viens-tu ? demande Christiane.

— Non ! Ne vous occupez pas de moi. Vous avez sûrement envie d'être seuls aujourd'hui... en famille, quoi ! Non, moi je vais aller faire un tour en ville et travailler ma guitare. Le show d'hier soir m'en a redonné le goût. Tenez, voulez-vous du bon stock pour la journée ?

Il sort de sa poche de chemise un sac de polyéthylène contenant du haschisch.

— Hein ! Où as-tu pris ça ? demande Pierre, ébloui.

— Du kif ! Directement du Maroc, mesdames et messieurs ! Je l'avais complètement oublié. J'ai traversé les douanes avec ça sans m'en apercevoir. C'est un vestige de Marseille.

— T'es complètement fou ! s'écrie Pierre, tout excité.

François ouvre délicatement le sac, hume la résine, la déchiquette puis la mélange avec du tabac dans un papier à cigarette. Avec la gravité d'un chaman ou d'un sorcier, il allume le mélange. Les autres ont les yeux rivés sur ses gestes.

— Personne autour ? vérifie-t-il.

— Non, non ! répond Nadia. Tu peux y aller.

Ils s'esclaffent et font circuler le joint entre eux comme si c'était le pain de la dernière Cène ou le vin des noces de Cana. Moment sacré. Ils ferment les yeux en se délectant de la chaleur qui se mêle à l'odeur du kif et distille la substance précieuse. Nadia retourne à ses fourmis.

Euphoriques, Pierre et Christiane emplissent le sac à dos de pain, de jus et de fruits, de couverts et de serviettes pour le pique-nique. Il ajoute de la pellicule pour la caméra qu'il a l'intention de tester et elle déniche une lampe de poche pour visiter la grotte.

— Parfois je te trouve brillante mon amour, remarque Pierre, moqueur.

— J'aime beaucoup le « parfois », réplique-t-elle.

— Et que t'es susceptible !

Après avoir fait provision de quelques joints, ils prennent la route de la plage bariolée d'humains et de chiens solitaires. Christiane porte le sac à dos, Pierre, la caméra et Nadia, la pelle et le seau de plastique.

Le soleil brise son écorce comme une orange et une vapeur chaude, sucrée, enveloppe la terre. Nourries de sève, les feuilles de palmiers se sont allongées et frémissent quand elles touchent à d'autres doigts. La mer verte se dilate, se gonfle. Les joues et les yeux des vieillards sur la plage s'arrondissent comme ceux des enfants. Le sable sous les pieds grésille comme ces bonbons à grains rouges qui pétillent sous la chaleur humide des doigts ou de la langue.

— Est-ce que ça t'arrive de sentir que tous les éléments autour de toi, tous les êtres sont en parfaite harmonie, entièrement synchrones ? demande Christiane à Pierre qui regarde l'eau à travers la lentille de sa caméra. J'ai l'impression que tout autour de nous est en fusion. La mer, le soleil, les poissons, le sable, toi, elle et moi, nous sommes du même tissu.

— Tu es déjà partie, toi ! Sûr que ça arrive, surtout quand on fume. Tu te souviens, chez Nicole... sur un trip de mescaline ?

Ils avaient alors vu respirer les cellules du bois des planchers et des plafonds, celles de la table et de la bière dans leurs verres. Le plus terrifiant, c'est quand ils avaient commencé à voir les pores de leur peau s'agrandir, se contracter au rythme de la musique...

— Certains se rapprochaient jusqu'à s'agglutiner les unes aux autres, rappelle Christiane. D'autres s'éloignaient,se distançaient. Comme les humains, comme la mer et la terre à marée haute ou à marée basse.

— C'est le temps de la marée haute, mon amour, continue-t-il, euphorique, en la serrant contre lui. Maintenant, je pourrais être dans ta peau et toi dans la mienne.

— Pourvu que ce soit pas la marée basse dans quelques

heures ! Sans blague ! crois-tu que tu peux te mettre véritablement dans ma peau… quand tu n'as pas fumé, bien sûr ?

— Ça arrive peut-être rarement. Mais ça arrive. Comme hier soir par exemple ! J'te dis ! « Toutt est dans toutt », comme dit Raoul. Moi, je t'ai toujours dans la peau.

Christiane sourit. Ils marchent dans l'eau, la main de l'un enserrant la taille de l'autre. Nadia gambade devant eux en ramassant de temps à autre un coquillage. Christiane scrute le ciel sans nuage pour y trouver des hirondelles. Non, ici c'est le royaume des oiseaux de mer !

Le profil impressionnant de la figure de proue se précise. Le nez est proéminent, la bouche large et volontaire. La lumière, du sud-est, rougoie son visage solidifié. Sur un côté de la tête, de longs tuyaux d'orgue sculptés dans la pierre lui tressent une coiffure d'Africaine. Des cavités, à la place des yeux, servent de corniche aux goélands et aux fous de Bassan. Sur le haut de son crâne, des pins s'accrochent à la coiffure d'humus ancrée dans la pierre.

Excités, les oiseaux criaillent, tournoient autour d'eux. Leurs larges ailes blanches tracent des ombres furtives sur la rive. Pierre filme leur voltige menaçante. Un magnifique fou de Bassan plonge vers le cameraman, le fixe de son regard gris puis remonte vers le sommet de la falaise.

— Maman ! crie Nadia en se serrant contre sa mère.

Finalement, les grands oiseaux se calment.

— Vous voyez, l'entrée de la grotte ! signale Pierre qui a atteint l'autre versant de la falaise.

Une ouverture, ronde et lisse, longuement érodée et polie par la mer, au centre de la joue droite.

— On dirait une blessure, songe Christiane. Comme le trou d'un projectile.

Ils pénètrent dans la caverne, Pierre tenant la lampe de poche, Christiane, la main de Nadia. La clameur des goélands en colère augmente. Leurs cris rebondissent contre la paroi, terrifiant l'enfant. Mais une fois les explorateurs entrés, l'alarme se tait, fait place à la rumeur de l'écoulement des gouttelettes d'eau contre les murs. Une odeur de moisi émane de l'intérieur.

— Attention de ne pas glisser, clame la voix de Pierre amplifiée par l'écho.

— Qu'est-ce que c'est ? demande Nadia en apercevant les longs tubes jaunâtres qu'éclairent la lampe de poche.

— Celles-là, ce sont des stalagtites. Celles-ci, des stalagmites.

— Des « talatites » ! des « talamites » ! On dirait de grosses chandelles, Moi, j'aime pas ça ici… On s'en va.

Christiane tente de convaincre Nadia de prolonger la visite mais sans conviction. Elle non plus n'aime pas les endroits sombres et humides. Elle ramène l'enfant au soleil alors que Pierre poursuit son exploration.

Les oiseaux accueillent les promeneuses avec des cris qui ressemblent à des ricanements.

— Est-ce que t'aimerais être comme eux, toi ? demande Nadia en regardant la nuée d'oiseaux encerclant la crête de la falaise.

— Oui, parfois… mais si j'étais un oiseau, je ne pourrais pas avoir une belle fille comme toi… et ce serait bien dommage.

— Moi aussi je serais un oiseau !

— Mais oui, approuve Christiane en riant. Et je t'aurais appris à voler, à t'ébattre dans le ciel, à plonger du haut des falaises. Et nous habiterions sur une corniche très haute, là avec les mouettes et les goélands, pour toujours voir la mer.

— Tu crois que les oiseaux meurent aussi ?

— Bien sûr. Généralement quand ils sont très vieux. Comme nous.

— Mais non. Mais non. Quand je serai vieille, toi tu redeviendras un tout petit bébé. Alors tu ne mourras jamais. Papa non plus.

— Ah ! C'est possible … Viens ! Voyons si on peut se baigner.

Elles traversent les guirlandes de goémons et de varechs, accrochées à l'étroite bande de rocaille, et arrivent au bord de l'anse. L'eau claire laisse voir des galets, des cailloux de diverses couleurs et parfois de petits poissons qui brillent comme des pierres précieuses.

— C'est pas comme la rivière des Prairies, hein ! maman ?

— Qui fait ça, les déchets ?

— Les gens, les compagnies…

— C'est quoi les compagnies ?

— Les compagnies ? … Ce sont elles qui ont des usines, des usines pour fabriquer le papier, par exemple, l'aluminium, les produits chimiques… celles qui ont de gros bateaux comme celui que tu vois là-bas. Des bateaux qui transportent le pétrole.

— Et les compagnies, elles ont le droit de faire ça ?

— Eh oui !

— Et si elles ont le droit, pourquoi moi je n'ai pas le droit ? demande Nadia qui songe aux centaines d'interdits que lui ont imposés ses parents. « Ne jette pas de papier par terre, ni dans l'eau. Non, Nadia. je n'achèterai pas de chaloupe à moteur pour te faire plaisir. Ça pollue trop… »

— Parce qu'elles n'ont jamais appris… parce qu'elles ne veulent par comprendre…et parce qu'elles veulent plus d'argent.

— Pourquoi elles veulent faire plus d'argent ?

— … Parce que… parce qu'elles veulent plus d'argent, c'est tout ! répète Christiane qui en a parfois assez de répondre à des questions. Bon, c'est assez ! On se baigne maintenant.

— Moi j'pense que la mer devrait avoir un concierge comme à la garderie !

— Un concierge !

— Oui, oui, un concierge pour faire le ménage…

— Si on salissait moins, on n'aurait peut-être pas besoin d'un concierge, énonce Christiane en souriant de la remarque de sa fille.

L'enfant cesse de parler. Pour l'instant, ce qui compte c'est nager, s'amuser. Juste au moment où Christiane sort la tête de l'eau, elle entend des voix. Elle tourne la tête mais ne voit rien. À nouveau le silence.

— Maman ! Regarde par là ! Deux tubes qui s'avancent vers nous. Viens, on s'en va !

— Mais non ! Ce sont des gens qui font de la plongée sous-marine. La mer n'est pas qu'à nous, tu sais ?

Pas rassurée, Nadia continue à nager en se collant aux flancs de sa mère comme les canetons des livres d'histoires. Elles accostent. Deux individus abordent à leur tour. Ils portent la tenue complète du plongeur : le tuba, le costume de caoutchouc noir, les palmes. Ils ont l'air de gros pélicans marchant sur la terre ferme. Le plus grand enlève son masque. Le plus petit fait de même.

— Hey ! Hello ! s'exclament-ils avec un sourire fendu jusqu'aux oreilles.

Les hommes portent l'insigne militaire américain.

— Hello ! répond-elle sans enthousiasme.

— It's nice here isn't it ? remarque le grand aux lèvres épaisses et aux mains larges qui essaie d'enlever son costume. Do you come here often ? insiste-t-il sans songer que les autres puissent parler une langue différente de la sienne. We dive here… We're staying on that ship over there, ajoute-t-il en indiquant fièrement du doigt un gigantesque navire de guerre, ancré à quelques kilomètres. Christiane aperçoit un canot pneumatique jaune accosté de l'autre côté de l'anse.

— Where are you from ?

— Du Québec, répond laconiquement Christiane.

— Oh ! Québec ! Le château Frontenac ! Les plaines d'Abraham ! Nice ! I was there once, before the Vietnam war. Taratata !... fait-il en imitant le tir d'une mitrailleuse de la mer à la terre. Since then, I've had no time for such trips ! Now my home is this man-of-war ! continue-t-il en désignant le destroyer.

Nadia reste cramponnée à sa mère. Christiane demeure froide et garde l'oeil ouvert... surtout sur le petit qui la regarde béatement.

— Don't be afraid little girl ! dit le grand en s'apercevant de la frayeur de Nadia. My name is John... and yours ? You're on vacation ? ... Oh ! lucky you ! Puis, s'adressant à la femme : It's your daughter... She's « belle »... like her mommy ! She's « belle », répète-t-il fier du mot français.

— Do you want to dive with us ? Here's my air tank ! Come one, take it ! supplie l'autre en accrochant le bras de Christiane avec le tuyau de son masque.

— Non, merci, rétorque-t-elle fermement. Please don't insist.

Soudain l'homme demeure interdit. Il vient d'apercevoir Pierre ! Comme s'il venait de voir un ours sortant de sa tanière ou un abominable yeti surgissant de sa grotte ! Il signale à son camarade qu'il faut partir.

— Eh ! John, we must go now ! Ciao ! ¡ Buenos días ! Oh ! I'm sorry... Bonsoir, fait-il en saluant poliment les deux filles et en revêtant gauchement son armure de caoutchouc.

Nadia, figée, regarde les deux hommes disparaître sous l'eau, leurs antennes pointant à la surface.

— On dirait que je leur ai fait peur ? remarque Pierre. Qui est-ce ?

— Des « Marines », je pense... Ils viennent de ce navire militaire là-bas. Tu l'avais déjà vu, toi ?

— Non, Qu'est-ce qu'ils font ici ? Y sont partout, eux autres !

— C'est la guerre froide ! commente Christiane. Et toi, tu as vu des choses intéressantes ?

— Oui... quelques chauves-souris. Si j'avais eu de la lumière, j'aurais pu les filmer. Un autre petit joint ?

Pierre sort de sa poche de chemise une cigarette, puis les poings levés, il hurle en direction du canot jaune et du navire d'acier.

— « Vous êtes pas tannés de mourir, bande de caves ! » Fumez donc, maudit ! au lieu de faire la guerre !... Ils nous feront crever un jour avec ces engins-là ! Christiane et Nadia crient à leur tour.

— Yankee go home ! Yankee go home ! Nadia sautille de joie. Les deux militaires, dans leur embarcation, les saluent de la main.

— Tu vois ? Ils ne comprennent rien !

— En tout cas, ça me fait toujours bien plaisir de leur fumer dans la face, dit Pierre en riant.

— Tu penses que ça leur fait quelque chose ? Au Viêt-nam, on les faisait avancer avec de la drogue.

— Ouais ! Avec de l'héroïne, de l'opium ou des speeds ! Pas avec ça ! Ça rend trop pacifique.

Pierre tend le joint à Christiane et Nadia décide de construire un château. Cette fois ce sera avec des galets tenus par de la boue. Assise en lotus, Christiane regarde le canot jaune rapetisser progressivement. Bientôt il sera engouffré par le long navire blindé. Songeuse, elle fredonne en tambourinant contre ses cuisses *Yellow submarine*. Pierre se joint à elle.

— Maudit que c'est l'fun ! lance soudainement Pierre, euphorique. La mer, le soleil pis du bon stock ! ... Ce serait parfait s'ils n'étaient pas là pour gâcher le décor. C'est pas des sous-marins jaunes qu'ils ont, eux !

Ils s'empare de la caméra, tourne autour de Christiane, la prend en gros plan, en très gros plan.

136

— Te rends-tu compte comme ton geste est agressif ? remarque-t-elle, mal à l'aise.

— Tu ne ferais pas de cinéma, toi ma fille ! répond-il en continuant à la filmer sur tous les angles.

— Au moins au cinéma tu joues un rôle.

— Rien ne t'empêche d'en jouer un, rétorque-t-il. Allez ! Tu as le choix. Celui de B.B., C.C. ou M.M. ?

— M.M. ?

— Marilyn, voyons !

— T'es pas drôle. Donne-moi cet appareil. C'est à mon tour de te scruter, de te fixer, de te fouiller les entrailles ! Elle s'empare de la caméra. Allez ! Joue un rôle maintenant ! Joue !

Pierre exécute des simagrées, des singeries en se désarticulant le corps.

— C'est facile, ça ! remarque-t-elle. J'ai une idée, on joue à s'imiter ! Tu deviens Christiane et je deviens Pierre. O.K. ?

— Faudrait demander à Nadia. Elle saurait comment faire.

À la demande de sa mère, la fillette accourt vers eux, un coquillage à la main et accepte de jouer le jeu.

— Pierre d'abord, lui suggère Christiane.

Elle fixe son père un moment, dépose le coquillage de forme conique par terre, le contemple puis, devenant grave, s'écrie : « Eh bébé ! Mange ta soupe ! Dépêche-toi ! » Elle s'arrête un instant, regarde à nouveau le coquillage, puis reprend avec colère : « Si tu manges pas ta soupe, t'auras une fessée, pis après tu iras te coucher ! Méchant bébé !... Tu bouges pas, tête de mule ! Attends, tu vas voir. » Elle s'empare d'un coquillage, court l'emplir d'eau et fait ingurgiter le liquide à son personnage.

Christiane pouffe de rire, applaudit. Pierre s'esclaffe à son tour. Leurs rires jaillissent, dégringolent, s'arrêtent, puis recommencent. Nadia, surprise de l'effet provoqué par son imitation, se laisse entraîner et rit, elle aussi. Ils essaient de reprendre souffle, s'arrêtent, les yeux mouillés, presque étouffés. Pierre interrompt le silence.

— C'est pas vrai, Nadia ? J'tai jamais fait manger ta soupe de force ?

— Oui ! Oui ! J'm'en souviens, proteste l'enfant.

— Tu es sûre ?

— Oui... oui, c'est arrivé une fois !

— Tu es vraiment sûre ?

— Oui, bon ! puisque j'te dis, réaffirme-t-elle presque fâchée.

— O.K. ! O.K. ! Puisque tu le dis. ... Maintenant, c'est au tour de Christiane ! s'exclame-t-il en regardant celle-ci d'un oeil moqueur.

— Attends un peu, commande Nadia qui veut se concentrer à nouveau. Le coquillage en forme de cône se met à brailler comme un nourrisson : « Nian, Nian ! » La mère arrive, le caresse et le console : « Pleure pas, p'tite fille ! Pleure pas ! » Les pleurs s'arrêtent, interrompus par la voix du père qui maugrée : « Comment ! le souper n'est pas encore prêt ? Maudit de maudit ! » La femme pleure à fendre l'âme, et l'enfant à nouveau. C'est maintenant un concert de pleurs. Des pleurs de tristesse, de rage, de désespoir. Des pleurs de révolte qui se mêlent aux plaintes des oiseaux affolés.

— O.K. ! Nadia ! Ça suffit ! fait Pierre. C'est assez pour le braillage... Bravo ! T'es une vraie comédienne, ma fille !

— Puis toi, dit-il en regardant Christiane secouée de rires. T'es une vraie braillarde !

Les rires fusent à nouveau. Démesurés. Jusqu'à ce qu'un répit s'impose. Christiane en profite pour proposer à nouveau son jeu à Pierre. Nadia retourne à sa construction. Ils jouent à pile ou face pour savoir qui choisit la scène à tourner.

Christiane ramasse un caillou dont l'un des côtés est sculpté comme une tête d'oiseau.

— On dirait un fou de Bassan ! Tu ne trouves pas ? Ce sera côté face.

Chacun à leur tour, ils lancent le projectile qui tombe sur le côté face, son côté à elle.

— Bon, ce sera pas compliqué puisque la scène est toute fraîche dans ta mémoire. Tu joues mon rôle dans la scène qui s'est produite hier après-midi, à mon retour de la ville. Et moi, j'essaie de jouer le tien.

— Tiens ! Tiens ! Je vois à quoi tu veux en venir, toi ! Profitez-en, je suis en forme ! riposte-t-il avec ironie.

— Certainement ! fait-elle amusée en prenant la caméra. Bon, es-tu prêt ? Je fais un plan de la plage, un panoramique sur la mer. Puis de toi qui viens de la ville, etc. Ça va ?

— Je me concentre. Je suis une femme. Je suis Christiane. … Bon ça va !

— Cue ! crie Christiane qui prend des images de la plage et de la mer.

Il surgit, venant de la ville. Il aperçoit la caméra fixée sur lui, sursaute, s'arrête un moment, se rapproche. Zoom in. Gros plan sur un visage plus surpris qu'apeuré.

— Mais non ! ça va pas ! s'écrie-t-elle. Tu dois avoir peur, peur comme j'ai eu peur hier, peur de l'engueulade, tu dois être bouleversé aussi par la poursuite dont tu as été victime dans la rue. On recommence ! Cue !

Panoramique. Zoom in. Gros plan sur le visage. Très gros plan sur le regard exagérément effrayé qui lui donne envie de rire. Elle laisse tourner la caméra. Pierre continue à avancer. Il est difficile de traduire à la fois la peur et le désarroi ! Elle quitte le viseur, laisse glisser l'appareil le long de son corps et essaie de rentrer dans la peau de son personnage. Elle est Pierre. Il est en colère, en maudit, parce qu'elle n'était pas là au moment où il l'attendait. Elle se fabrique une tête de mégère au masculin, une tête de « pégère ».

— Veux-tu me dire d'où tu viens ? Tu as vu l'heure ? Et ta fille qui a faim ? Qu'est-ce que t'as fait, hein ? Moi, ça fait des heures que j't'attends...

Pierre passe à côté d'elle, impassible, comme si rien ne l'atteignait et feint d'entrer dans une maison. Elle le suit, essaie de se rappeler les paroles de Pierre, la veille.

— Veux-tu me dire où tu as bien pu passer la journée ? insiste-t-elle. T'as perdu la langue en plus ? On a dû rester ici toute la journée parce que tu n'étais pas là !

— Assez ! Assez ! lui répond-il en colère. Pour qui te prends-tu ? J'ai pas de comptes à te rendre ! Exploiteuse... pardon ! Exploiteur !

Christiane interrompt le jeu.

— Moi j'ai dit ça ? Moi j'ai fait ça ? s'exclame-t-elle. Tu sors du rôle. Tu dois te contenter de te laisser tomber sur une chaise et me regarder froidement.

Pierre se reprend, exécute les gestes posés par Christiane la veille, fixe l'autre froidement.

— Cesse de me regarder comme ça ! réplique-t-elle.

Elle se penche au-dessus du goémon séché, saisit une carapace de crabe, et puis la lance contre les rochers, comme Pierre, la veille, avec le steak haché. Puis fait le même geste avec une poignée de galets et des coquillages qui éclatent se fracassent en faisant dérouler une rafale de sons métalliques. Pierre, sidéré par la violence subite de Christiane, reste bouche bée. Elle continue à exprimer sa rage, à projeter des pierres contre la falaise.

— Assez ! Assez ! Maman ! crie Nadia apeurée.

Les goélands crient avec Nadia. Christiane continue.

— Arrête, Christiane ! Arrête, crie Pierre. Tu t'emportes, babe ! Tu t'emportes ! fait-il en la secouant par les épaules. Nadia, n'aie pas peur ! C'était du théâtre mon bébé ! Du théâtre ! Les larmes aux yeux, il se précipite vers Nadia.

Christiane, bouleversée, s'est laissée choir. Nadia se jette sur elle en pleurs.

— Mais non, ma chérie ! N'aie pas peur ! Ne pleure pas ! C'était simplement un jeu ! On ne jouera plus à ce jeu-là ! Hein ! Pierre… Les grands sont méchants, pas vrai ?

Nadia, enlacée, rassurée, retrouve rapidement sa bonne humeur. On sourit. On s'embrasse à nouveau. C'est la réconciliation. L'harmonie est revenue. L'enfant leur demande de la suivre jusqu'à sa construction. Un canal de boue et de cailloux dans lequel l'eau de mer s'écoule en emportant toutes sortes d'insectes et de débris minuscules. Le système est alimenté régulièrement par le seau de plastique, placé en haut d'une petite pente.

— J'ai essayé de faire mon château, précise-t-elle en désignant un monticule de boue. Ça ne marche jamais ! Alors j'ai fait ça !

Ils se regardent en souriant.

— On va faire des masques avec cette boue ! suggère Christiane.

Elles s'accroupissent près de l'amas de terre mouillée. Elles improvisent chacune sur le visage de l'autre des droites, des obliques, des cercles, des étoiles.

— Maintenant nous sommes des Indiennes ! proclame fièrement Nadia. Il faudrait faire de papa un Indien aussi. Lui jouer un tour, chuchote-t-elle en désignant Pierre qui s'ébat dans l'eau.

Les deux squaws le tirent hors de l'eau, le traînent jusqu'à leur repaire où finalement il accepte de se soumettre au rituel mais à la condition qu'on lui laisse fumer le calumet de paix. Son mélange de hasch et de tabac. De larges traits noirs zigzaguent sur son front, ses joues, cerclent son cou, ses bras et ses jambes. Ils sont tous trois des Indiens d'Amérique, des Indiens tels que les voient les Blancs, avec des bariolages sur la peau, des colliers de coquillages et des plumes de goéland dans les cheveux.

À la file indienne, au rythme des battements de leurs mains, ils chantent une complainte en frappant du pied contre le sol.

« Aani kouni Sha aouanani… »

Le bruit d'un hélicoptère interrompt leur danse et devient assourdissant. L'appareil gris acier arbore sur ses flancs le drapeau traversé de bandes rouges et blanches, percé de cinquante étoiles.

— Ce doit être un hélicoptère qui a décollé du navire de guerre, dit Pierre.

L'appareil tourne autour d'eux, comme si quelqu'un voulait voir de plus près ces curieux individus, ou simplement les intimider. Les plumes qui jonchaient la plage s'envolent. Les fous et les goélands s'enfuient, plongent dans la mer et s'éloignent de la falaise.

— Yankee go ! Go ! crie l'enfant en brandissant un poing.

— Il y a sans doute une base militaire américaine près d'ici ! suppose Christiane.

— Yankee go home ! hurle Pierre, fier de la réaction de sa fille.

L'hélicoptère finit par repartir vers l'intérieur des terres.

— C'est ça le pouvoir, remarque Christiane que cette intrusion a crispée. Croire qu'il faut s'armer jusqu'aux dents pour faire peur. Montrer qu'on est le maître... qu'on peut écraser, piller, tuer.

— ... C'est ça l'impérialisme, ajoute Pierre, songeur. L'impérialisme américain.

— L'impérialisme soviétique !

— Comment veux-tu qu'on résiste à ça sans prendre les armes ? C'est fatigant d'essayer de toujours convaincre des gens qui ne veulent rien comprendre... Parfois j'aurais envie d'interrompre notre voyage... On n'est pas très utiles ici.

— Pierre, cela fait des années que l'on pense aux autres. Moi je tiens à ce qu'on fasse le point sur nos vies à nous... ne serait-ce que pour faire éclater l'impérialisme qui s'y est installé...

Il ne répond pas et se tourne vers la mer.

Nadia quitte son canal et ses bateaux de plumes pour venir les rejoindre. Main dans la main, ils traversent la rive caillouteuse qui meurtrit les pieds, rejoignent l'épaisse couche de sable doux et humide où l'on s'enlise jusqu'aux chevilles, et enfin la vague qui les attire au large. Les masques, dans une zone de mouvance, de turbulence, tombent. La boue se dissout et va rejoindre le fond de la mer. La peau devient lisse et ruisselante de lumière. Comme des dauphins, ils s'amusent à s'élancer hors de l'eau, à creuser les vagues, à les monter. Les rires s'élèvent, démesurés, surtout ceux de Nadia soulevée dans les airs par ses parents. Les oiseaux ricanent, perchés sur le rebord de l'oeil ou sur l'arête du nez de la tête de proue.

Ils retournent à la terre, se gorgent à nouveau de soleil. L'eau sur leur peau salée s'évapore. Nadia avale goulûment un jus d'orange qui coule sur son menton, sa poitrine. Pierre et Christiane se précipitent comme elle sur les fruits, le pain, le fromage.

Saoulés de nourriture et de soleil, partagés entre la griserie et la fatigue, ils décident de rentrer. L'homme et la femme traînent les pieds, chancellent quelquefois en s'appuyant l'un contre l'autre. Nadia devant eux continue à sautiller, à bondir comme un jeune félin. Christiane se retourne, regarde une dernière fois la dame à la peau d'albâtre, sa tête végétale, ses yeux et sa bouche d'animal.

J'étais une herbe sauvage qui dansait près des eaux. Une herbe des sables, bercée par le rythme des flots. Ma tige s'est cassée. Je me suis pétrifiée. Mon coeur s'est noyé. Suis devenue femme de pierre. Ma peau est dure. On ne peut plus la prendre. Même ceux qui marchent sur ma tête, même ceux qui explorent la blessure qu'un jour un beau marin m'a laissée.

La falaise est déjà loin. Au nord, le ciel est encore lourd de nuages gris qui se bousculent. Les promeneurs suivent le long couloir entre la muraille des vagues et celle des dunes jusqu'à l'autre extrémité de la baie. La côte blanche, percée ici et là de hautes herbes sauvages.

— Regardez ! dit Christiane en montrant la ligne séparant le ciel clair du ciel sombre.

Un engin lumineux surgit des gros nuages.

— Des extra-terrestres ! s'exclame Nadia.

La silhouette de l'objet volant se précise. Les nuages referment la brèche qu'il a ouverte.

— C'est l'hélicoptère de tout à l'heure ! annonce Christiane.

— Mission accomplie ! note Pierre, sarcastique.

L'engin perd de l'altitude, passe au-dessus d'eux, frôle la falaise. Le bruit des pales qui tournoient mitraille l'air. Les oiseaux s'envolent, épouvantés. Enfin, l'appareil se pose sur le pont du navire à la manière d'un rapace sur un bloc d'acier.

* * *

Les touristes font leur promenade sur une des plus belles côtes, en dehors du monde, en dehors du temps. La grande plage, devant la maison, est vide. La maison aussi. Christiane se précipite vers le jardin pour voir si François y est. François qu'elle a hâte de revoir. La guitare gît, abandonnée sur une chaise. Il ne doit pas être très loin. Les portes sont ouvertes. Elle l'aperçoit, revenant de chez la propriétaire, un chaton jaune dans les bras. À la vue des arrivants, le chat s'échappe, bondit dans un massif de fleurs et s'immobilise en se pourléchant les pattes. Nadia court vers lui. Le félin se sauve.

François vient d'apprendre que deux fonctionnaires de la ville, accompagnés d'un garde civil, sont venus avertir madame García Márquez qu'ils devraient l'exproprier si elle n'acceptait pas de vendre sa maison d'ici un mois. Des promoteurs étrangers veulent construire d'autres tours d'habitation.

— ¡ Jamás ! ¡ jamás ! a répondu la vieille femme. Plutôt mourir.

Et elle les a mis à la porte.

— De toute façon, a-t-elle affirmé à François, un vieux règlement de zonage me protège pour le moment ! Il faudra qu'ils le changent. Ça me donne le temps de me retourner, de me barricader s'il le faut. Même s'ils abattent les arbres, même s'ils doivent saisir mon terrain et encercler ma maison de gratte-ciel, je reste ici. Il faudra qu'ils me tuent pour me chasser.

— C'est épouvantable ! ajoute Christiane, sidérée. Ils finiront par l'avoir... Qu'est-ce que l'on peut faire ?

— Absolument rien, Christiane ! remarque François, attristé. Et elle n'a même pas l'appui de ses enfants. Et nous, nous ne sommes que des étrangers !

Ils se regardent, impuissants.

— Ah ! oui... Pierre ! Tu as reçu un télégramme, tu l'as reçu cet après-midi. Il est sur la table.

Une tartine de beurre et de confiture à la main, il saisit le télégramme.

Montréal, 12 octobre 1970

Avons reçu ton message. Ne rentrez pas ! Attendez que la crise passe ! Sommes très inquiets. Évitons de sortir de la maison. Enlèvements dignes de barbares. Les responsables devraient être exécutés. Perquisitions et arrestations continuent. Édifices gouvernementaux barricadés. Le 25 octobre, Drapeau l'emportera sûrement. Une lettre suivra. Affection.

Alexandre et Marie.

— Ils ne changeront jamais, songe Pierre à voix haute.

— Quelque chose de grave ? demande Christiane.

— Non ! Non ! Rien ! Juste un télégramme de mes parents... qui, évidemment, sont en faveur de l'exécution des terroristes. La répression, il n'y a rien de mieux pour régler un problème. De toute façon, ils ne comprendront jamais rien ! Law and order ! C'est pour ça qu'ils élisent des vrais chefs et qu'ils donnent à la caisse électorale.

— J'ai oublié de vous dire... coupe François. J'ai essayé de rejoindre Guy aujourd'hui ! À deux reprises. Mais on ne répond pas ! ... Faudrait écouter les nouvelles, ce soir ! Peut-être y a-t-il des développements ?

Pierre essaie de capter les informations à la radio espagnole. Rien ! ¡ Nada ! Les agences de presse se sont tues. Une lumière d'or rosé entre par les fenêtres largement ouvertes. Un soleil de fin de journée traverse la ligne d'horizon, plonge imperceptiblement vers la mer, répand ses enluminures dans le ciel sans nuages.

— Vous aimeriez que je vous fasse un thé à la menthe ? Un thé comme seuls savent le faire les Marocains ? s'enquiert François à ses compagnons plongés dans les journaux qu'il a rapportés.

Christiane acquiesce. Allongé sur le sofa, Pierre n'a pas entendu.

François sort de sa chambre, vêtu d'une djellaba couleur sable, achetée dans un souk de Marrakech, puis va à la cuisine préparer l'infusion sous l'oeil amusé de Christiane. Un bouquet de menthe fraîche est posé sur le comptoir à côté d'une boîte de thé vert et de la théière d'argile.

— Seulement du thé vert trois étoiles venant de Chine ! lui avait dit, à Tanger, un homme qui vendait des herbes et des épices et qui portait un magnifique turban blanc.

Christiane abandonne sa lecture pour contempler le cérémonial. Du bout des doigts, François prend du thé qu'il laisse tomber dans la théière ; puis, après les avoir froissées entre ses doigts, y jette les feuilles de menthe verte. Il ajoute le sucre et verse l'eau bouillante. Une fumée parfumée s'échappe en spirale.

Il verse la boisson fumante dans les verres, les garnit d'une longue tige de feuilles fraîches. Chacun déguste silencieusement à petites gorgées. Puis François sort de sa poche de chemise un autre joint, l'allume et le fait circuler. Une odeur d'herbe brûlée monte dans l'air.

Les rayons de soleil traversent la maison, donnent une teinte rosée aux êtres et aux choses. Le silence est devenu contemplatif. Nadia s'est retirée discrètement et s'amuse avec Ramón et

Concepción à leur faire répéter les scènes de la vie quotidienne. On mange, on boit, on joue, on se querelle, on s'aime,
on se déteste. *Te quiero mucho... Te odio mucho...*

— C'est demain le grand jour ! annonce soudainement
Pierre.

— Le grand jour ? interroge François, un peu perdu.

— Mais celui où l'on tournera notre premier film ensemble... voyons !

— Je t'avoue que ça m'tente pas tellement de devenir la
victime !

— Là où il y a un oppresseur, il y a des opprimés.

— Est-ce une logique nécessaire ?

— Mais, mon ami, c'est de la contradiction des idées et des
forces que vient l'évolution. Tu sais cela depuis longtemps...
C'est parce que les Québécois ont été réprimés durant des siècles
qu'ils se sont réveillés un jour et qu'ils perdront aux yeux des
autres leur image de moutons... Tu es chanceux ! Tu représentes
le peuple...

— Dans un western, c'est toujours le même qui gagne... Le
plus fort !

— C'est un western politique... Rien ne t'empêche de ren-
verser les rôles. On a vu dans l'histoire des bandits ou des p'tits
culs devenir des héros. Dollard ! Les patriotes de 37! Les guéril-
leros de la révolution cubaine ! Rien ne t'empêche de changer les
rôles, d'improviser... Quant à moi, je satisferai mes instincts
sadiques... gr... gr... Je serai le prince qui a juré de détruire le
nationalisme d'un compatriote pour installer le sien. Orné de mon
oeillet rouge, assis sur mon tank ou mon cheval, je te poursuivrai,
userai de mes armes... et de mes pions en costume kaki. Je serai
Pierre le loup ! Et toi François, ou Ti-René alias le mouton devenu
le bouc...

— Chacal ! Rapace ! Je saurai bien user de ma ruse, alerter
mon troupeau ! répond François menaçant en retenant une envie

147

de rire. C'est fini l'image du troupeau docile. À partir de demain, nous serons les vainqueurs. *El pueblo unido jamás será vencido.*

Un loup à dos de cheval, accompagné de ses faucons qui tournent haut dans le ciel, poursuit un vieux bouc émissaire et son troupeau jusque sur son territoire. Le loup se saisit de quelques terres et de quelques mers, se trouve des alliés dans le troupeau, puis retourne dans son domaine sur la colline pour préparer la prochaine attaque. Christiane les écoute délirer en souriant.

— Vous vous rendez pas compte ? C'est du vrai coq-à-l'âne, votre discours !

— Du coq-à-l'âne ? Qu'est-ce que c'est que ça ? taquine Pierre. On parlait jusqu'ici de loup et de moutons... pas de coq et d'ânes !

— Savez-vous ce que c'est au moins faire un coq-à-l'âne ? demande François. C'est faire le cri du coq puis celui de l'âne. Comme ça ! Cocorico... hi-han ! Hi-han !

— Connaissez-vous l'origine de cette expression ? s'enquiert Christiane. Vous savez quand même ce que c'est un coq ?

— Un oiseau domestique de l'ordre des gallinacés, de sexe mâle, répond Pierre en se donnant un air magistral.

— Eh bien ! répond-elle, c'est quelqu'un qui fait le beau et le fort ! Quelqu'un qui fait le paon, qui fait le jars ! Quelqu'un qui écrase les autres. Qui picote les poules et les autres coqs. Quand il sort de son poulailler, savez-vous ce qu'il fait avec l'âne qui est là ? Hein ! le savez-vous ?... Il le picote aussi. L'âne, attaché par son maître, a beau tirer, reculer, ruer, crier sa douleur, le coq continue à lui picoter les jarrets. Puis, dans un grand bond, il saute dessus... Mais Chagall, mes chers amis, a annoncé qu'un jour les ânes se libéreront des coqs et de leurs maîtres, il les a fait danser et voler. Vive la libération des ânes !

Pierre et François applaudissent et sifflent. Puis ils se joignent à elle pour proclamer à leur tour, à cor et à cri, la libération des ânes.

La nuit est tombée sans qu'ils s'en aperçoivent. Le temps s'écoule lentement. Comme si le coeur de la planète battait moins vite. Ils ont grignoté ce qui restait dans le réfrigérateur. Des croûtons de pain, des tomates, des olives. Et personne n'a pensé à réclamer un repas. Nadia s'est endormie sur le sofa à côté de ses amis de chiffon qu'elle a réconciliés et bercés.

Les Beatles jouent *Strawberry in the fields* sur le magnétophone à cassette. Assis par terre, presque face à face, Pierre et François font les choeurs en marquant le rythme sur leurs cuisses. Christiane, assise à l'écart sur un coussin, fixe le tableau au-dessus de la cheminée. Elle a l'impression de voir pour la première fois cette reproduction qui représente un couple de jeunes amoureux batifolant dans un champ de marguerites avec, derrière eux, une forêt verte et mystérieuse. Soudain, elle a envie de courir et de danser dans le champ de fleurs aux coeurs jaunes. Elle se lève, un peu étourdie par le vin et le kif, et se met à tourner dans la pièce comme un oiseau. Elle danse dans un grand champ de fraises sauvages. L'odeur printanière, acidulée et sucrée, la saisit à la gorge. Et son corps est pris d'un mouvement de berceuse.

She's lucy. And she's gone. Pierre et François la regardent danser en chantant avec elle. Autour d'elle, poussent des mandarines. Des fleurs de cellophane volent au-dessus de sa tête. Roses. Orange et bleues.

Épuisée, un sourire euphorique aux lèvres, elle se laisse tomber près de Pierre, étreint une de ses jambes. Il se lève brusquement. Ses bras restent accrochés mais il réussit à se dégager. Un voile de tristesse glisse sur le visage de Christiane.

Christiane n'est plus là, ne chante plus. Elle est devenue immobile comme la femme de pierre. Comme la tête de proue parmi les herbes sauvages. François, qui s'est aperçu de son désarroi, prend son harmonica et joue un blues mélancolique. Pierre l'accompagne à la guitare. Elle tourne le dos, rampe vers le sofa et s'étend à côté de sa fille. L'huître referme sa coquille. L'enfant-fleur tombe de sa corolle.

François allume la radio. Ici Radio-Canada. La voix du premier ministre Pierre-Elliott Trudeau.

« C'est vrai qu'il y a beaucoup de coeurs tendres dans la place qui ne peuvent supporter la vue des soldats avec masques et fusils. Tout ce que je puis dire c'est : Allez-y, pleurnichez ! Mais il est plus important de maintenir l'ordre et la loi dans la société que de s'apitoyer sur ceux dont les genoux flageolent à la seule vue de l'armée ! » « Just watch me ! » ajoute le chef d'État en réponse à un journaliste qui lui demande jusqu'où cela pourrait aller.

Il était une fois en octobre

Le 14 octobre 1970

Le village, situé dans un amphithéâtre naturel, est désert. Parfois, le vent chaud de la sierra soulève un peu de poussière, fait craquer les poutres et grincer les portes à battants. Le décor de carton-pâte est en place depuis au moins une décennie. La petite église de campagne. Le saloon. La boutique de forge. Le salon de barbier. Le bureau de poste.

Pierre a revêtu le costume de l'élégant justicier Batzorro Elliott. Une immense cape de drap noir ornée d'une rose fanée, un chapeau de feutre noir qui cache les yeux, un jean délavé, poussiéreux, des bottes western auxquelles ne manquent que les éperons.

François s'est déguisé en truand. Son Tee-shirt est taché de cambouis et de jus de grenade pour correspondre au cliché du méchant malfaiteur. Il a les cheveux défaits. La barbe hirsute. Les godasses trouées qui lui font des pieds à la Chaplin. Il s'appelle Ti-Jean Lévesque, surnommé le bouc, en raison de sa réputation de défonceur de clôtures.

Christiane est derrière la caméra juchée sur un trépied. Nadia est à côté d'elle, assise entre Ramón et Concepción, derrière un magnétophone à cassettes posé sur une petite table faite de deux pierres plates et d'une planche de bois.

Pierre réalise *Il était une fois en octobre*. François, l'assistant-réalisateur, le remplace quand il joue.

Pierre, scénario en main, situe l'action du film. Le shérif de San Antonio recherche un criminel, Ti-Jean Lévesque, qui s'est enfui de la prison où il purgeait une sentence pour voies de fait sur un riche éleveur qui avait extorqué la propriété de ses parents, il y a de cela plusieurs années. Batzorro Elliot décide de partir à la recherche du malfaiteur, alléché par une prime de dix mille dollars. Il le découvre finalement à San Cristobal, à l'heure où le soleil cogne, assis sur le perron du saloon, presque endormi. Froidement, impassiblement, à la manière de Clint Eastwood, Elliott fera reculer son adversaire désarmé jusqu'au grand cercle de la mort.

— Aujourd'hui on filme la scène de la rencontre des deux ennemis ! rappelle Pierre.

François a pris place, s'est assis près de la porte du saloon. Christiane jette un dernier coup d'oeil au synopsis.

— Cue ! lance le réalisateur.

Plan d'ensemble de la sierra et du village. Zoom in sur Ti-Jean Lévesque qui somnole, une grenade sanguinolante à côté de lui. Gros plan sur son visage. Sur une mouche qui se pose sur le nez qui frémit. Puis sur la main qui frappe.

— Stop ! s'écrie le réalisateur en s'adressant à la cameramane. Tu as pris aussi un très gros plan des yeux ?

— Non. C'était pas écrit, proteste Christiane.

— On le fait quand même, décide Pierre. On a dit qu'on pouvait improviser. Ce sera meilleur. On recommence...

Plan de la sierra. Du village. Du criminel. De son visage. De ses yeux. Stop !

— Bon ! ça a marché, de conclure le réalisateur. Il ne reste qu'à attendre une autre mouche. François, mets du jus de grenade sur ton nez. Toi, Christiane, tiens-toi prête. Dès que la bestiole arrive... tu tournes.

— Pourvu qu'une autre mouche arrive et se pose au bon endroit, se dit-elle, l'oeil rivé à la caméra.

Et après une très longue minute de silence, un insecte noir aux ailes translucides et marbrées pique en direction du truand, atterrit d'abord sur une tache de son chandail avant de se poser sur ses lèvres. La bouche frémit. D'une gifle, il tue l'insecte.

Pierre sourit. Il est satisfait du résultat même si la mouche n'a pas atterri à l'endroit voulu.

Le moteur de la caméra s'arrête. La cameramane et le comédien soupirent.

— Maintenant, c'est à mon tour, rappelle le réalisateur. Tu te souviens, Christiane ? Tu fais un zoom out pour faire un plan de la rue. Ensuite, tu t'arrêtes sur le salon de barbier, puis sur Elliott qui en sort. Plan américain. Puis très gros plan des yeux.

Nadia, assise derrière son appareil, regarde la scène passivement, comme Ramón à sa droite et Concepción à sa gauche.

— Et moi papa ? Quand est-ce que je fais partir la machine ?

— Seulement à la fin. Maintenant, il ne faut plus nous déranger, O.K. !

Christiane essaie de dompter sa nervosité. Tout se déroule bien pourtant. Elle n'a pas à avoir peur. Il ne lui fait pas peur. Elle est de pierre comme la montagne.

Pierre attend fébrilement derrière la façade du salon de coiffure, métamorphosé en Batzorro Elliott.

— Cue ! commande l'assistant-réalisateur.

L'oeil de la caméra décrit un demi-cercle, parcourt la rue et ses bâtiments. Elliott surgit de la boutique pendant que la cameramane filme l'église toute blanche à la façade percée d'un clocher.

— Comment ! Tu n'es pas encore rendue sur moi ! Il faut

que je fasse tout ici ! Tabarnak ! J'peux quand même pas être à la fois comédien, cameraman, et réalisateur.

— Tu n'avais qu'à attendre le signal avant de sortir, sacrament ! réplique François.

— C'est ça ! C'est de ma faute ! Tu aurais pu me le dire qu'y avait un signal !

— C'est moi qui te remplace quand tu joues. Tu devrais le savoir ! Pense donc des fois avant de gueuler ! Ça te ferait pas d'tort.

— Wo ! Pas de morale ! Sinon je débarque ! On recommence c'est tout. Christiane, t'es prête ?

— Tu le sais, mon chéri, je suis prête, toujours prête à recommencer. C'est ça le drame, ajoute-t-elle plus bas.

François se retourne et la regarde.

Pierre pousse énergiquement les portes à battants de la façade de carton-pâte. L'assistant-réalisateur attend que leur battement cesse, puis donne le signal. Elliott, le justicier, sort en faisant virevolter les pans de sa cape et jette un regard colérique du côté de la galerie du saloon.

—, C'est raté, décide François, frondeur. C'est un regard impassible que tu dois avoir. Comme Eastwood ! Tu dois être froid... pas en maudit. Maîtrise tes sentiments !

— Veux-tu me dire quelle mouche t'a piqué, toi ? s'exclame Pierre. Veux-tu jouer à ma place ?

— En tout cas, c'est sûrement pas la mouche de tout à l'heure ! réplique l'autre sur un ton sardonique. Il y a rien qu'un taon ici qui s'amuse à piquer les autres.

— Arrêtez ça ! crie soudainement Christiane, exténuée. Si vous continuez ce petit jeu-là, vous allez tout foutre en l'air.

Nadia se ronge les ongles. Pendant quelques secondes, un silence lourd plane.

— Ça ira pour cette scène-là, tranche Pierre.

— O.K. ! Puisque le dernier mot appartient à celui qui réalise, marmonne François.

Il retourne à son rôle de comédien et Pierre à celui de réalisateur.

— Bon ! maintenant un gros plan sur Ti-Jean Lévesque apercevant Elliott, déclare Pierre en consultant le synopsis. Il a, lui, le regard effrayé ! rappelle-t-il à François. Ensuite c'est la fuite. Elliott derrière lui.

Le moteur tourne. François, pour entrer dans la peau de son personnage, imagine devant lui l'homme à la cape, se lève lentement en le fixant d'un air gouailleur.

— C'est pas ce que j'veux, coupe Pierre, énervé. Tu dois avoir la trouille. Tu as l'air un peu trop sûr de toi. Tu sais que l'homme qui est devant toi veut ta peau. C'est le maître. Celui qui a le pouvoir, les armes... Veux-tu me recommencer ça ?

François essaie de se concentrer de nouveau, d'adopter une attitude de victime malgré sa rancoeur. Les deux adversaires se rapprochent, se font maintenant face. Christiane a l'impression de voir deux fauves s'affronter. Elle se tient coite, comme Nadia à ses côtés. Elle se remémore le scénario. Une série de plans alternés sur les deux personnages qui se dévisagent. Elle saisit tour à tour le visage de Lévesque dit le Bouc qui a plutôt envie de foncer et celui du justicier Elliott qui ne peut arriver à imiter l'impassibilité du héros de Leone.

« Il le voudrait tellement pourtant ! se dit-elle. Mais ses sentiments le trahissent, entre autres son animosité pour François. Il voudrait tellement ne pas se laisser dominer par eux. Transformer son visage de chair en visage de marbre ou de métal. Devenir froid, indifférent. »

Elliott s'avance les mains sur les hanches, prêt à dégainer. Comme les policiers des petites villes du Québec ou d'ailleurs qui essaient d'impressionner les passants quand ils circulent dans la rue. Lévesque, sans arme, fuit vers l'église, refuge des démunis. Face à l'homme armé, c'est sa dernière chance. La caméra ne bouge pas. Elle avale l'action qui s'improvise devant elle. D'abord la course éperdue le long de la rue principale. Du saloon à l'église. De l'église au saloon. Jusqu'au moment où le fuyard traverse le portail de l'édifice religieux dont la cloche, poussée par le vent, sonne l'alarme.

— C'est beau ! s'exclame Pierre. Dépêche-toi Christiane. Toi aussi Nadia. Apporte le magnétophone. Ce sera parfait ici pour la finale. Vite !

Elles ramassent le matériel et se précipitent vers la façade. La scène finale. Le dernier round. Le cercle léonien. L'enceinte de pierres, traversée ici et là de figuiers de Barbarie, est sans issue. Christiane sent la sueur couler le long de ses tempes. Sur sa poitrine, entre ses seins.

Les deux comparses se font face. Ils tournent en suivant la ligne d'une circonférence imaginaire. La caméra balaie l'espace de l'un à l'autre. L'oeil du réalisateur observe Christiane qui, à travers l'objectif, lit à nouveau le mécontentement dans les yeux de Pierre.

— C'est pas comme ça qu'il faut prendre ces images. T'es bien niaiseuse ! Comment veux-tu donner un plan d'ensemble de la place si tu t'installes là ? Recule-toi. Plus loin. Tiens près de la muraille ! Ça va ?

Elle ne répond pas. Elle a encore le coeur en charpie.

— Tu as raison, se dit-elle. Je suis niaiseuse. Oui, niaiseuse de te laisser me donner des ordres. De continuer à me faire charcuter par tes insultes. De m'illusionner encore sur tes belles promesses.

Nadia s'approche comme pour la protéger d'un assaut. François la regarde en retenant sa colère. Elle se tait, disparaît derrière la caméra. Et que le spectacle continue ! Plan d'ensemble sur le cercle et les protagonistes. Au signal de Christiane, Nadia enclenche le son. Un... deux... trois... Une musique de Morricone envahit l'espace, percute contre les montagnes qui l'amplifient. Celle de l'homme à l'harmonica qui hurle sa tristesse comme le loup au milieu du désert. Gros plan sur le visage des deux adversaires. Sur les yeux durs et pénétrants. Un regard d'ambre contre un regard d'améthyste. D'abord immobiles, les comédiens se laissent emporter par le mouvement concentrique du clavier, de la guitare et des violons. Ils tournent lentement, les pieds soudés à quelque manège invisible. Le sable crisse sous les bottes. Les yeux sont rivés à ceux de l'autre. Le cercle se rétrécit. Les corps se rapprochent.

— On coupe, décide Christiane.

La musique s'arrête.

— Comment ça on coupe ! vocifère Pierre.

— Plus de pellicule. C'est quand même pas de ma faute !

— Mais c'est pas possible comme t'es nannoune ! T'aurais pu changer la cassette avant, non ? On regarde le compteur, ma fille, de temps en temps !

— Pierre Elliott ! Apprends que je ne suis pas ta fille ! Apprends que tu n'as pas d'ordre à m'donner, réplique-t-elle en essayant de garder son calme.

— Ben ! pourquoi tu me regardes comme ça ? fulmine l'homme, les mains posées sur sa ceinture. Qu'est-ce que t'attends ? Mets une autre cassette qu'on en finisse !

Christiane se mord les lèvres. Pour ne pas faire éclater du coup la dernière scène.

— Quand vas-tu la fermer ! clame François. Laisse donc les autres respirer ! Relaxe, man ! Relaxe !

— Tiens ! C'est ça ! Il prend la défense de ma femme, maintenant.

— Il n'y a pas seulement elle que t'emmerdes ! ajoute François en tournant la tête vers l'enfant blottie près du magnétophone qui tourne à vide.

— Bon, O.K. On recommence pour terminer cette scène-là le plus vite possible.

Le cercle se reforme. La musique reprend. Lugubre, déchirante, guerrière. La fiction accélère et dépasse la réalité. Elliott et Lévesque s'affrontent à nouveau. Pierre fait glisser sa main sur la crosse du revolver chargé à blanc. François se penche pour saisir une pierre. Selon le scénario original, le bon épargne la vie du truand. Il ne fait que dégainer pour que celui-ci se résigne à l'arrestation. Mais le réalisateur a toujours le droit de modifier le scénario. Il n'a pas à sauver la vie de cette andouille qui le méprise. De toute façon, qu'il soit ramené mort ou vivant, il aura la même prime. Pierre dégaine, hésite, puis tire sur le bras qui le menace. François, d'abord étonné, s'écroule comme s'il avait été touché. Pour jouer le jeu jusqu'à la fin. Comme lorsque, tout petit, il jouait aux Indiens.

Un cri transperce l'air,

— C'est assez ! C'est assez ! hurle Nadia.

Elle éclate en sanglots pendant que la musique de Morricone continue à jouer *Il était une fois dans l'Ouest*. Un cercle étroit se crée autour d'elle.

— Ce n'est qu'un film, d'expliquer Pierre. Je n'ai pas tiré pour de vrai. C'était comme à la télévision, tu le sais bien. Le revolver n'était pas chargé.

Christiane s'accroupit, prend la tête de l'enfant entre ses mains et la berce doucement au rythme de la musique que personne n'a songé à arrêter.

— On retourne à la maison, ordonne Pierre, mal à l'aise. On plie bagages.

Personne n'a envie de résister. Il n'y a plus rien à faire dans ce décor de pacotille. Le moteur vrombit sous les coups répétés de l'accélérateur. Christiane ramasse trépied et caméra. François, valise et magnétophone. Nadia le cœur gros les suit lentement en traînant Ramón et Concepción au bout des bras.

Il faut fuir rapidement cet amphithéâtre de carton. Le retour, à travers la sierra et la campagne sur une route en serpentin, se fait à toute vitesse. Nadia, assise sur le siège arrière, se cramponne à la veste de François. Christiane regarde Pierre accroché à son volant, le visage crispé, se demande quand le cauchemar cessera. François tapote l'épaule du conducteur.

— Tu ne pourrais pas aller plus vite !

— C'est ça que tu veux ? dit Pierre en écrasant l'accélérateur.

La voiture bondit à toute allure, laissant derrière elle un nuage de poussière.

— Ralentis ! Ou j'débarque !

— Vous êtes pas contents ? Descendez donc ! grommelle Pierre qui immobilise l'auto.

— Allez ! Allez ! Comme ça je serai tranquille !

— Non, maman, ne pars pas. Je vais avec toi.

— Viens, ma fille. On se débrouillera bien pour rentrer à la maison.

Ils descendent lentement, l'un derrière l'autre. Pierre fulmine. Le moteur gronde. La voiture démarre et reprend sa course en soulevant une autre nuée de poussière grise.

Nadia éclate à nouveau. Christiane l'entoure d'un bras protecteur, répète les mêmes mots pour la centième fois.

— Ce n'est rien, ma chérie. On rentre à la maison. Papa sera là bien sûr... Tiens, quelqu'un s'en vient.

Ils hèlent un maraîcher dont le véhicule est bondé de fruits et de légumes. Le conducteur s'offre à les emmener en ville. Ils y seront dans moins d'une heure. L'homme porte une large casquette, il a un profil busqué et de longs favoris. Il les interroge sur leur provenance, leur occupation. François est peu loquace. Christiane fait semblant de ne pas comprendre.

Soudainement, elle a mal au ventre. La même douleur qui la clouait au lit quand, petite, elle avait un gros chagrin. Une douleur vive, lancinante comme si les viscères se révoltaient, voulaient s'échapper du corps. Le jour, elle pouvait toujours se rassurer, anesthésier la douleur en changeant d'activité, en prenant quelques aspirines. Comme l'autre fois, après la querelle dans la cuisine. Mais, la nuit, le mal était insupportable. Comme si une bête grugeait son ventre.

Nadia s'est endormie, serrée contre elle, bercée par le roulement du camion. Une autre crampe lui traverse le ventre comme une lance. C'est peut-être ses menstruations ? À moins qu'elle ne soit enceinte ! Non, ce n'est pas possible. Oui, c'est possible ! Son corps est fait pour procréer, qu'elle le veuille ou non. La destinée … la rose au bois. Surtout depuis qu'elle a abandonné la pilule pour se remettre à l'écoute de son corps. Depuis, le cycle est devenu tellement irrégulier qu'elle ne s'y retrouve plus. À l'envers comme son esprit. Elle essaie de se souvenir des dernières fois qu'elle a fait l'amour, de calculer les jours, mais un autre déchirement lui tenaille le ventre. Elle ferme les yeux pour mater la douleur et se rappelle cette nuit d'avril, il y a deux ans.

Un spermatozoïde m'a choisie comme réceptacle. Le test est positif. Dans mon sein, un amas de cellules me dévorent, s'agglutinent à ma chair. Mon corps est devenu le pavillon des cancéreux. Matière molle et sanguinolante qui va grossir, gonfler. Me faire éclater. Non ! je ne veux pas mourir.

Il y a quatre semaines, nous faisions l'amour. Il y a trois semaines, nous avions une querelle. Ordinaire. Inoffensive. Sans voies de fait. Une querelle qui n'abîme que l'intérieur. Qui laisse la chair intacte. Une querelle inutile. Pour une histoire de vaisselle.

Depuis ce temps, il est parti. Parti je ne sais où. Peut-être avec une autre. Je suis moins jalouse maintenant. Je ne cherche plus sur ses vêtements l'odeur de musc ou quelque cheveu de l'autre. Je me protège. Je me dis que cela m'indiffère.

Je suis seule. Terriblement seule avec l'enfant qui dort dans la chambre d'à côté et l'embryon qui me déchire le cerveau avant de me déchirer les entrailles. Malgré moi, tricoteuse de vie. Malgré moi, vingt ans à te porter. Non, je ne veux pas ! Non !

La nausée soulève mon estomac. Je trouverai bien un antidote à ce qui m'empoisonne avant que cela ne prenne forme. Avant que cela ne devienne poisson ou crocodile. Plus tard, je ne pourrai pas, je ne pourrai plus. Quand la forme sera presque humaine. Quand je devinerai le contour de ses pieds, quand je sentirai leurs coups. Il faut agir tout de suite. Ce soir même. Ici. Puisque l'hôpital me refuserait. Puisque la loi l'interdit. Puisque les bonnes âmes l'interdisent.

J'ouvre un livre de médecine à la page traitant de l'avortement. Je n'y trouve aucune recette. On ne mettrait pas ce genre d'écrit à la disposition des femmes. Ce serait trop tentant. J'ouvre la pharmacie. Je n'y trouve que de l'alcool méthylique et des aspirines. J'absorbe une douzaine de comprimés. Je m'arrête. Je ne veux pas mourir. Je veux seulement jeter hors de moi ce qui n'est pas moi.

J'ai déjà entendu dire que le vin chaud et les voyages en automobile sur de mauvaises routes de campagne pouvaient être efficaces. À défaut d'automobile, je me rends vers la cuisine. Le vin rubis coule à flots dans la casserole, répand une odeur forte en chauffant. J'avale lentement le liquide couleur de sang noir et son goût âpre me fait frissonner. Il faut faire vite et bien. Une lampée succède à une autre et la chope est vide. Pour une première fois, pour une deuxième, pour une troisième fois. Je lâche le récipient de verre qui se renverse sur le comptoir. Je dois me rendre à la salle de bains. Mes pas s'emmêlent. Mes jambes flageolent. Je m'accroche aux chaises, à la table, aux murs. Je regarde mon visage dans le miroir. Il est blanc, blanc de peur.

Maintenant, il faut attendre. Attendre que cela fasse effet. Attendre qu'une crampe précède le vide. Pour le moment, aucune douleur. Ni à l'estomac ni au ventre. Rien qu'une sensation d'étourdissement. Le plancher tourne. Les murs tournent. Je me lève péniblement. J'ai peur de revoir mon visage. Pitoyable ! J'ai les yeux rougis comme s'ils voulaient me sortir de la tête. Une couche de cire blanchâtre sur la peau. Je ne vais pas mourir, non ! Je m'asperge le visage à grande eau. Je l'éponge. Ma peau est toujours aussi pâle. Mes yeux sont toujours aussi rouges.

J'ai envie d'éclater. Je suis une vieille femme de vingt ans que la vie a détruite. Je porte le masque de la mort. Il faut bouger. Ne pas se laisser aller. Courir… Des larmes coulent le long de mes joues mais je ne peux les arrêter. Je saisis la corde à sauter de ma fille. Et je saute… en titubant. Je bondis comme une grenouille. Je m'élance comme un oiseau blessé qui retombe maladroitement sur un pavé. Je cabriole comme un cabri. Jusqu'à m'étourdir. Le mouvement se fait plus lent. Je suis un cheval de manège. La sueur coule le long de mes côtes, le long de mon dos. J'ai chaud. Une vive douleur m'empoigne l'estomac. Ça y est ! Je continue à sauter et à tomber. Les voisins de l'étage inférieur cognent au plafond. J'arrête. Mon estomac se contracte. Une boule de liquide fielleux, fétide, me monte à la gorge. Je cours vers les toilettes. Mon corps est secoué de spasmes. Il rejette le dernier repas et les comprimés et le vin… rouge. Une odeur nauséabonde me soulève le coeur. Je voudrais que mon utérus soit un estomac qui rejette ce qu'il ne peut assimiler. Je crache un mucus épais et jaunâtre. J'ai peur de m'évanouir. Des sueurs froides sur la peau. Une chaleur brûlante au fond des yeux. Un élancement au ventre. Cette fois, ça y est !

Je me traîne vers le lit, le corps plié en deux. Quelque chose me poignarde au-dessus du sexe, là où le désir se forme. La petite bosse n'est pas encore perceptible, mais bientôt, si je la laisse faire, elle sera ronde et chaude comme une tumeur. J'assaille mon ventre à coups de poing. Non ! tu ne m'envahiras pas ! Tu ne me dévoreras pas !

Je me soulève avec peine. Le coffre est là. Juste à mes pieds. Je m'y traîne. J'y trouve, bien dissimulées dans un sac de plastique, une dizaine d'aiguilles à tricoter. Léguées par ma mère avec le coffre, le jour de mes noces. Broches à tricoter la vie. Je choisis celles qui sont de plastique rouge. Elles sont longues et fines. Cela fera peut-être moins mal. Je retourne sur ma couche. Les rideaux sont fermés. La porte également. Personne ne sait…

et si je mourais ? On ne meurt pas si vite ! Ce n'est pas moi que je veux atteindre. C'est quelque chose d'autre qui n'a pas conscience… qui ne souffre pas. S'il y a des complications, Nadia pourra téléphoner à ses grands-parents en attendant le retour de Pierre.

Je m'assieds. J'étale ma jupe rouge qui dessine une grande fleur autour de moi. J'écarte les jambes comme dans le bureau du gynécologue au visage glacial. Je serre les dents. Prends l'arme de plastique rouge d'une main ferme puis pénètre dans l'ouverture. Fortement. La porte est étroite. Je rate une première fois. La chair meurtrie me fait crier de douleur. Il faut bloquer les larmes qui coulent encore. Se concentrer sur le geste. Cette fois, j'entre la broche doucement puis me donne un coup en fermant les yeux. Puis un autre coup. Je serre les lèvres pour ne pas crier. J'ai peur de perdre conscience. L'aiguille tombe sur le parquet. Je me laisse choir sur le lit. Poupée de guenille. Poupée molle de chiffon. Je sens un liquide chaud me gonfler le bas-ventre, s'écouler hors de moi. Geyser de sang. Je touche mes cuisses. Elles sont ensanglantées. J'essuie mes doigts comme de longs pinceaux sur ma blouse blanche. De grands traits rouges comme des signes chinois. Comme un message. Au secours ! La vie me fuit. Des vapeurs me traversent la tête. J'ai envie de dormir. De mourir. Au milieu d'un halo de lumière rosée, une bulle blanche et translucide se forme dans le cerveau.

Non ! J'ai peur de partir. J'ai peur de mourir. Je recrée le visage de Nadia. Ses grands yeux graves. Son sourire mélancolique. Pauvre petite, quelle mère as-tu ? J'ai un éclair de conscience. Je réussis à me tourner vers le téléphone, à composer péniblement le seul numéro dont je me souvienne.

Le numéro de mes beaux-parents. Belle-maman. Vite, viens chercher Nadia ! Vite ! Le fil est coupé. Je suis dans un autre espace, un autre temps. Dans une autre bulle qui se promène. Ballottée puis déposée sur une surface dure. Grabat. Civière ou tombe. Je suis une morte-vivante. Une demi-vivante en sursis. J'ai les yeux éteints et ma conscience me fuit à nouveau. J'ouvre *lentement les paupières lourdes comme des rideaux d'étoffe. Au-dessus de moi, une ombre aux contours indéfinis. L'ombre d'une femme devant le mur blanc flanqué d'une croix noire. D'une femme vêtue d'un costume gris avec, à la place des yeux, des lunettes fumées noires et rondes. Sa bouche dessine des sons que je n'entends pas. Comme dans un film muet. Noir et blanc.*

J'ouvre lentement les oreilles. « Qu'est-ce que tu fais là ? » me dit l'ombre. C'est la voix de la mère de Pierre. La voix d'une femme chrétienne. « Tu es folle ? Tu n'avais pas le droit. » J'ouvre les narines et je sens les vapeurs de formol qui folâtrent dans l'air. Je tente d'ouvrir la bouche. Les muscles labiaux ne suivent pas. J'ai soif. Je réussis à passer la langue sur mes lèvres asséchées. La femme me comprend enfin, me tend à distance un verre d'eau. La tête retombe sur l'oreiller. Les sons ne sortent pas de ma gorge. Je dessine le nom de Nadia avec ma bouche. « Nadia est en sécurité. T'en fais pas. Elle est à la maison » me répond la voix. Elle me redemande pourquoi j'ai fait cela. J'ai des larmes plein les yeux mais je ne veux pas pleurer. Pas devant elle. Elle me tend un kleenex. J'éclate.

Une infirmière blanche s'approche. « Madame, vous ne devriez pas fatiguer la patiente. Vous devriez partir maintenant. C'est l'heure. » Froidement, elle tend une seringue, m'injecte un liquide dans les veines. La visiteuse, offusquée, tourne sur ses talons, revient me saluer, me demande si je désire quelque chose. Je réussis à murmurer : « Maman ! Maman ! » « Très bien, elle viendra ta mère, me répond la voix, et elle saura. »

Christiane rouvre les yeux. La route s'étend droite devant eux et le moteur du camion poursuit son ronronnement. Elle sent le corps de François à côté du sien, celui de Nadia. Elle se laisse irradier par leur chaleur. La douleur s'est estompée lentement, imperceptiblement.

Après être descendus du camion et avoir remercié d'un sourire le chauffeur, elle propose de s'arrêter dans un café. Elle n'a pas envie de rentrer tout de suite.

— Dos expressos, una limonada, señor.

Le restaurant est réservé aux touristes. C'est visible. Même si aucune affiche n'indique que les autochtones sont exclus. Le prix des consommations et des repas suffit à sélectionner la clientèle cible.

Des enfants jouent aux billes sur le trottoir. Nadia les regarde d'abord avec méfiance comme le lui ont appris les adultes, et elle les rejoint sans terminer sa limonade. Appuyés à la table, Christiane et François se surprennent à se regarder. Comme s'ils se voyaient pour la première fois. Les yeux fixés à ceux de l'autre. Comme des aimants. Incapables de se détacher ou de ciller malgré la fumée des cigarettes qui monte entre eux.

— Pourquoi demeures-tu avec lui ?

— … Je ne sais pas… répond-elle, hésitante et surprise de la brutalité de la question. D'abord c'était à cause de l'espoir, ensuite par peur de l'échec… Maintenant peut-être par goût de l'échec ! Je ne sais pas. Parfois c'est long, une prise de conscience. Certains jours, pourtant, j'ai l'impression de conduire ma vie. Ou, comme aujourd'hui, d'être complètement perdue. Impuissante. Une épave qui dérive avec le courant.

— Et tu préfères te laisser détruire ?

— Hier c'était le paradis. Aujourd'hui c'est la descente aux enfers. Ma vie est comme les montagnes russes. Mais quand je suis en haut, le paysage est tellement beau… qu'il me fait endurer les nausées de la descente. Et je continue à m'accrocher.

— En tout cas, il me semble que je saurais mieux t'aimer que lui, avoue-t-il en baissant les yeux. On pourrait continuer le voyage ensemble si tu voulais… avec Nadia. On n'aurait qu'à tout lui expliquer.

Les paroles de François tournent dans sa tête :

« Je saurais mieux t'aimer que lui… » Un voile obstrue son regard. Non, elle ne veut pas. Elle ne veut pas. Parce que… parce qu'il a été à l'origine l'ami de Pierre, parce qu'entre eux, même si elle le trouve attirant, il n'y a pas eu de coup de foudre. Avec ces pincements au ventre, ce déclenchement d'énergie qui est

165

souvent à l'origine de la passion. Parce qu'entre eux, il y a plutôt de l'amitié, de la complicité. Parce qu'il lui ressemble peut-être trop. Parce qu'elle est prise avec ses imageries, ses fantasmes de petite fille. Le modèle de l'homme. Parce que... parce que François n'est ni Superman, ni Clint Eastwood, ni Popeye... Elle a appris pourtant que de cultiver la différence entre homme et femme mène à l'impasse. C'est ça ! Elle devait souffrir du complexe de la virilité. Du sentiment de castration. De l'envie du pénis. D'une obsession freudienne quelconque.

François, muet, attend une réponse, une réaction. Christiane semble lointaine, désemparée. Elle le fixe sans le voir.

— Christiane, ça va ? demande-t-il en lui tapotant la main.

Elle a un mouvement de recul. Son regard ! Un regard comme celui de sa mère qui la consolait de ses chagrins d'enfant. Comme celui de son amie Lydia quand elle lui raconte ses mésaventures avec Pierre. C'est ce regard de femme en lui qu'elle ne peut accepter.

Tu arrives un siècle trop tard. Un siècle trop tôt. C'est peut-être toi l'homme qui me ressembles. L'homme de mon espèce. Mais tu es là et je ne te vois pas. Car je suis aveugle.

— J'aimerais comprendre pourquoi tu acceptes cette vie depuis tant d'années, demande-t-il.

— Mais je n'accepte pas ! réplique-t-elle. Puisque je souffre. Puisque je me révolte...

— Tu n'acceptes pas... mais tes actions prouvent le contraire. Tu tournes en rond, Christiane.

— ... Je sais. C'est absurde. Je sais aussi qu'il regrette son geste de tout à l'heure. Je sais qu'au retour il essaiera de se faire pardonner, de racheter mon affection. Et il réussira. Et tout recommencera. Comme une roue qui tourne interminablement sur la même trajectoire. Comme la terre qui tourne autour du soleil et la lune autour de la terre. Comme le cycle des saisons. De l'été à l'hiver. De l'hiver à l'été.

— Et toi tu continues à t'accrocher à cette trajectoire-là ? Tu continues à te faire régir ? Tu continues à te faire posséder par ses humeurs ? Ce n'est pas possible.

Elle a envie de crier qu'il se trompe mais elle sait qu'elle mentirait. Ses propos l'ont blessée. Même s'ils ne lui apprennent rien, ils amplifient comme l'écho ce qu'elle se répète depuis des mois. Une tristesse profonde l'envahit. Elle ne peut plus rétorquer. Elle est sans voix.

— Quant à moi, je vais essayer de m'éloigner un peu de vous, ajoute-t-il, déçu. En rentrant, je fais mes bagages et j'installe ma tente quelque part sur la plage. Si tu as le goût de venir me voir ou me retrouver, je serai là.

Nadia revient, heureuse de présenter deux nouveaux amis, Pedro et Francesco. Ils ont déjà le regard des petits mâles fiers et aventuriers. Demain, ce seront eux les plus forts ? Puisqu'ils auront appris à vaincre le taureau dans l'arène, à faire la conquête des objets et des femmes. Comme papa, maman, leurs grands frères le leur ont enseigné. Christiane et François les saluent poliment d'un sourire. Ils ont trop d'amertume. Un mur de silence s'est dressé entre eux.

* * *

Une odeur de crustacés et de safran flotte dans l'air. Le son des guitares du concerto d'Aranjuez. Pierre embrasse Nadia et essaie vainement d'obtenir un sourire de Christiane. Il a décidé d'éliminer François du groupe. Elle en est certaine. Il n'a pu supporter sa résistance lors du tournage. Pour François le masque de l'indifférence. Pour elle, le masque de l'amabilité…

Elle peut maintenant prévoir, à un détail près, le comportement de son demi-civilisé. Cela la fait sourire. Mais elle sait que le moindre geste de sa part peut faire échouer le scénario. Elle décide d'agir pour le moment comme si rien ne s'était passé. De jouer à l'indifférente capricieuse. Par vengeance. Chacun son rôle. Chacun son jeu.

— Oh ! Tu as été capable de préparer le repas ? Une paella en plus. Mais quelle surprise ! dit-elle, sarcastique, en pénétrant dans la cuisine.

— Il me manque cependant les calmars qu'indique la recette.

— Oh ! Que c'est dommage ! Tu devrais aller en chercher au marché situé au coin des rues del Mar et del Arena. Il y en a, j'en suis sûre. Avec une bonne bouteille de vin... ce serait parfait.

— Eh ! Qu'est-ce qui te prend ? Tu veux rire de moi ?

Dans sa chambre, François emplit un sac de vêtements.

— Mais non ! jamais, voyons ! Jamais ! Au fait il n'y a que trois couverts sur la table. C'est curieux. Tu as oublié le mien ? ajoute-t-elle en installant un quatrième couvert. François, même si tu pars ce soir, tu soupes avec nous ! s'exclame-t-elle d'une voix forte en lui jetant un clin d'oeil.

— Oui, j'veux bien... si tu m'invites, répond-il avec un sourire complice.

Dans la cuisine, Pierre, tempête, impuissant devant une vinaigrette.

— Christiane ? Comment fait-on une vinaigrette ?

— Je le répète, dit-elle sur un ton didactique. C'est très simple. Deux tiers de tasse d'huile d'olive pour un tiers de tasse de jus de citron ou de vinaigre assaisonné d'ail, de sel, de poivre et d'un peu de moutarde forte. Bon ! moi je vais me baigner avant le souper.

— Comment ?

Elle passe à côté de Nadia, assise dans le sable avec son seau, sa pelle, ses amis de chiffon. Elle ne peut dissimuler un sourire de vive satisfaction. Elle plonge avec vigueur dans l'eau salée. Exécute plusieurs longueurs de brasse. Se battre avec les éléments. Retrouver l'énergie. Savoir dire des paroles folles, des

168

paroles dures. Elle a, elle aussi, un territoire à faire respecter. Comme les chattes, comme les lionnes, elle apprendra.

Des goélands tournoient au-dessus de la rive à quelques centaines de mètres d'elle. Fascinée, elle s'approche prudemment. Elle distingue d'abord une masse informe et grouillante de couleur chair. Une tête de cheval décomposée d'où s'échappent des centaines d'anguilles, comme dans *Le Tambour* de Gunther Grass. Ou le corps d'un mammifère, comme cette baleine morte qu'elle avait vue sur les bords du fleuve à la hauteur de Rimouski quand elle était petite...

Une odeur de pourriture émane de l'amas étrange et poisseux. Elle avance en retenant sa respiration. Les oiseaux s'envolent en criant. Des crabes, des étoiles et des concombres de mer visqueux, des poissons morts gisent agglutinés autour de la torsade d'un câble marin emmêlé à des lambeaux d'algues, de varech, de filets de pêche et de coquillages avariés. Magma putréfiant et grouillant. L'image la laisse horrifiée.

— Il y a quelque chose, maman ? demande Nadia en la voyant venir.

— Non ! Non ! Il n'y a rien. Tu veux manger ? demande-t-elle en s'efforçant de ne pas vomir.

La présence de Nadia et celle de la paella bien garnie au milieu de la table l'empêchent de raconter sa mésaventure. Les effluves des crustacés et du poulet aromatisent l'air mais c'est cette masse informe et visqueuse qu'elle imagine dans l'assiette de service. Elle s'habille, se coiffe soigneusement, mais à son retour dans la salle de séjour, la même vision lui revient. Elle se sert une eau minérale, attend que les trois autres soient installés autour de la table pour s'asseoir devant Pierre.

Elle sert Nadia, laisse les hommes puiser dans les plats, avale une autre gorgée d'eau minérale, garnit son assiette de salade et prend quand même une petite quantité du mets principal pour ne pas provoquer Pierre qui l'examine, intrigué par son attitude. Rien à faire. Son estomac se soulève à nouveau.

— Papa, j'veux pas manger le poulet, se plaint Nadia.

— Tu le manges ! Tu manges tout.

Christiane se lève, hésite entre la salle de bains et la cuisine, décide de se servir un autre verre d'eau minérale.

— Ça ne va pas ? s'enquiert Pierre quand elle se rassoit.

— Oh ! c'est sûrement bon. Sauf que je n'ai pas très faim. J'ai l'estomac à l'envers depuis cet après-midi, dit-elle en lui jetant un regard accusateur. Je vais prendre l'air.

Elle se retire derrière la maison, s'écrase sur une chaise de parterre. Des fourmis défilent entre les dalles du patio. La vue du sable et du sec la calme. Elle ferme les yeux. Nadia passe en courant. Dans la maison, c'est le silence. Un silence chargé de dynamite, interrompu par le seul bruit des ustensiles râclant les assiettes. La guerre froide entre les deux hommes. Les batteries se rechargent. Chacun prépare ses munitions. Chacun évite de regarder l'autre. Fait comme si l'autre n'existait pas. Ils ne peuvent plus endurer ce tête-à-tête. Les pattes des chaises crissent contre les tuiles du parquet.

— Tu veux un café, Christiane ? offre Pierre avec des intonations tendres dans la voix.

— Non merci.

Dans la cuisine, l'eau bouillonne. Une cuillère de métal percute contre le verre du pot de café. Contre le grès d'une tasse. Dans la chambre de François, le froissement soyeux des nylons du havresac, du sac de couchage et de l'enveloppe de la tente.

— Je m'en vais maintenant, dit François, soudainement à côté d'elle. Il a traversé prestement la cuisine sans se faire remarquer.

— Je vais essayer de piquer ma tente près de l'autre baie... si tu veux me voir.

Elle le considère avec des yeux immenses en essayant de cacher son désarroi, répond à son baiser de salutations, le regarde partir avec guitare et sac à dos, la démarche ondulante et fière, sa crinière de cheveux fins sur les épaules.

170

— Enfin il comprend ! affirme Pierre en venant la rejoindre, sa tasse de café en main.

— Il comprend ? répète-t-elle en faisant semblant d'ignorer le sens de ses propos.

— Que c'est le temps de partir. Que sa présence n'est pas souhaitable ici.

— Mais je m'entends très bien avec lui, moi !

— Probablement parce que tu as un oeil sur lui... et lui sur toi. Parce qu'il est devenu ton défenseur.

— Où vas-tu chercher cela ? Je n'ai pas besoin de protecteur.

— Tu penses que je m'aperçois de rien ? Tu penses que j'vois pas vos regards complices ? Que j'vous entends pas ? Si ça continue, il va réussir à nous séparer.

— Pierre Lavoie ! s'exclame-t-elle en se redressant sur son siège. François n'a rien à faire dans notre relation. Si ça va mal, c'est certainement pas à cause de lui. Tu me fais penser à Trudeau !

— C'est ça ! C'est à cause de moi évidemment.

— Oui ! C'est à cause de toi ! vocifère-t-elle. À cause de ton maudit caractère. À cause de tes caprices d'enfant. À cause de ta manie de vouloir tout mener comme ton père. Ouvre-toi les yeux, maudit ! François n'aurait pas été là que ç'aurait été pareil. Peut-être pire !

— Tiens ! Tiens ! Tu le défends maintenant.

— Je ne le défends pas. Je constate des faits c'est tout. ... Et malgré tes belles promesses d'hier, la journée a été un enfer... une fois de plus...

— Tu sais que j'aime le travail bien fait.

— Tu pourrais être moins perfectionniste et plus tolérant. Ce serait plus vivable.

— En tout cas, je te le dis, s'il n'avait pas pris lui-même ses cliques et ses claques, je le forçais à le faire. Je ne peux plus le sentir.

— Le mâle se sent menacé sur son territoire ? Moi je te dis ceci : ne t'avise jamais d'être violent.

— Et tu ne prends pas sa défense !

— Je ne tolère pas l'injustice.

— C'est toi qui es injuste après les efforts que j'ai faits… après le souper que j'ai préparé.

— Pauvre chéri va ! s'exclame-t-elle avec un rire moqueur. Combien de gestes de ce genre as-tu posés depuis que l'on est ensemble ? Ce que tu as fais ce soir était exceptionnel. C'était, je suppose, pour m'amadouer. Te faire pardonner l'après-midi ? Pour mieux me convaincre de la nécessité de chasser François ?

— Non ! Ça va ? Qu'est-ce que tu vas chercher ? Tu as l'imagination fertile, ma fille.

— Oui… j'ai l'imagination fertile… c'est tout ce qui me reste de fertile d'ailleurs.

— Tu as déjà oublié que c'était moi qui prenais la relève des repas aujourd'hui ? Cela fait partie de ton plan.

— Le plan ! Fais-moi rire. Ça te donne un bon alibi. Tu tiens compte de l'entente quand elle te convient. Et tu la laisses tomber quand ça te convient aussi. Oh ! bien sûr, ton geste n'était commandé que par la rationalité. Les sentiments n'interviennent pas dans tes décisions. C'est ce que la majorité des hommes prétendent d'ailleurs, de gauche ou de droite… En tout cas, ne compte pas sur moi pour être la messagère de ta rancoeur. Il est pour moi un ami.

— On sait bien, tu es une femme.

— Et mon sexe n'a rien à voir là-dedans. Il y a des gens qui sont agréables à vivre et d'autres pas. C'est tout. Peu importe que ce soit des hommes ou des femmes. Et n'essaie pas de noyer le poisson. Je n'oublierai pas le coup que tu nous as fait aujourd'hui.

— Avoue que tu l'avais provoqué ! Que vous l'aviez provoqué.

— C'est ça ! C'est moi, je suppose, qui conduisais en fou. Ou lui ? Ma foi ! Tu voulais nous tuer ? Si tu as des problèmes de paranoïa… va voir quelqu'un. Ne compte pas sur moi pour subir tes bibittes… Moi j'en ai assez, je pars.

« Je pars… Je pars. » Des mots qui résonnent étrangement dans sa tête comme des mots qu'on n'a jamais été capable de dire et qui soudainement surgissent spontanément sans qu'on y soit préparé. « Je pars… je pars… » se répète-t-elle.

— Tu pars ? Où ça ? Avec qui ?

— Cela n'a aucune importance. Je pars. Je suis tannée de vivre dans l'angoisse, la peur, l'attente, dans et avec un mirage.

— Je te comprends pas. Hier tu étais prête à recommencer… à être patiente. Tu ne vois même pas mes efforts.

— Mais tes efforts, mon ami, ils sont tellement petits… tellement rares que l'espoir est mort. De toute façon, ça ne donne rien de parler. Entre nous, il y a trop de choses brisées… un mur de débris et de ruines que seul l'éloignement peut abattre. C'est fini, c'est tout ! Ça ne donne rien de regretter. Je vais chercher Nadia.

Elle se tourne vers la maison et l'aperçoit dans l'embrasure de la porte ouverte du patio, son doudou serré sur la bouche, ses grands yeux effarés. Pierre passe en trombe à côté d'elle, se saisit de son portefeuille sur la table et quitte la maison. Nadia laisse échapper un cri, le cri d'un oiseau qui vient d'apercevoir le danger.

Viens mon enfant, mon amour ! Ne pleure pas. Ne pleure plus. Les larmes sont stériles. Viens ! Je vais te fredonner une chanson de rébellion. Viens mon enfant, mon amour ! Pour qu'un jour cesse le massacre.

Nichée au creux de son sein, elle s'est finalement endormie, bercée par le mouvement des vagues maternelles. Cette enfant lourde et chaude qui broie ses os, bloque le sang de ses veines, ankylose ses membres. Saura-t-elle s'occuper d'elle, seule, jusqu'à sa maturité ? Pourvoir à ses besoins matériels et psychologiques ? Avec peu ou pas de revenus ? Il lui faudrait probablement déménager, prendre un appartement plus petit. Travailler le soir et les fins de semaine pour terminer ses études... se résigner à la maigre allocation du Bien-être social en attendant... et tenir jusqu'au bout.

L'engourdissement occasionné par son fardeau endormi devient de moins en moins tolérable. Elle se lève lentement et porte Nadia dans son lit... en prenant soin de ne pas la réveiller. Elle en a marre du chagrin et des larmes. Des siennes. De celles des autres.

La lumière du jour, encore éclatante, l'entraîne vers l'extérieur. Elle se sent mieux, plus libre, coupée du poids du jour, de celui des années passées. Libérée de la douleur qui l'a assaillie pendant l'après-midi. Libérée de ses cauchemars. Avec des ailes. Des ailes pour partir, pour émigrer comme les oiseaux, pour se construire un autre nid, une autre existence. Éprouver sa force ! Elle repasse à côté de la masse informe que la mer attire et repousse. Elle la regarde reculer, avancer, presque froidement, pour apprendre à regarder la laideur, la décomposition, la mort sans frémir. L'odeur est devenue supportable.

François est quelque part au pied des falaises qui glissent vers la mer. Le vide créé par son absence. Elle pourrait suivre le long corridor de sable. Elle s'arrête. Le soleil rouge sombre dans l'eau. Elle ne peut laisser Nadia seule.

La maison est silencieuse. La fillette dort derrière la porte de sa chambre. Machinalement, elle allume la radio et écoute les informations de vingt et une heures. C'est le silence à propos du Québec. La presse ne s'intéresse plus à cet autre fait divers politique... à moins que des ordres n'aient été donnés pour tamiser l'information. Ils ont oublié d'acheter le journal.

Elle songe à sa mère. Sa mère avec qui elle n'a pas communiqué depuis des mois. Une femme énergique, tendre et solide, que la vie a fortifiée. Devenue femme de chambre à quarante-cinq ans, après avoir fait des ménages toute sa vie, dans sa maison, dans celle des autres pour une maigre pitance. Pour permettre l'instruction de ses six enfants, disait-elle. L'envie soudaine de lui parler, de renouer avec elle l'envahit, mais la crainte de lui faire mal l'empêche de lui dire sa réalité. Et elle inscrit sur la feuille blanche une description officielle de sa vie quotidienne.

Castel del Caudillo, 14 octobre 1970

Maman

Nous sommes depuis une dizaine de jours établis dans une charmante maison espagnole, située tout à côté d'une plage de la Méditerranée. Toit de tuiles rouges, murs de crépi blanc, volets de bois, jardin de cactus et de fleurs ombragé de palmiers. Un rêve ! Même si la ville est trop touristique à notre goût, cet emplacement est une oasis qui nous repose des longues heures de voyage à travers l'Italie et la France.

C'est une véritable chance d'avoir déniché cette villa à louer pour moins de cent dollars par mois. Le long de la côte, du moins, la température est toujours chaude et les orages rarissimes. Aujourd'hui, nous avons tourné des bouts de film dans un village western construit pour le cinéma. La santé est bonne et les bouffes super. Toi qui aimes les poissons et les crustacés, tu serais gâtée. Comme l'argent commence à se faire rare, nous rentrerons probablement bientôt. Je te téléphonerai dès mon arrivée. Prends soin de toi. Porte-toi bien. Et surtout ne t'inquiète pas pour nous. Ta fille qui t'aime. Avec les baisers de Nadia et de Pierre.

Christiane

Elle se sert un verre de porto, ce qui reste d'une bouteille achetée à Madrid, savoure la saveur sucrée, se cale sur les coussins du sofa pour relire la lettre, verre à la main. Elle en constate l'insipidité, la fausseté. Mais peut-elle dire autre chose à une mère à la fois si proche et si lointaine ? Elle décide finalement de la poster le lendemain. Au moins, ses propos disent qu'elle vit et où elle vit. C'est mieux que de ne pas lui écrire, se dit-elle en essayant de s'en convaincre. Sa mère saura bien assez vite.

Elle se lève pour verrouiller les portes et les volets. S'enfermer dans un univers clos à l'abri des rôdeurs.

* * *

Elle s'est réveillée souvent durant la nuit. Le corps en nage. Le coeur battant. Une fois à cause d'un bruit incongru. Elle constate qu'elle n'a pas perdu sa peur de dormir seule dans une maison… Une autre fois à la suite d'un cauchemar où les fourmis envahissaient sa couche. Elle se rendort finalement aux petites heures du matin et fait un rêve étrange, un rêve commencé la nuit qu'elle a passée dans le hamac.

Nous sommes couchés dans le lit de l'appartement de la rue Prince-Arthur. L'un contre l'autre, ventre à dos, toi derrière moi, dans une position semi-foetale. Soudain, sans t'en rendre compte, tu te mets à grandir, à grandir, et moi à rapetisser. Jusqu'à ce que tu aies la taille d'un géant et moi celle d'une enfant.

Un filet de mailles serrées commence à se tisser entre nos membres. Plus le filet se tisse et m'enserre, plus je me débats. J'essaie de crier mais aucun son ne sort. J'attaque les mailles de mes poings mais aucune ne cède. Elles sont d'acier et cela fait saigner les jointures. Tu ne t'aperçois de rien et continues à ronfler. Je frappe encore. Ne sens plus la douleur. Une maille se rompt, puis une autre. Soudain, je me mets à grandir, à grandir pendant que tu t'amenuises. Une euphorie étrange me fait rire. Ma poitrine se gonfle d'air comme au jour de ma naissance. Mes poings cognent à nouveau contre l'obstacle. Les chaînes cassent dans un bruit de métal. Mais j'entends d'autres bruits au loin. Des coups de poing qui se multiplient, emplissent mon cerveau, heurtent mes tympans.

* * *

Quelqu'un frappe à la porte. Qui est-ce ? Elle calme son angoisse et se lève en vacillant. Le matin est sombre. Pierre est là de l'autre côté, tout petit à travers l'oeil de la porte. Elle déverrouille.

L'oeil

Le 15 octobre 1970

Il a le regard veiné de rouge, la crinière mouillée et sombre. Le ciel, derrière lui, est chargé d'un brouillard qui crache une bruine laiteuse.

— Mais entre ! lui intime Christiane, à la fois choquée par l'arrivée impromptue de Pierre, visiblement ivre, et étonnée par son immobilité béate.

— Tu pues l'alcool. Mais fais quelque chose. Entre ou sors.

Il continue à la regarder. Vacille sur ses jambes tremblotantes.

— … J'veux simplement… que tu viennes marcher avec moi… J'veux, j'veux te parler…

— Maintenant ? Tu te rends compte de l'heure ? Je dormais, lance-t-elle.

La brume se lève. Des lambeaux de nuages filent au ras du rivage. Une toux rauque et creuse le contracte, affaisse ses épaules.

— Tu vas être malade, dit-elle, soudain compatissante. Tu ferais mieux de rentrer. On parlera plus tard.

— Non ! Non ! supplie-t-il. Viens… viens marcher sur la plage.

177

— Évidemment, tu ne me laisses pas le choix. Une autre fois !

— Je te le demande, implore-t-il avec un regard larmoyant. Elle enfile une longue vareuse, chausse des bottes et le suit à contre-coeur.

— C'est complètement absurde, marmonne-t-elle en voyant la scène comme si elle était au cinéma.

La pluie a cessé. Les vastes étendues d'eau et de sable sont désertes. Pierre et Christiane se suivent comme des errants. Une épave à la recherche de sa bouée. Il titube et balance ses bras comme des ailes cassées. Elle le suit en zigzaguant comme lui, pour le retenir au cas où il tomberait. Leurs pieds s'enfoncent dans le sable limoneux, sculptent des empreintes qui s'effacent presque instantanément. Soudain, Pierre s'élance vers la mer en s'efforçant de courir. Il pénètre dans l'onde couleur d'encre et perd l'équilibre. Son corps s'affaisse en claquant contre la vague.

— Qu'est-ce que tu fais ? crie Christiane.

— J'vais me noyer, clame-t-il au milieu du ressac qui le harcèle. Personne ne m'aime... même pas toi.

— T'as fini tes folies ? Viens, rentrons ! commande-t-elle en l'aidant à sortir de l'eau.

— Non ! Non ! Viens.

— Mais t'es idiot ! T'es complètement mouillé.

— C'est pas grave. Viens. Y a du bois près d'ici. On va faire un feu, mon amour. Viens !

Faire du feu avec du bois détrempé ! Il s'accroche à elle. Elle le sent transi. Il la serre plus fortement contre lui en la faisant chanceler. Elle manque de tomber sous le poids. Ils s'éloignent de plus en plus de la maison. Un amoncellement de bois de grève les attend, préparé par quelques vacanciers pour un feu de camp.

Il lui présente en tremblant des allumettes et du papier qu'il a gardés au sec à l'intérieur de sa veste. Puis une bouteille de Rémy Martin à demi vide. Elle allume le feu qui jaillit comme un flambeau dans l'air humide.

Ils se rapprochent de la flamme. Comme les premiers humains, transis, accroupis autour d'un feu de bois. Loin, à travers la brume filante, la maison lui paraît fantomatique. Elle croit apercevoir sur la galerie une silhouette floue, celle de l'enfant en chemise de nuit qui les surveille. Mirage ou réalité ? Même en scrutant avec attention, elle ne peut savoir.

Un grésillement la fait se retourner. Pierre se tient, la tête dans les mains, dangereusement au-dessus du brasier qui lui lèche la chevelure.

— Mais que veux-tu prouver ? s'exclame-t-elle. Elle le repousse pour l'éloigner du bûcher. Il résiste, se rapproche à nouveau, le visage en sueur. Irritée, elle enlève son imperméable, l'emplit d'eau et le lui verse sur la tête, puis sur le feu.

— Si c'est comme ça, partons, décide-t-elle. Il me semble que tu voulais me parler.

S'appuyant sur elle, il la presse contre lui. « Mon amour. Je t'aime. J'veux pas que tu partes. Nous avons encore des choses à nous dire, des choses à partager. » Christiane ne dit rien. Elle éprouve une compassion étrange pour lui en même temps qu'une sorte de dégoût. Il a besoin de s'enivrer pour lui dire qu'il a besoin d'elle.

Il est trop tard. Je ne suis plus celle que tu crois. La fiancée transie qui attend sur le quai le retour de l'aimé. Je ne suis plus celle que tu crois. La fiancée est morte. En même temps que l'hirondelle blessée.

Pierre défaille. Une quinte de toux le plie en deux, lui arrache les poumons. Christiane le supporte en le guidant vers la maison qui, défaite de ses voiles, apparaît clairement. Pas de Nadia sur la galerie. Elle l'attire dans la chambre, l'aide à enlever ses vêtements, lui tend une serviette pour qu'il s'essuie, le couvre de couvertures épaisses.

— Dors, ordonne-t-elle. Dors pour oublier. Dors pour ne pas mourir. Dors pour ne plus me faire mourir.

Debout au pied du lit, elle le regarde. Elle se sent forte. Jusque-là c'est lui qui paraissait le plus fort, le plus courageux. Elle sait maintenant que sa tyrannie n'est qu'un masque. Derrière le masque se cache aussi un enfant. Elle voit sa misère. Et il s'en aperçoit. Et cela lui fait mal car il a horreur de la pitié.

Elle l'examine comme un médecin. Il a peine à respirer et laisse échapper un râle qui ressemble à une plainte. Une autre quinte de toux creuse sa poitrine par saccades, fait vibrer les montants du lit.

— Tu voudrais une tisane chaude avec du miel ?

— Non, non. J'ai besoin de rien, maugrée-t-il en repoussant les couvertures et en se glissant à l'extérieur du lit.

Il titube vers sa veste abandonnée sur le canapé, en tire un paquet de Gitanes. Il allume le tabac brun, aspire goulûment une longue bouffée de fumée comme un nouveau-né s'accrochant à son biberon. La fumée âcre l'étouffe, alimente sa toux, mais il continue à l'avaler.

Elle passe dans la cuisine pour se préparer un déjeuner, pour ne pas intervenir, pour faire semblant d'être indifférente.

« S'il tient à empirer sa situation, cela le concerne, se dit-elle. »

Songeuse, elle sirote son café au lait sur le coin du comptoir, entend ses pas se traîner pesamment vers la chambre et ses interminables éternuements se succéder. Ils ont mal tous les deux.

— Christiane, apporte-moi un verre d'eau, gémit-il. Elle s'approche. Il a le teint blafard des matins de brume, les yeux rouges, le front brûlant de fièvre. « Oui mon petit gars. Maman va t'apporter de l'eau et de l'aspirine, pense-t-elle. Oui, maman va te soigner. »

Avec la précision d'une infirmière, elle emplit un grand verre d'eau froide, extirpe deux cachets d'aspirine de la trousse de premiers soins, apporte le thermomètre, le glisse dans la bouche du malade. Le thermomètre indique 39°C.

— Prends ça, commande-t-elle en lui tendant les aspirines et l'eau.

Il l'enveloppe de son regard scrutateur et avale l'eau d'un trait.

— J'en voudrais un autre verre !

Elle a subitement l'impression de s'être fait avoir à nouveau... qu'il l'a manipulée, au moment même où elle a pris la décision de couper les liens. D'un geste brusque, elle ouvre le robinet, fait couler l'eau qui lui gicle au visage, lance un juron. Elle lui tend le verre, froidement, en serrant les lèvres. Elle le maudit, lui et son mal de gorge, quitte immédiatement la chambre en fermant la porte derrière elle.

— Laisse la porte ouverte, ordonne l'homme d'une voix enrouée.

Elle rouvre brusquement la porte.

— J'ai besoin d'air, précise-t-il.

Une lionne en cage. Elle se promène de long en large, entre la table et le comptoir de la cuisine, là où il ne peut pas l'apercevoir. Elle en est convaincue. Il s'est enivré, il s'est rendu malade, pour l'empêcher de partir. Le piège s'est posé autour d'elle comme le filet dans son rêve et elle ne s'est aperçue de rien. Nadia sort de sa chambre, visiblement de mauvaise humeur.

— Maman ! J'ai faim !

— Mais sers-toi ! C'est ce que tu fais habituellement, répond Christiane impatiente.

— Y a rien à manger.

— Qu'est-ce qui te prend à toi aussi ? crie-t-elle assez haut pour se faire comprendre de Pierre. Comme si j'étais la nourrice de tout le monde. Comme si j'étais votre cordon ombilical. Apprenez donc à vivre sans votre mère, maudit ! J'en ai assez de vous entendre chialer ! Assez !

Nadia, étonnée de sa fureur, s'enfuit dans sa chambre.

Christiane entre en prenant soin de refermer la porte derrière elle, s'approche avec précaution du petit lit, s'étend près de sa fille en sanglots. Sa fille qui a peut-être tout vu, tout entendu de leur promenade sur la plage.

— Mais non, ma chérie... Christiane est fatiguée. Christiane ne pense pas à ce qu'elle dit. Christiane a dépassé sa pensée parce qu'elle est fâchée contre Pierre, parce qu'elle est fatiguée.

Le rythme des sanglots diminue mais Nadia garde la tête tournée vers le mur opposé. Elle essaie de l'embrasser sur les cheveux mais l'enfant la repousse du coude. Elle n'insiste pas, comprend qu'il vaut mieux la laisser seule pour le moment. En ouvrant la porte, elle lui annonce qu'il y aura du jus et des croissants pour elle sur la table si elle veut déjeuner. Qu'elle va faire une randonnée à bicyclette et qu'il faut laisser dormir son père malade.

Pierre reste silencieux. Elle enfile un chandail, les jeans accrochés à la porte de la salle de bains, enfouit dans une poche la lettre à poster. En inspirant une longue bouffée d'air frais et humide, elle regarde les trous de fourmis sur le sable et imagine un monde obscur et grouillant. Le brouillard s'est dissipé avec le vent mais de longs nuages floconneux traînent dans le ciel, empêchent le soleil de percer. Le ciel du nord est noir. Elle enfourche la vieille bicyclette que la propriétaire laisse à la disposition de ses locataires. Elle se dirige vers la montagne, vers la falaise au visage de femme.

Pédaler. Grimper. Suer. Extirper de moi les huiles rances. Nettoyer mon sang et ma cervelle. M'accrocher aux flancs de la montagne. Me battre avec elle. Aller le plus vite possible. Sentir mes muscles travailler. Devenir une machine avec des leviers, mus par une bielle qui ne s'arrête pas. Devenir un corps de métal muni d'un cerveau d'acier. Servo-direction.

Le rythme de la machine décroît. Elle n'a rien vu de la montagne, du ciel, de la mer. Elle n'a vu que la route de terre humide défiler devant elle, à la vitesse d'un film. Elle n'a senti que l'angle incliné de la machine qui monte et qui descend, que le souffle du vent contre ses tempes, dans ses cheveux. Au retour, elle s'arrête au pied de la falaise pour regarder la mer, entendre sa respiration lui marteler la poitrine. Le gonflement lent des eaux l'apaise. Elle scrute l'extrémité opposée de la baie pour distinguer la forme pyramidale d'une tente. Elle n'aperçoit que la silhouette de quelques bipèdes isolés. Des silhouettes sans sexe, sans âge, sans race.

Elle remonte sur la bicyclette, suit la route longeant la grève, pique vers le boulevard qui contourne la maison et mène à l'autre bout de la baie. Une intense impression de liberté l'envahit quand elle se faufile à travers les voitures et gagne de la vitesse. Elle atteint l'endroit où la falaise sabre la plage et cache la bicyclette derrière une dune de sable. La tente orange et ocre apparaît, dissimulée au creux d'une crique entre le cap et les dunes.

— François ? Tu es là ? demande-t-elle en tenant le battant de la toile de la porte.

— Allô ! s'écrie-t-il, euphorique, en venant vers elle, les mains pleines de cailloux luisants, violacés, jaunes et roses et de coquillages en forme de croissants.

— Ils sont superbes, dit-elle gaiement en les regardant.

— Je suis content que tu sois venue, ajoute-t-il en la serrant contre lui.

Ils s'embrassent tendrement, se regardent avec attention, avec un sourire dans les yeux. Pas très loin de là, des gens pêchent des coquillages, des hommes âgés, des femmes et des enfants. Les deux amis se rapprochent de la tente, s'accroupissent, s'assoient en lotus, face à face. Le regard de Christiane se trouble. Ses lèvres se crispent.

— Ça va mal, annonce-t-elle. Il a réussi à me manipuler. J'en suis sûre. Hier, je lui ai dit que je le quittais. Choqué, il a quitté la maison, et s'est enivré. Il est rentré saoul et bizarre ce matin. Il a réussi à m'entraîner sur la plage. Il a menacé de se noyer. Je l'ai ramené à la maison. Maintenant il est malade et veut que je le soigne. Je me suis fait avoir une autre fois. Comment veux-tu que je parte... je ne peux quand même pas le laisser dans cet état !

— Il guérira bien un jour... après s'être remis de sa brosse, tu verras.

— Il trouvera un autre moyen de me garder. Toi, qu'est-ce que t'aurais fait à ma place ?

— ... J'aurais probablement fait comme toi. De toute façon je n'aime pas dire ce qu'il faut faire... j'ai tellement regretté mes propos d'hier... au restaurant. J'aurais pu dire ce que je ressens pour toi sans essayer de te retenir... comme dans tes relations avec Pierre. Il n'y a que toi qui comptes là-dedans... et lui. C'est toi qui sais ce que tu ressens, c'est toi qui vis avec lui. Je n'ai pas à intervenir là-dedans... tu m'excuses ?

— Tu n'as pas à t'excuser, répond-elle un peu mal à l'aise. Moi j'ai besoin de ton avis. Quand tu es directement impliqué, tu n'es pas toujours lucide. Ce que j'aimerais le plus savoir en ce moment, c'est s'il a monté un plan pour que je reste avec lui.

— Je ne le sais pas plus que toi. Mais c'est possible, possible aussi que ce soit tout à fait inconscient chez lui... Je le comprends d'ailleurs. C'est normal qu'il veuille te garder, non ?

— Avec le temps... ça lui passera. Comme ça m'est passé. J'en suis sûre maintenant. Je le crierais sur tous les toits. Je ne veux plus vivre avec lui. Tout est clair maintenant. Je veux partir d'ici. Retourner au Québec avec Nadia.

Le regard de François s'assombrit. Il hésite.

— Et tu n'as pas pensé à ma proposition ? Moi je suis prêt à aller au bout du monde avec toi. On aurait pu faire ensemble la route de Séville, Grenade... voir les villages des gitans, Guadix ... peut-être se rendre au Portugal, s'arrêter quelque temps dans un vrai village de pêcheurs...

— Quand tu as un enfant et que l'argent commence à se faire rare, tu ne peux plus vagabonder comme tu le veux. Il faut que je pense à ma survie, à la sienne. Et puis, cette enfant-là s'ennuie sans autres enfants de son âge, devient de plus en plus agressive à force de subir les problèmes adultes. Il faut aussi que je me trouve du travail. Et puis un appartement plus petit, moins dispendieux.

— Normalement, Pierre devrait t'aider.

— Oh ça ! J'aime mieux ne pas compter là-dessus.

— Tu devrais.

— Peut-être… mais je suis réaliste. Je sais que la majorité des hommes ne le font pas. Ce sont les femmes qui sont aux prises avec ces réalités-là.

— Tu peux faire appel à la justice.

— La justice ! Et qui paiera les avocats ? Tu sais quelle preuve il faut invoquer pour obtenir un divorce ? Prouver que l'autre a commis l'adultère. Ou qu'il t'a brutalisée. Tu imagines Nadia là-dedans… comme témoin. Jamais ! à moins d'être forcée de le faire…

— Ce qui pourrait arriver. Si t'es vraiment coincée.

— J'espère que non. Si j'avais plusieurs enfants… si je ne me trouvais pas de travail d'ici un an…

— Moi ce que j'aimerais surtout savoir, c'est si tu as pensé vraiment à ma proposition, ne serait-ce qu'un peu ? Tu sais, pour l'argent on peut s'arranger. De toutes façons, tu ne peux pas t'inscrire à l'université avant janvier.

— Je t'assure, François, si j'étais seule, je partirais tout de suite… Maintenant, je ne peux pas. Et puis, ce dont j'ai peut-être le plus besoin en ce moment, c'est de me retrouver seule… du moins, c'est une façon de parler.

— Alors je n'insiste plus, répond-il en cachant mal sa déception.

— Je dois m'en aller, annonce-t-elle après quelques instants de silence. Je sais qu'il va m'en vouloir si je tarde trop.

— Tu te sens bien ? demande-t-il inquiet de la nervosité et de la tristesse soudaine de Christiane.

— ... Oh ! J'ai un peu peur. Peur de ce qui peut arriver. Peur de lui. De son attitude... Il n'est pas dans un état normal. Mais ne t'en fais pas... je passerai bien à travers.

— Tu veux que j'aille faire un tour durant la journée ou la soirée ?

— Non ! Non ! ... Quand même !

Elle se lève vivement et l'embrasse sur les joues en lui serrant la tête entre ses mains. Il passe un bras autour de sa nuque. Elle ferme les yeux un moment, s'abandonne à une caresse chaude, l'espace d'un claquement de vagues sur les rochers et de leur glissement sur le limon doux. Le temps d'un flux et d'un reflux de mer.

— Bon, j'y vais. J'y vais, insiste-t-elle en se dégageant de l'étreinte. Ils m'attendent.

Des morceaux de nuages effilochés volent bas, effleurent les oiseaux de mer, en poursuivant leur fuite vers l'est. Le vent pousse la promeneuse. Se laisser aller, savourer l'impression de bien-être que lui a procurée cette rencontre.

La vue d'un magasin de tabac avec son enseigne de bois sculpté où s'entrelacent le sceau d'un timbre, une pipe et un journal lui rappelle sa lettre à poster.

L'homme derrière le comptoir l'accueille avec un sourire comme si elle était attendue. Il a les dents blanches et les yeux guillerets. Il lui tend un timbre de huit pesetas à l'effigie du Caudillo. Avant de partir, elle s'arrête devant l'étalage des revues. La parade des hommes politiques et des pin up. Les deux faces de la même pièce de monnaie. En première page des photos grand format du chef qui annoncent la corrida de dimanche. Le vieillard en costume de gloire pose à côté du chef de l'armée portant l'épée

186

et de l'archevêque du pays portant le goupillon. Elle achète *Paris Match*, *Le Monde* et *El Pueblo*.

Sur le comptoir, entre elle et l'homme qui sourit toujours, des statuettes du Caudillo en métal, en albâtre ou en plastique. La tête du président montée sur un corps de toréador ou de danseur de flamenco. Son oeil renfrogné imite celui du taureau qui s'apprête à foncer. Le vendeur s'approche, décline les prix des statuettes et tout le baratin entourant l'événement prochain. Il explique dans un mélange d'espagnol et d'anglais qu'il ira à Madrid comme les années précédentes pour assister au spectacle.

— Allez madame ! Achetez un Caudillo miniature pour décorer votre cheminée ou votre table de chevet. Il veillera sur vous. Comme un père. Comme un dieu.

La ville est en état de surexcitation. Des hommes entrent dans les cafés. Des femmes font des courses, un panier d'osier sous le bras. De lourds fardiers acheminent vers les marchés les victuailles venant de l'arrière-pays. Les camionneurs, du haut de leur cabine, klaxonnent pour sommer les conducteurs de se ranger ou de se presser, pour attirer l'attention de la cycliste. Impassible elle garde les yeux fixés sur la route.

Elle arrive à la maison, encore essoufflée. Tout y est paisible. Rien ne bouge autour de la maison de María García Márquez. Pierre est assis près de la fenêtre. Il a son oeil dur des jours de colère lorsque soudain les nuages diaphanes deviennent noirs.

— Tu aurais pu me dire que tu partais pour la journée, reproche-t-il d'une voix forte et enrouée.

— Pardon ! Je suis partie depuis deux heures à peine, répond-elle en essayant de garder son calme.

— Veux-tu me dire où tu étais passée ? Tu es allée le voir, c'est ça ?

— Cesse de faire la police ! Je n'ai pas de comptes à te rendre. Je ne suis pas en liberté surveillée. De toute façon, tu mens. Puisque tu as très bien entendu ce que j'ai dit à Nadia avant de partir.

— Tu me prends pour un imbécile ? Tu n'allais certainement pas lui dire que tu allais rendre visite à François ! Tu l'as vu ? Oui ou non ?

— Ça ne te concerne pas. Où est Nadia ?

— Réponds à ma question !

— Il fait du chantage en plus ! Va donc te coucher si tu peux pas parler comme du monde... Où est Nadia ?

— Je ne sais pas moi ! Je ne suis pas en état de m'occuper d'elle.

— Tu ferais mieux de t'occuper de ta fille au lieu de te préoccuper de mes allées et venues. J'suis capable de prendre soin de moi. Pas elle.

— Ah ! Ta gueule ! Hostie !

— Évidemment c'est tout ce que tu sais dire : « Hostie ! »

Et la vie continue. Et la terre continue à tourner sur son orbite. Christiane, inquiète, cherche sa fille. Elle se précipite sur la galerie arrière, franchit le jardin et court vers la maison de l'oliveraie, frappe la porte avec le heurtoir. Les secondes d'attente lui semblent longues. On ouvre. La femme l'accueille avec un sourire fatigué. Elle semble vieillie depuis les derniers jours. Christiane jette un coup d'oeil dans la longue pièce en stuc décorée d'une cheminée et de longues poutres de bois foncé.

Nadia surgit de la cuisinette, la bouche tachée de jus d'orange.

— Tu me cherchais, maman ?

— Oui. Tu m'as fait peur. Je ne te trouvais plus.

— J'aimais mieux être ici.

— Tu as raison. Viens maintenant... ¿ Y Usted, señora Garcia Márquez, cómo está ?

— Está bien, lui répond-elle avec un sourire triste et une attitude qui quémande la discrétion.

Christiane n'insiste pas. Elle ne peut rien pour elle. Elles ne peuvent rien l'une pour l'autre. Malgré toute la sympathie qu'elle peut éprouver envers cette femme d'un autre âge qui sait encore se battre. Elle la remercie simplement du regard et la salue en signalant qu'ils devront quitter la maison plus tôt que prévu en raison de circonstances imprévues.

Un soleil livide tente une percée à travers les nuages. Une lumière dorée colore par intermittence les pétales des fleurs. Le chaton au poil jaune et luisant traverse la cour en reniflant. Nadia essaie de l'attraper mais la bête, qu'elle a appelée Farouche, parvient à se cacher derrière les bosquets. Les épines acérées des figuiers de Barbarie et des cactus sont au garde-à-vous comme à la veille d'une bataille.

— Tu as mangé, finalement ? s'informe Christiane en regardant sa fille d'un oeil taquin.

— Oh ! oui…

— Qu'est-ce que tu vas faire maintenant ?

— Je sais pas, répond Nadia désabusée.

— Tu pourrais dessiner, faire un casse-tête… ou encore jouer dans le sable.

— J'irai sur la plage seulement si tu viens avec moi.

— Cela ne me tente pas aujourd'hui, répond Christiane préoccupée.

— Alors si tu ne viens pas, je n'y vais pas.

— Seulement quelques minutes.

— Pourquoi ? gémit-elle.

— … Parce que j'ai du ménage à faire, des bagages à préparer si l'on veut partir… parce que ton père est malade.

— Tu ne veux pas venir, c'est ça hein ? Tu ne veux rien savoir de moi. Très bien. J'irai toute seule, lance Nadia, arrachant sa main de celle de sa mère.

Christiane voudrait lui expliquer. Elle ne le fait pas… ne peut pas. Elle salue Nadia déjà loin d'elle, lui promet d'aller la rejoindre plus tard. Elle n'a absolument aucune envie de faire le ménage même si les vêtements de Nadia et Pierre sont éparpillés dans la pièce, même si la vaisselle traîne, même si de la poussière court sur les lits au moindre courant d'air. Elle ne sait pas à quoi s'occuper. L'attitude de Pierre à son retour l'a déconcertée, mais elle a le sentiment qu'il faut aller au bout de l'enfer.

Dans la cuisine, où elle s'agite autour des casseroles sales, elle entend, venant de la pièce d'à côté, le tintement d'un verre contre une bouteille, puis le son d'un liquide qui coule.

— Non ! mais il ne va pas s'enivrer à nouveau ! se dit-elle.

Pierre se verse un autre verre. Pour ne pas l'entendre, elle empile la vaisselle sale, la plonge dans l'eau savonneuse, la dépose vigoureusement sur l'égouttoir. La faïence, le verre et le métal s'entrechoquent. Une quinte de toux ralentit ses gestes. Elle se retourne. Pierre se tient debout, le corps plié en deux, pressant d'un main son ventre, de l'autre son verre d'alcool.

Les deux mains dans l'eau, elle le regarde en silence, attend que la quinte se termine. Une colère soudaine monte en elle.

— Je t'interdis de te saouler, ordonne-t-elle.

— De quoi on se mêle ! Je suis assez grand pour m'occuper de moi, articule-t-il avec difficulté. C'est pas un verre de plus...

Il ne peut continuer sa phrase. Un autre accès de toux sèche le secoue. Étourdi, il se laisse tomber dans la berceuse.

Nerveuse, elle s'assoit à la table et feuillette les magazines. Des photos défilent devant ses yeux comme des tableaux impressionnistes. Comme si une couche de vaseline voilait sa vue, donnait une teinte vaporeuse aux réalités du grand monde ou du tiers monde.

Femmes et enfants vietnamiens fuient leur village sous la menace des mitraillettes. Noires. Cadavres humains étendus dans des mares de sang. Rouge. De Gaulle les bras en croix comme le pape. Blanc. Des vieillards qui dominent le monde du haut de leur trône. Or. Des militaires qui exhibent leurs revolvers. Gris. Et pour exorciser la mort, la torture et la guerre, des recettes servies par de grands chefs sur de grandes tables. Blanches. Des vêtements, dessinés par de grands couturiers et portés par des femmes qui se ressemblent. Femmes de rêve décorées de dentelle et de velours achetés chez Dior. Cover-girls mesurant 1,75 mètre, pesant 55 kilos, au visage de Grace Kelly ou de Marilyn Monroe. Fastueux mariages princiers. Blancs.

Le mariage du rêve et de la réalité. Ou quand les roses deviennent rouges. Ou noires. Le magazine a été parcouru mais elle n'y a pas reconnu sa réalité. Elle le feuillette à nouveau mais, cette fois, en commençant par les dernières pages. Elle y surexpose le visage de Pierre. Son regard lourd posé sur elle comme un reproche.

Le regard de l'homme sur la femme. Dieu n'est pas mort. Il a déjà pris possession de mon âme et de mon corps. Maintenant il m'en veut de résister. Et il me garde à vue comme une ennemie.

Elle repousse la revue et se dirige vers la cuisine. Pour manger. Manger n'importe quoi. Un énorme sandwich avec de la laitue, des tomates, du thon, des oeufs, du fromage à la crème, des oignons. Comme elle ouvre la bouche pour y mordre, Pierre vomit dans la salle de bains. Raclements de gorge. Toux. Crachats. Expectorations.

Elle attend un moment, et décide de continuer à faire la vaisselle. Son teint pâle, sa bouche amère, son regard rouge et fiévreux. Il a mal. Elle pourrait l'aider. Elle devrait l'aider. Lui offrir des comprimés contre la nausée comme les autres fois quand il était malade de s'être trop enivré. Elle ne le fera pas. Il est maintenant dans sa chambre. Une autre quinte de toux l'assaille… puis le silence s'installe enfin. Bienfaisant comme le sommeil.

Par la fenêtre ouverte donnant sur la mer, elle regarde Nadia seule au milieu des monticules de sable, seule au milieu du monde. Seule comme elle-même dans cette grande maison. Seule comme la vieille au fond du jardin. Seules à attendre que le temps et les nuages passent.

L'odeur de vomi. Elle passe dans la salle de bains ouvre largement le carreau étroit et rassemble les serviettes pour les enfouir dans le sac de linge sale. Bien qu'elle retienne son souffle, les senteurs fétides lui soulèvent l'estomac. Comme autrefois quand elle devait ramasser le caca frais laissé par son chat favori dans le coin du salon ou derrière un meuble. Essayant de contenir sa nausée, elle se précipite vers la cuisine, ramasse l'eau de Javel et le savon, prend une longue inspiration et nettoie énergiquement la cuvette tachée d'immondices glaireux et le lavabo souillé de bile et de dépôts jaunâtres.

— Eurk ! Dégueulasse ! déclare-t-elle à voix haute. Il aurait pu nettoyer.

L'émanation forte d'hypochlorite de sodium a chassé celle des excrétions. Le chimique a vaincu. Avec un chiffon, elle polit le grand miroir cerclé de bois et ralentit son geste quand elle se rend compte de la fatigue imprimée sur son visage. Et dans l'oeil gauche, un point rouge. Comme une tache de sang.

Je suis une jeune vieille. Des plis se dessinent sur mon front.

Elle s'empare d'un crayon de maquillage, d'une boîte de poudre de talc que sans doute les locataires précédents ont oubliée, masque sa peau brune d'une pellicule blanche et trace de larges traits noirs sous les yeux, sur le front, aux commissures de la bouche et des lèvres. Des verticales et des horizontales croisent des lignes brisées. Peau de soie blanche des Japonaises. Poult-de-soie bariolé des bourgeoises de l'âge d'or.

Ma bouche est noire. Des poches d'air et d'eau se glissent sous ma chair qui deviendra lambeaux et dentelles d'époque. Enveloppe écorchée, crépie, asséchée par les vents et les pluies.

Encore un peu de temps et le fruit desséché et vieilli tombera.

Comme pomme flétrie. Encore un peu de temps.

L'image la fait frémir. Elle pense aux vieilles pommes séchées avec lesquelles on fabrique des visages de vieillards. Des poupées habillées de vêtements d'époque. Elle s'asperge généreusement le visage d'eau froide. Le masque se désintègre, glisse comme une lave terreuse le long de sa face, au fond du lavabo. La peau a retrouvé sa fraîcheur et sa clarté. Il n'est plus question de mourir. La vie peut être trop belle pour penser à la mort. Il lui reste encore du temps. Cinquante ans si elle le veut. Cinquante ans à peine.

Elle écarte les lèvres et redécouvre la blancheur des dents. L'éclat de l'iris brun. La vie est là. Elle peut encore sourire. Un sourire qui éclate comme une fleur sur la paroi de verre fait monter du fond de sa gorge un grand rire. Un rire qui jaillit comme l'eau d'une fontaine après le dégel. Un rire qui fait couler des larmes et dessine des rigoles. Un rire qui rigole comme une musique. Acoustique. Électrique. Syncopé et fou. Fou de Bassan qui fouette l'air et que guident les amers.

Euphorique, elle reprend les crayons et les crèmes, applique du bronze sur son front et ses paupières.

Minérale, ma peau se couvre de cuivre l'été et de porcelaine l'hiver.

Sur ses joues, elle fait éclore des fleurs au milieu de la jungle et des fougères.

Je suis végétale. Des feuilles et des fruits naissent de mon corps.

Des lignes étroites, elle fait surgir des moustaches de tigresse et des yeux de biche...

Animale et sauvage,
Je peux mordre
D'amour, ceux que j'aime.
De haine, ceux que je hais.

193

Elle peint une bouche rouge en forme de cri. Forte comme la vie. Ronde comme un anneau de planète...

Je suis une humaine. Une Indienne. Une Amérindienne. Et à la manière de la mer, je hurle ma révolte.

Puis, avec le même bâton de rouge, comme pour signer une toile, elle inscrit sur le miroir, à son sommet : « Peace first » et, à sa base, « And love after ».

Pierre apparaît subitement avec son visage chiffonné. Elle sursaute, remet le rouge à lèvres dans le sac de toilette. Interdit, il écarquille les yeux.

— Tu es folle !

— Évidemment, fait-elle en saluant la réflexion d'un éclat de rire.

— Ôte-toi de là, ajoute-t-il, autoritaire.

— Et tu nettoies tes saletés après, lance-t-elle en sortant rejoindre Nadia.

Elle l'entend à nouveau vomir derrière la porte et elle quitte la maison, un caftan de coton indien sous le bras. Nadia a réussi la base de son édifice.

— Oh ! Maman que t'es belle ! clame-t-elle en voyant son visage couvert de fleurs, de fougères et d'attributs d'animaux sauvages. On dirait que t'es toute la vie... Regarde mon château. Il est presque réussi... Moi je me serais déguisée en oiseau pour faire le tour de la terre et de toutes les mers et des planètes... et puis avoir beaucoup d'amis... Ici j'ai pas d'amis...

Nadia file vers la maison à la recherche de son ballon bleu couvert de cerfs-volants. Pierre, debout devant le vaisselier, en train de se verser un verre d'eau minérale, coupe sa course. Elle l'examine des pieds à la tête et part à la recherche du ballon sous le sofa, les fauteuils, la table, les commodes. Elle le découvre sous son lit.

Christiane s'est installée au milieu des tas de sable et façonne une tour. Une succession d'étages de plus en plus petits qui montent vers le ciel. Un premier étage, un deuxième, un troisième, mais le quatrième s'écroule comme une montagne grugée par un volcan souterrain... Juste au moment où Nadia s'apprête à lui manifester son admiration.

— Ah ! non ! s'exclame-t-elle. Regarde ce que je vais faire de cette sale boue et de cette sale tour.

— Non ! Non ! proteste Nadia qui prend ses jambes à son cou en voyant sa mère courir vers elle, les mains pleines de matière limoneuse. Christiane poursuit Nadia, simule une chute pour lui laisser une chance de se sauver, puis bondit sur elle. L'enfant rit à gorge déployée et se laisse zébrer le corps de boue grisâtre.

— Attends un peu, toi ! menace Nadia qui réussit à se libérer de l'étreinte.

À son tour, elle se précipite vers un des cylindres de boue, s'empare d'une motte et poursuit Christiane qui imite le cri d'une bête effrayée, se roule sur le sable puis se laisse attraper, barbouiller, coller au sol. Leurs éclats de rire se mêlent à ceux des fous et des goélands.

Étourdie, Christiane aperçoit Pierre par la fenêtre de la salle de séjour. Il les observe. Elle fait semblant de ne pas l'avoir vu et entraîne Nadia vers la mer. L'eau est encore chaude, plus chaude que l'air rafraîchi par le temps obscur. Derrière elles, au-delà de la ville, l'orage éclate en crachant des trombes de pluie noire. Des éclairs traversent l'air et le tonnerre gronde.

La baignade est plus brève que d'habitude. En frissonnant, Christiane enfile son caftan. Nadia s'y enfouit en se collant à elle comme une ventouse. Elle se laisse bercer par le roulis d'un navire imaginaire qui vogue dans une nuit sans étoiles. Malgré le tonnerre qui roule au loin, mené par quelque dieu en furie.

Christiane n'est pas pressée de rentrer. Pour une fois, elle a envie d'entendre le claquement de la foudre, de voir les éclairs déchirer le ciel. De faire face à la débâcle des tout-puissants. Jusqu'à ce que les plaintes de Nadia la ramènent à des réalités plus prosaïques :

— Maman, j'ai faim... j'ai froid... viens, on rentre tout de suite... Qu'est-ce qu'il y a à manger ?

Il est encore là, dans la berceuse, triste et ténébreux, le regard fixe. Elle a envie de le bousculer, de le secouer comme un olivier pour faire tomber tous les fruits pourris qui s'accrochent à ses branches. Dans la salle de bains elle est saisie par l'odeur âcre. Elle recule mais les longues flèches dessinées au crayon gras sur le miroir l'arrêtent. Deux lignes s'entrecroisent pour inverser le slogan qu'elle y inscrit : « Love first, Peace after ».

Elle grimace.

— Il ne comprend pas ! songe-t-elle. Il ne comprendra jamais qu'il ne peut y avoir d'amour sans partage, sans respect de l'autre. Que nous nous gargariserons de slogans creux tant que nous n'aurons pas mis fin à la guerre des sexes.

Elle examine froidement le profil de Pierre. Son nez court et droit, son menton volontaire, ses cheveux bouclés qui lui donnent une allure de félin. Ils sont de planètes différentes. Il ne changera pas... du moins tant qu'ils seront ensemble.

Une toux inattendue et saccadée ébranle Pierre.

— Tu devrais te faire une potion avec du jus d'orange, du citron et du miel, recommande-t-elle une fois la quinte passée, en tirant derrière elle la porte de la salle de bains.

Il la regarde tristement et retourne à son désert.

Dans la cuisine, Nadia dévore une tartine de confiture.

— Je voudrais manger un steak, un gros steak. Il y a long-temps qu'on n'en a pas mangé.

— Nadia, je n'ai pas envie d'aller faire le marché. Il reste des oeufs et du lait dans le frigidaire. Je te propose une tortilla et une salade.

— Non ! Ton omelette avec des patates, j'en veux pas, bon !

— Nadia, pas de caprices ! Surtout pas aujourd'hui.

— Eh ! Vous avez fini de gueuler, vous deux ? grogne Pierre.

Le silence s'installe jusqu'à ce qu'elles se mettent à table. Le regard de Pierre va de l'une à l'autre, épie le moindre geste, la moindre expression. Un regard froid et sec bardé de flèches.

— Tu ne manges pas ?

— Je n'ai pas faim.

— Tu ferais mieux de manger, sinon tu auras faim ce soir.

— Non ! Elle n'est pas bonne, ton omelette.

— Bébé gâté !

— Mais elle n'a pas faim. Laisse-la donc faire, maugrée Pierre comme l'orage qui gronde au loin.

— Toi, tu n'as pas à te mêler de ça, rétorque Christiane. Tu le feras quand tu t'occuperas d'elle. Pas avant.

— T'en fais pas... je saurais m'en... tente-t-il de répliquer secoué par une série d'éternuements.

Les yeux larmoyants, le visage convulsé, il retourne à sa méditation. Au loin, le tonnerre gronde mais cette fois en roulant plus longuement au-dessus des montagnes.

— Nadia, supplie-t-il, pourrais-tu aller me chercher un jus d'orange ?

Heureuse d'avoir un prétexte pour se retirer de la table, Nadia s'exécute, apporte le liquide. Il la remercie d'un faible sourire en la tirant vers lui.

— Viens ici, ma chouette. Heureusement que je t'ai ! Que veux-tu, ta mère ne veux pas me soigner.

Christiane hausse les épaules, se contente d'observer. Elle connaît trop le jeu de Pierre pour ne pas en rire intérieurement. L'étreinte entre Nadia et Pierre dure le temps d'une accalmie avant une autre quinte de toux.

— Va, maintenant, dit-il à Nadia qui, un peu hésitante, rejoint Ramón et Concepción couchés entre les draps défaits de son lit.

Pierre fixe Christiane qui picore dans le plat à salade. Se fait insistant, méprisant.

— Cesse de me dévisager, rugit-elle en le fixant à son tour. Si tu as faim, sers-toi... et si tu ne sais pas quoi faire... va donc laver les toilettes.

— Tu as honte ? C'est ça, hein.

— Honte ? C'est toi qui devrais avoir honte !

— Ne change pas de sujet. Moi, je n'ai pas de maîtresse.

— Ah ! C'est donc ça ? Encore ça, dit-elle en éclatant de rire. Je regrette de devoir vous annoncer, cher ami, que je ne me sens coupable de rien. Tu entends ?

Son rire claque comme une gifle. Elle sort de table pour se faire un thé. Au nord de la ville, des pylônes noirs de pluie tombent du ciel sur les montagnes. Dans le jardin, c'est l'heure où les bourdons jaunes tournent autour des lauriers-roses. Pendant qu'elle avale lentement le thé bouillant, son regard suit un goéland planant au-dessous des nuages. L'appel de Nadia interrompt sa rêverie. Elle entre dans sa chambre, ferme la porte, s'allonge à côté d'elle et se laisse serrer par les petits bras autour de son cou.

— Maman, raconte-moi une histoire.

Toutes les histoires de princes et de princesses sont éliminées. Cendrillon et Blanche Neige à la poubelle.

Elle songe au premier temps de leur amour, un soir de juillet. Ils avaient campé avec des amis sur les bords de la rivière Ashuapmushuan à proximité des petites chutes à l'Ours. Ce soir-là, deux grenouilles se sont approchées du feu autour duquel ils étaient assis. Au début, les deux batraciens, accroupis sur un rocher, se contentaient de regarder fixement la flamme. Comme hypnotisés. Soudain, l'un d'eux s'est jeté dans le feu. Horrifiés, ils ont tenté de retirer le corps de l'animal du brasier à l'aide de branchages et de bâtons. L'animal respirait encore mais il était déjà trop tard. Sa peau brûlée était gonflée de minuscules ampoules. Soudain, l'autre grenouille fait deux bonds et s'élance elle aussi dans les flammes. Ils conclurent qu'il s'agissait d'un pacte de suicide. « Il était une fois deux grenouilles, deux pigeons, deux humains qui s'aimaient d'amour tendre. Incapables de se rejoindre, l'un deux décida de mourir et l'autre le suivit peu de temps après. »

C'est une histoire trop tragique pour les enfants. Il faut penser à autre chose. Imaginer un conte à partir du masque qu'elle s'est fabriqué dans l'après-midi. Des yeux de biche... des moustaches de tigresse parmi de hautes fougères.

— Il était une fois, dans la savane africaine, une biche sauvage qu'un beau lion chasseur ensorcela. Séduite par son regard félin, elle tomba en amour. Elle se serra contre lui et frôla sa belle crinière de poils roux. Également amoureux, il aimait la serrer et la tenir enfermée entre ses pattes. « Je t'aimerai toute la vie », lui disait-il. « Tu es à moi. Jamais nous ne nous quitterons. Je te donnerai la lune et la savane si tu restes avec moi toute la vie. » Ils eurent trois enfants : un lionceau qui avait l'indolence et la crinière de son père, un faon qui avait les cils et l'élégance de sa mère, enfin une biche-lion, un être androgyne qui devint, à cause de sa différence, le souffre-douleur des gens du voisinage.

Pour nourrir sa famille, la biche devait cueillir des baies et aller quêter chez les hyènes la viande que réclamaient le lion et le plus âgé de la famille déjà plus fort qu'elle. Sa vie ressemblait de plus en plus à celle des esclaves humains, et celle de son mari, de plus en plus à celle des rois. « Viens donc m'aider à ramasser des fruits aujourd'hui », suppliait-elle. « Joue donc avec les petits. C'est dimanche, viens avec moi faire une ballade dans la savane pour voir courir les troupeaux d'antilopes. »

Mais le roi de la jungle faisait la sourde oreille en secouant son abondante chevelure et continuait à dormir toute la journée à l'abri d'un baobab. Parfois, quand il s'éveillait pour manger, il lui expliquait qu'il avait besoin de sommeil, de beaucoup de sommeil, que dans son pays les femelles s'occupaient de la nourriture. Une nuit, elle tenta de fuir mais les crocs du lion la rattrapèrent.

Désespérée, la biche décida de sécréter autour d'elle une carapace plus dure, plus épaisse qu'un coquillage et elle s'y enferma pour y réfléchir. Pour dormir. Pour devenir insensible à la pression des pattes qui enserrent et caressent, insensible au rugissement du lion qui lui reprochait de vouloir s'éloigner de lui. « Pourquoi te couvres-tu de cette carapace ? Je ne te reconnais plus. Si tu te laisses aller, tu vas perdre toute ta féminité, ce qui m'a attiré vers toi. Ta fragilité. Ta douceur, ta faiblesse. Pourquoi t'enfermer comme ça ? Si ça continue, les enfants vont mourir de faim et moi aussi. Tu ne vois pas qu'ils maigrissent à vue d'oeil ? Qu'ils ont besoin de toi, et moi aussi ? »

Plus le temps passait et moins elle entendait sa voix. Moins elle sentait la pression de ses pattes sur elle. Elle était bien. Perdue dans un état de semi-léthargie. Comme un escargot.

Mais l'envie de vivre était trop forte. Comme un bébé qui sort du ventre de sa mère, un matin, elle sortit de sa coquille et ouvrit la bouche pour crier son désarroi. Dans la savane, les insectes cessèrent d'émettre leurs sons stridents, et les antilopes et les lionnes levèrent la tête pour écouter d'où venait ce cri étrange. Lentement, la biche rouvrit les yeux et vit une métamorphose extraordinaire s'opérer en elle. Ses sabots tombèrent et des griffes sortirent de ses pattes. Des griffes qui pouvaient la défendre et rentrer pour caresser. Une force nouvelle gonfla les muscles de son corps. Sa vision devint plus perçante. Elle pouvait maintenant regarder fixement le lion quand il l'observait, se promener seule dans la savane et voir les félins encercler une antilope ou une biche plus faible.

Forte d'une assurance nouvelle, la biche se départit de sa carapace et quitta le lion, un jour qu'il dormait à l'ombre de son arbre favori. Elle s'enfuit avec son plus jeune enfant, le seul qui voulait rester avec elle. Et elle recommença à courir, à courir parmi les folles herbes de la savane, à réapprendre la liberté, la lucidité et la joie de vivre.

— Qu'est-ce que ça veut dire, la lucidité ? demande Nadia après quelques instants de silence.

200

— La lucidité ? C'est de comprendre les réalités. C'est de voir ce que les yeux ne nous montrent pas, ce que les oreilles, les sens ne nous disent pas.

— Je ne comprends pas.

— Tiens... tu vois, c'est comme les fourmis. Depuis deux jours, on les voit moins... peut-être parce qu'il a plu, parce qu'il a fait moins chaud. Même si on ne les voit pas, on sait qu'elles sont dans leur nid sous la terre et qu'elles sont actives. C'est comme l'eau. Quand on la boit, on croit qu'elle est pure mais il faut savoir que, même lorsqu'elle est claire, elle peut contenir des microbes, des produits dangereux...

— C'est sûr, approuve l'enfant, songeuse. Mais j'aurais aimé que ton histoire finisse autrement... que le lion aussi puisse changer comme la biche.

— Mais rien ne t'empêche de continuer l'histoire, rétorque Christiane qui sourit. Qu'est-ce que tu lui ferais faire, toi, au lion ?

— Il pourrait devenir une biche à son tour pour se faire chasser ou une lionne pour apprendre à nourrir ses petits.

— Tu aimerais que le lion ressemble plus à la biche ?

— Mais oui, parce que s'ils se ressemblaient plus, il s'aimeraient plus.

— Parce que tu voudrais qu'ils reviennent ensemble ?

— Je ne sais pas... Je ne sais pas si c'est possible, hein ?

— Ma belle biche-lionne ! s'exclame en riant Christiane.

Quelques minutes plus tard, Nadia s'endort au son d'une berceuse sans paroles. Christiane se lève avec prudence, pose la tête rousse sur l'oreiller, ferme lentement la porte de chambre et s'assure que celle de Pierre l'est également. Le tonnerre s'est tu et la pluie ne tombe plus. Elle allume la radio à ondes courtes.

Quinze personnes, connues du milieu politique québécois, dont le chef du Parti québécois, M. René Lévesque, et l'éditorialiste Claude Ryan, publient une déclaration collective qui demandent aux autorités du Québec de négocier rapidement avec le FLQ l'échange des deux otages contre les prisonniers politiques. Jusqu'ici, le Parti québécois, des éléments du Parti libéral proches de Pierre Laporte, les grandes centrales syndicales et des groupes populaires ont fait connaître leur appui à cette demande.

Mais à Montréal, Québec et Ottawa, les autorités politiques s'inquiètent et croient voir dans ce geste une conspiration visant à la formation d'un gouvernement parallèle ou provisoire pouvant menacer le gouvernement en place. Rien ne laisse croire pour le moment que le gouvernement québécois acquiescera à la requête des quinze...

Christiane tourne le bouton du récepteur. Le pouvoir réagit exactement comme Pierre lorsqu'il se sent menacé. Tout de suite il imagine une conspiration, tout de suite il cherche un bouc émissaire pour se convaincre qu'il a raison.

Maintenant, c'est de la violence de Pierre qu'elle a peur. Il ne l'a jamais frappée même s'il l'a maintes fois intimidée. Cela était pourtant déjà arrivé à son amie Lydia dont le mari ne semblait pas violent.

Il faut partir d'ici le plus vite possible. Demain ! Téléphoner en ville pour s'informer de l'heure des trains pour Madrid, de préférence des départs de nuit et réserver deux passages sur le vol Madrid-Montréal. Elle aurait dû aller coucher à l'hôtel avec Nadia ou l'amener avec elle à la tente de François. François qu'elle aimerait revoir. François qu'elle voudrait pouvoir aimer...

Il ne reste plus d'alcool dans la maison. À peine une demi-bouteille de vin blanc. Un verre à la main, confortablement étendue sur le sofa, elle essaie de se concentrer sur les paroles des chansons de Billie Holliday, Janis Joplin, Joan Baez... Joni Mitchell, enregistrées avant leur départ. « *My man... All I want to be strong... Ball and Chain... No woman no cry...* » Des voix tendres. Des voix éraillées et torturées d'écorchées vives. Des voix qui crient l'injustice, la passion et la révolte sur un fond de blues ou de rock.

Soudain, un cri la fait sursauter. L'alcool commence à lui embrouiller l'esprit et l'empêche de saisir ce qui se passe.

— Hostie ! Ferme ta gueule !

Pierre fait un cauchemar. Elle se précipite, pour éteindre le magnétophone, retourne s'asseoir, le corps droit et crispé. C'est le silence à nouveau. Un grand silence inquiétant comme celui de la nature avant l'orage.

— Maudite chienne ! Fous le camp !

Un frisson lui parcourt l'échine. Une plainte, triste et longue comme celle des baleines, lugubre comme celle des huarts, succède aux cris de rage.

— Non ! Non ! Ne t'en va pas ! implore-t-il. Non ! Non !

Une boule de chair se forme au creux de la gorge de Christiane. Des larmes mouillent ses paupières. *« No woman ! No cry ! No woman ! Don't be afraid ! It's just a bad dream ! »* Un goéland blessé tombe en criant et sa rumeur la fait tressaillir.

Fuir n'importe où. Le délire lui fait peur. Fuir… mais où ?

Faudrait le réveiller. Comme elle le fait parfois avec sa fille. Elle se lève, verrouille les portes, éteint les lumières et, sur la pointe des pieds, entre dans la chambre de Nadia. Les couvertures sont chaudes, étouffantes mais sécurisantes.

Son coeur bat comme un tambour contre ses tempes, se heurte contre ses côtes. Elle sent une sueur humide se former au niveau du cou, glisser sur sa poitrine. Elle a beau se convaincre que le cauchemar est fini, elle a beau repousser les couvertures, il y a toujours cette pellicule de sueur qui la glace. Pour se rassurer, elle se lève et ferme la porte délicatement, sans bruit.

Les marmonnements de Pierre deviennent imperceptibles. Soudain, quelque chose tombe et se casse. Un verre qui éclate en se fracassant sur le sol. Faire comme les lièvres. Ne plus bouger. Utiliser son sens du mimétisme pour se fondre dans les éléments, pour se confondre. Il fait chaud, si chaud ! Comme lorsque enfant, pour ne pas entendre le tonnerre qui claquait près de la maison et voir les éclairs qui mitraillaient sa fenêtre, elle s'enfouissait sous les draps et la courte-pointe épaisse jusqu'à étouffer.

— Je déraille ! se répète-t-elle en sortant la tête des couvertures. Je suis ridicule !

L'autosuggestion, la concentration. Une longue expiration suivie d'une longue inspiration. Le ventre, les poumons qui se vident de l'air vicié. Renouvellent leur réserve. Lentement. Profondément. S'engourdir. Rendre ses pieds, ses jambes, ses bras, tout son corps lourd et insensible. Insensible à la douleur, à la frayeur. Mais son coeur s'affole, effrayé comme une bête prise au piège.

Elle se lève à nouveau et verrouille la porte de la chambre. À la moindre alarme, elle se glissera avec Nadia par la fenêtre, du côté du ciel étoilé et se réfugiera dans les buissons, ou chez la propriétaire, ou chez François. Là où les loups font moins peur.

Le tunnel

Le 16 octobre 1970

Le jour s'est levé depuis plusieurs heures mais la maison reste enveloppée de silence. Nadia n'est plus à côté de Christiane. La porte de la chambre, maintenant entrouverte, lui rappelle la peur éprouvée avant le sommeil. Les poignets et les chevilles lui font mal comme si le sang recommençait à circuler après une longue paralysie.

Elle ferme les yeux pour essayer de retrouver les images de son rêve. Des flashes éclatent dans sa tête. Un long couloir blanc. Des poings menaçants. Des bras qui appellent, qui s'agrippent à ceux des autres. Des regards qui sourient avec gravité. Des regards qui ordonnent. Et un visage ⌣⌣ pierre avec des yeux bleus de siamois.

J'ai dix ans. Je pénètre dans un tunnel. Un long couloir de sable blanc durci dont je ne vois pas l'issue. Des mains enchaînées les unes aux autres ou essayant de se rejoindre. Immobilisées comme sur une photo. Des personnages pétrifiés au corps de plâtre blanc surgissent les uns derrière les autres. J'avance. J'aperçois le visage doux de ma mère qui me fait signe d'attendre. Elle essaie de me parler. Je ne l'entends pas. J'essaie de lui répondre. Elle ne m'entend pas. Mon père apparaît derrière elle. Il m'ordonne de lui obéir. Mais je ne sais pas pourquoi. Je refuse et continue ma route. Un épais nuage les éloigne de moi. Je réussis à avancer péniblement. D'autres corps apparaissent. Figés comme ceux de mes parents. J'essaie de m'esquiver. Grand-père tente de me saisir les fesses en ricanant. Le vieux cochon ! Grand-mère qui a tout vu fait semblant de rien. Elle a de longs cheveux blancs et une robe noire comme celle des veuves espagnoles. Elle me montre la croix au-dessous de la voûte. Il a dit : « Pardonnez-leur car ils ne savent ce qu'ils font. » Pardonne à ton grand-père. Une soeur en robe de bure noire, une petite servante du clergé, reine du foyer du curé, porte cette croix ciselée d'inscriptions. « Obéis, ma fille. Obéis à tes parents. Obéis à ton mari. Suis-le. Sers-le. Obéis à la loi et à tes chefs. À Dieu et au pape. Suis-les. Sers-les. »

J'ai vingt ans. Là, devant moi, la tête blonde de Pierre. Son visage de bronze. Son regard d'améthyste. Il me bloque le passage, me cache la suite du tunnel. Il me retient du bras droit et de son bras gauche, me montre un enfant. Je ne peux plus avancer. Je peux parfois bouger quand il est distrait par les nuages qui passent de plus en plus vite. J'aperçois un mince filet de lumière. Une issue peut-être. Mon poing se crispe. Fuir ou se battre. Je suis devenue moi aussi une statue. Punie comme la femme de Loth, celle qui n'a pas de nom, parce que j'ai regardé, parce que j'ai vu. Des racines sortent du sol, rejoignent mes pieds, les siens. Mon ventre, le sien. Son coeur, le mien. Ses bras, les miens. Seules nos têtes restent libres. L'enfant dont je ne peux distinguer le sexe passe à côté de nous et disparaît vers le trou de lumière.

Christiane s'est réveillée, une douleur lui ankylosant les pieds et les poings. Elle se retourne, se raccroche à la dernière image, l'enfant courant vers l'issue. Ses paupières s'alourdissent. Ses membres s'engourdissent lentement.

Je suis dans l'autre monde. Avant la vie. Ou après la vie. Je me revois avec Pierre au milieu du tunnel. Les autres, figés comme des statues, nous surveillent. Je les fixe à mon tour puis je tourne la tête vers lui. Je ne vois que lui. Il ne voit que moi. Il est prisonnier comme moi. Avec le temps, nos racines sont de plus en plus dures. La colère s'est figée dans ses yeux. Il leur en veut à tous de l'avoir piégé. Il m'en veut. Il essaie comme moi de défaire ses liens. Je profite à nouveau de son inattention pour regarder devant moi vers le fond du couloir. Des volutes de fumée roulent comme des vagues en glissant vers la sortie. Un moment, le brouillard laisse filtrer quelques rayons de lumière diffuse. Puis il les efface d'un trait de fumée grise. À travers le va-et-vient des nuages, j'aperçois une corde qui tombe du plafond avec un noeud coulissant. Un lapin y est pendu. Une tache de sang coule de sa robe blanche. Je ferme les yeux. J'ai envie de crier. Mais je ne le peux. Ma voix est prise dans le ciment.

Des mains armées, cette fois, ressurgissent des murs fissurés. On ne voit pas le cerveau qui les dirige. Un premier coup de feu éclate. Au signal, succède la pétarade. Une pétarade ordonnée, disciplinée. D'abord celle des revolvers, ensuite celle des M-X, puis celle des mitraillettes.

1961 : Les Marines envahissent le Viêt-nam.

1968 : Moscou envahit la Tchécoslovaquie.

Une fumée noire s'engouffre dans le tunnel qui tremble, vacille. L'atome est devenu champignon atomique. Mon coeur se contracte comme s'il allait éclater. J'essaie de me cacher la tête dans les mains mais je ne peux pas. J'ai oublié qu'elles étaient liées. Je crie sans qu'aucun son ne s'échappe. Les autres qui ressurgissent à travers la fumée ne réagissent pas. Ils n'ont rien aperçu. Rien vu. Rien entendu.

Deux horloges rondes indiquent l'heure au-dessus de nos têtes. À Madrid, il est dix heures. À Montréal, quatre heures du matin. Des militaires envahissent le tunnel. Les loups entrent, armés jusqu'aux dents. Vêtus de leur uniforme vert kaki, d'autres défilent dans des véhicules blindés. L'ordre du débarquement est donné. Les tanks et les camions de l'armée traversent Montréal.

Des hommes politiques surgissent devant les micros et les caméras de la télévision. « Cette province pas comme les autres a semé de la mauvaise graine de terroristes ! clament-ils. Elle récolte maintenant ce qu'elle a semé : une bande d'enfants révolutionnaires qui veulent tout chambouler prétendument au nom de la liberté et de la justice. Ce sont des fous dangereux. Des illuminés. Des pelleteux de nuages. Il faut les arrêter, les emprisonner... les pendre... tous. »

Ils seraient des milliers, aux dires des forces policières, à vouloir fomenter un coup d'État. De jeunes dissidents portant souvent barbe et cheveux longs, des artistes, des intellectuels, des petits-bourgeois qui se cachent parmi d'honnêtes citoyens. « Ils ont déjà enlevé un attaché commercial, un ministre. Demain ce pourra être un gérant de caisse populaire, votre enfant peut-être », déclare le premier ministre canadien à la télévision. Les pouvoirs publics doivent sévir.

Alors le très élégant chef d'État, habilement conseillé par ses aides de camp, proclame au nom de Sa Majesté la reine d'Angleterre la Loi des mesures de guerre. Le Canada est en guerre. Contre les dissidents québécois de tout acabit. Contre les felquistes, les péquistes, les indépendantistes, les syndicalistes, les socialistes, les anarchistes.

Les soldats sont placés comme des pions sur un échiquier devant les édifices gouvernementaux, les ambassades, les résidences des députés et des ministres. Ils sont sur les toits, dans les rues, avec leurs mitraillettes ou leurs fusils en bandoulière. ... Car ils aiment la vie. Le vacarme de leurs camions blindés écorche les tympans et résonne dans le cerveau des citoyens intimidés. La veille d'une élection municipale... Car ils aiment la démocratie. La tête en forme d'oeuf du maire sortant apparaît sur l'écran. Il prophétise que le sang coulera dans les rues de Montréal si le pays n'est pas repris en main.

On pénètre de force, la nuit, dans les maisons des suspects préalablement placés sur une liste noire. À Rimouski, Chicoutimi, Québec, Sherbrooke. Au nom de la sécurité d'État, je vous arrête ! Je colle mon arme sur votre tempe ou contre vos côtes. Allez ! Sortez du lit. Habillez-vous. On vous embarque.

Les cris et les pleurs des enfants traversent la nuit du vendredi noir. Nathalie, Stéphane, Éric, Valérie… On enlève leurs parents. On les emprisonne sans mandat. C'est la loi. La loi de la guerre. On censure. Paroles interdites. Hormis celles du pouvoir : conférences de presse, déclarations publiques qui font les manchettes. Hormis celles du pouvoir officiel exercé clandestinement. Faux communiqués rédigés par la GRC… signés FLQ. Journalistes et écrivains emprisonnés. Miron. Julien. Godin. Poètes, vos papiers !

Au sein du grand tunnel transformé en arène, le grand toréador, vêtu de sa cape noire, ornée d'une rose rouge, ordonne que l'on incarcère la bête entre les barreaux d'une cage de béton et de métal. Coupable ou non.

Le peuple-spectateur a peur. Peur pour sa vie. Peur pour sa liberté. Peur de ses idées. Peur de sa parole. Peur de ses sœurs et frères radicaux. Il se tait. Il n'a rien vu. Rien entendu. Il se confond avec les murs et se pétrifie en milliers de statues pendant que les loups continuent à avancer et que le reflet de la lumière rouge des voitures de police tournoie sur les murs.

Des lueurs de feu traversent la fenêtre. Des fusées sifflent puis éclatent au-dessus de la mer. Christiane sursaute. Le cœur battant la chamade, elle se lève pour ouvrir les volets. Juste devant la maison, à quelques kilomètres de la rive, des bateaux se lancent des projectiles comme lors d'un combat naval.

Nadia entre dans la chambre, apeurée.

— Maman, c'est la guerre ! Regarde !

— Mais non, ma chérie ! répond Christiane en essayant de se faire rassurante. Ce doit être un jeu. Simplement des pétards.

Tu vois, les bateaux battent pavillon espagnol. C'est sûrement ça ! Une fête !

— Tu ne trouves pas que c'est une drôle de fête ! remarque Nadia à demi rassurée en se rapprochant d'elle.

Peu à peu, les crépitements cessent. Des personnes sur les ponts agitent des drapeaux jaune et rouge pendant que les navires reprennent la direction du port. Une fanfare joue un air de fête. Le soleil lance une lumière vibrante et chaude qui provoque l'éclatement des couleurs et des cuivres. Nadia retourne à ses occupations et Christiane exécute devant la fenêtre quelques mouvements de gymnastique. Ce n'était qu'un mauvais rêve.

Une longue inspiration, elle joint les mains sur la poitrine puis lève les bras vers le ciel et exécute le salut au soleil. La tête se replie vers le sol. Lourde comme une fleur de tournesol. Remonte vers l'arrière pour dessiner un arc. Les membres se tendent et le dos se cambre comme celui des chats quand ils s'étirent. Un instant, le corps effleure le sol, puis la poitrine se soulève comme celle des sphinx égyptiens. Le félin s'étire à nouveau, se dresse sur ses pattes arrière, bascule sa tête redevenue une grande fleur ployée qui salue le soleil.

Elle se sent prête à affronter la journée. Prête à refaire l'histoire. Le passé n'existe plus. La nuit est morte. À peine quelques images en noir et blanc ou en couleurs qu'elle garde en réserve. Un sourire glisse sur son visage.

La babillage amusé de Nadia parvient du jardin. François est là, assis avec elle à la table, un nouveau livre d'histoires entre eux. Un livre plein d'illustrations colorées, fait pour les enfants du pays. Le regard de la femme fixe la nuque brune et fine, à demi cachée par les longs cheveux en queue de cheval. Une coiffure qu'elle aimait porter adolescente.

Elle s'immobilise et se concentre sur cette image, sur la sensation des rayons chauds, sur le gai verbiage de ceux qu'elle aime. Elle est tellement contente qu'il soit là. Nadia s'amuse à répéter après lui des mots qu'elle trouve étranges alors qu'il lui désigne un dessin. El gato de Paco. La gata de Nadia. El muchacho bebe leche. La muchacha bebe leche. Uno. Dos. Tres. Cuatro…

— Buenos días ! s'exclame Christiane avec son plus beau sourire.

Surpris, il se lève pour l'embrasser. Il a les prunelles brillantes. Les siennes doivent être ainsi, incapables de dissimuler l'émotion qui l'a saisie en l'apercevant. « La bouche peut mentir, lui disait sa mère. Mais jamais les yeux. »

« ¿ Cómo estás ? ! Bien ¡ ! Muy bien ! », se disent-ils un peu mal à l'aise.

— Tu sais ce qui s'est passé ce matin sur la mer ? ajoute-t-elle, contente de trouver un sujet de conversation.

— … Ah ! … C'est… Ce sont les fêtes précédant la grande corrida de dimanche. Le carnaval, quoi ! Toute la nuit il y a eu des danses dans les rues, des feux d'artifices, des pétarades sur la place publique… Tu as vu les bateaux, ce matin ?

— Oui… C'est pour cela que j'ai eu le sommeil si agité.

— Ah oui ! Il y a même un cirque en ville pour l'occasion. Un véritable cirque avec des funambules, des trapézistes, des jongleurs, des éléphants et des chevaux qui dansent.

Nadia bat des mains, sautille de joie, supplie qu'on l'emmène subito presto. François promet de le faire en lui expliquant qu'il n'y a des représentations que le soir. Déçue de devoir attendre, Nadia retourne à son livre.

François s'informe de l'état de Pierre en accompagnant Christiane dans la cuisine pour préparer le café. Elle répond par un hochement de la tête, lui chuchote que Pierre ignore qu'elle est allée le voir la veille. Qu'il a fait des cauchemars toute la soirée. Elle voudrait lui expliquer la frayeur alors ressentie mais se tait, de peur d'être entendue par Pierre qui dort à côté.

— En tout cas, toi tu as l'air mieux ! s'exclame-t-il comme elle dépose la cafetière sur la table extérieure.

Il se verse une tasse de café et, en passant près d'elle, l'embrasse sur la joue. Elle lui rend un baiser en esquissant un sourire où se confondent l'embarras et le plaisir. Au même instant, Pierre repousse les volets de la chambre qui battent contre le mur. Choqué, il s'éclipse. Elle a juste le temps de se dire qu'elle n'a rien à cacher, qu'ils n'ont rien fait de répréhensible.

Il réapparaît sur le seuil de la porte.

— On chante la pomme à ma femme, maintenant ! Et on en profite pendant que je suis couché ! Et toi tu le laisses faire, lance-t-il d'une voix éraillée.

— Tu as de la fièvre ! Qu'est-ce que tu t'imagines ?

— Mais tu ne vois pas, pauvre fille, qu'il veut te séduire ? Qu'il en bave !

— Retire tes paroles !

— C'est ça ! Défends-le ! Allez-y, embrassez-vous… allez… j'adore le cinéma ! Cependant je préférerais être consulté sur le choix du troisième partenaire… et ce ne serait sûrement pas toi, mon grand écoeurant !

François reste silencieux pour ne pas envenimer la situation.

— Il n'y a qu'une chose à faire, mon maudit ! Partir au plus sacrant.

François bondit comme une panthère. Sa chaise bascule. Christiane essaie de le retenir mais il saute près de Pierre, le domine des yeux.

— Des fascistes comme toi, mon gars, c'est dangereux ! lance-t-il avec mépris en le secouant par les épaules et en le repoussant violemment.

Pierre tombe à la renverse sur une chaise qui oscille un moment avant de se stabiliser.

— Arrêtez ! Arrêtez ! supplie Christiane. Vous êtes ridicules.

Nadia, stupéfaite, répète : « Arrêtez ! Arrêtez ! » puis se précipite vers François et le frappe de ses deux mains.

Dépité, presque honteux, François les quitte sans un mot,

sans un regard. Nadia s'enfuit dans sa chambre. Une quinte de toux secoue Pierre.

— Ce maudit-là ! Il est aussi bien de ne plus revenir. Sinon je le tue ! dit Pierre en la toisant d'un regard rougi et vitreux.

— Qu'est-ce qui te prend ? Tu déraisonnes ?

— Toi, tais-toi ! clame-t-il en se levant.

Une autre quinte de toux l'empêche de réagir. Il vacille vers le comptoir de la cuisine, s'empare du flacon d'aspirine qui y traîne, avale d'un coup une poignée de comprimés. Elle lui enlève le médicament de la main au moment où il s'apprête à renouveler son geste.

— Cesse de faire l'imbécile ! Va donc te coucher !

Épuisé, Pierre se retire près de la fenêtre, redevient morose. Elle ramasse brusquement les deux tasses de café abandonnées, à demi pleines. La chaise renversée. Le livre offert par François. Elle arrache avec rage les pages du livre où l'on représente une petite fille qui prend soin de la maison et du petit garçon malade. Où le petit garçon se repose dans un hamac ou joue avec ses camarades.

L'oeil de Pierre dissèque ses gestes, la poursuit pendant qu'elle va et vient entre le patio et la cuisine. L'oeil l'accuse. La menace. Elle se retourne vers lui, l'examine à son tour avec audace. C'est un oeil unique. Un oeil de cyclope avec une large pupille noire cerclée de bleu.

— Cesse de me fixer ainsi ! commande-t-elle. Cesse de te prendre pour Dieu le père.

Il étend le bras, allume la radio, monte le volume au maximum. Une musique de flamenco endiablée envahit la maison. Une musique folle, euphorique, une musique de fête. Incapable d'en entendre plus, elle se précipite hors de la maison, en fait le tour rapidement. La musique est encore forte, omniprésente. Elle court vers la plage. Coincée au milieu d'une masse de corps allongés, elle préfère retourner à la maison. Partout c'est l'enfer.

La musique a cessé. Elle contourne à nouveau la maison pour se rendre dans le jardin, sursaute au son de la voix de Pierre.

— Christiane ! Viens ici. Vite ! L'armée a envahi le Québec !

Le lecteur annonce qu'Ottawa vient de promulguer la Loi des mesures de guerre à la demande des autorités du Québec.

Montréal est occupé par 8000 militaires canadiens. Déjà des centaines d'arrestations ont été effectuées durant la nuit, lors d'une razzia qui a frappé toutes les régions du Québec. Les groupes populaires, le Parti québécois, les militants syndicaux, des organisations politiques de gauche sont les plus touchés.

— Les salauds ! lance-t-il en déambulant nerveusement entre la berceuse et la radio.

Elle est sidérée. La réalité a encore dépassé la fiction. Son dernier rêve ! Il ne la croirait pas ou la prendrait pour une folle. Pourtant elle a vu l'armée envahir Montréal, les policiers pénétrer par effraction dans les maisons, les enfants pleurer... et les politiciens clamer que cela était nécessaire.

Le ministre fédéral Jean Marchand affirme que le FLQ compte près de 3000 membres. Hier soir, 3000 personnes se sont rassemblées au centre Paul Sauvé pour entendre les penseurs du FLQ, Pierre Vallières et Charles Gagnon, et le syndicaliste Michel Chartrand. Ils ont scandé « FLQ ! FLQ ! » à la suite de la lecture du manifeste. Dans la journée, des étudiants de l'Université de Montréal et de certains cégeps avaient débrayé pour protester contre l'attitude gouvernementale.

— J'espère qu'ils vont avoir le temps de se sauver avant que la police leur mette le grappin dessus ! affirme Pierre.

— Je n'aime pas ça du tout ! Je vois ça d'ici, la police dans les universités... dans les écoles !

— Ils veulent créer un choc psychologique !

— Ils ont peur.

— C'est réussi ! Ils ont installé la terreur. Bien sûr ! on n'appellera jamais ça du terrorisme. Puisque l'État ne fait jamais de terrorisme, lui.

Ils constatent qu'ils ont oublié leur animosité. Embarrassés, ils retournent à leur solitude. Lui à son arrogance neurasthénique. Elle à sa rage intérieure. Il éteint la radio. Elle se dirige vers le jardin, ne sachant où aller ; elle pense à François qui est parti en colère.

— Maman ! hurle Nadia. Je n'ai plus de linge !

— Quoi ? demande Christiane qui entend mal de l'endroit où elle se trouve.

— Je te dis que je n'ai plus de linge !

— Calme-toi et habille-toi ! On ira à la buanderie ensemble, décide Christiane.

— Mais j'peux pas ! Je te dis que j'ai plus de linge à mettre !

— Nadia ! Tu as sûrement un Tee-shirt et un jean propre !

— Non ! je n'en ai pas ! hurla Nadia en trépignant.

Hérissé, Pierre se lève de sa chaise comme mû par un ressort.

— Calme-toi, Nadia ! ordonne Christiane qui craint la réaction de Pierre.

— Non ! J'en ai assez de vous autres ! s'exclame l'enfant en repoussant du pied Ramón écrasé sur le sol.

Pierre la saisit par un bras, et lui administre une tape sur les fesses, puis la traîne vers sa chambre où il la jette sur le lit.

— Dans ta chambre pour la journée ! Je ne veux plus t'entendre ! commande-t-il d'une voix qui ne permet pas de riposte.

Nadia éclate en pleurs. Christiane ne s'interpose pas, même si elle en a envie, même si elle trouve la punition excessive. Il lui a déjà reproché trop souvent de la protéger et de le contredire dans ses décisions. En temps normal, elle aurait trouvé l'occasion de lui expliquer que Nadia, comme eux, avait droit à ses mouvements d'impatience et de nervosité et que la tolérance qu'elle avait vis-à-vis leur comportement était plus grande que la leur envers elle. Que leurs affrontements la traumatisaient. Mais elle n'en a pas le courage. Elle sait qu'inconsciemment Nadia cherche de plus en plus à provoquer des querelles entre ses parents pour attirer l'attention.

Au milieu des pleurs désespérés et rageurs de Nadia, Christiane ouvre énergiquement le panier de linge. Une odeur rance la saisit. Odeurs de sueur. D'urine. De vomissure.

Elle tire un drap du fond du panier, l'étale sur le sol, y jette l'amas de vêtements puis enfouit le baluchon dans le dernier sac de polyéthylène noir qui lui reste. Elle porte le sac à proximité de la porte, prend le savon, de la monnaie puis, tout en gardant son sang-froid, essaie de convaincre Pierre que Nadia n'a pas commis de faute, qu'elle a été troublée par l'altercation de tout à l'heure, qu'il peut lui accorder sa grâce pour qu'elle vienne avec elle à la buanderie. Pierre, désabusé, a lui aussi envie d'être seul. Il accepte en grimaçant. Elle pénètre dans la chambre où Nadia, pour mieux comprendre les propos de ses parents, a cessé de sangloter.

— Ton père accepte que tu viennes à la buanderie avec moi si tu veux.

Elle rechigne un moment, se laisse prier et revêt en lambinant une vieille paire de jeans. Elles passent devant Pierre, à nouveau impassible. Christiane porte l'énorme sac noir qui lui dessine un ventre immense. Un ventre enceint des saletés du monde. Elle se sent pleine de fiel, de sueur et d'urine. Comment pouvait-on condamner celles qui voulaient faire le ménage de leur ventre après qu'on l'eût empli de son mépris ?

Elles franchissent le seuil de la buanderie. Christiane laisse tomber le linge souillé dans un grand bain d'eau bouillante et javellisante.

— Beaucoup de savon ! précise Nadia en versant le détergent.

Viens ma fille, ma soeur ! Nous laverons nous-mêmes le linge sale qui ne peut être lavé en famille. Nous détruirons les germes multipliés dans le bouillon du quotidien Et nous ferons éclater la famille nucléaire.

Le linge est maintenant propre, aseptisé. Christiane le fait sécher. Puis trie les vêtements. Ceux de Pierre. De François. De Nadia. Les siens. Pour brûler ses racines, accomplir un geste de séparation et de liberté.

Elle comprend pourquoi le ménage et le lavage ont été si importants dans la vie de tant de femmes. C'étaient souvent les seuls déversoirs qui pouvaient les éloigner de la dépression et de la chute. Quand on s'agite, on ne pense pas à son mal.

Au retour, Nadia la quitte pour rejoindre un petit garçon aperçu sur la plage. Elle surprend Pierre dans la chambre de François en train de fouiller dans les tiroirs de la commode. Des papiers gisent par terre. Découvert, il laisse tomber la pile de lettres qu'il tient en main.

— Et toi, pas un mot ! ordonne-t-il sur un ton qui ne permet aucune répartie.

Elle en a le souffle coupé. Non ! Pas de sa part à lui ! Où étaient passés ses beaux principes ? Ces principes qu'il défendait avec tant d'éloquence devant les militants et les membres de la colonie universitaire.

— Je trouve que tu ferais bien dans la GRC... la CIA... ou le KGB !

L'esprit encore tout chaviré, elle distribue les piles de vêtements dans chacune des chambres. Elle ne peut laisser faire cela ! Et garder le silence.

— Un jour, il saura !

Le visage convulsé, il lui lance, menaçant :

— Si tu le dis, je t'avertis, tu le regretteras... J'ai des raisons de me méfier de lui... c'est tout ce que je peux dire.

— Des raisons ! Quelles raisons ? se demande Christiane. Il faut bien trouver un prétexte pour justifier son geste. Il essayait peut-être de la convaincre que François était un espion... qui sait ! « Au nom de la sécurité d'État, je vous surveille. »

Elle a envie de faire du bruit, de clamer sa colère et son indignation. Elle ne peut quand même pas lui montrer les poings, le menacer physiquement. Alors elle jette son dévolu sur le ménage comme elle s'est jetée sur le lavage. Elle dépose bruyamment les chaises sur la table. Pousse les tapis sur la galerie. Fait voler la poussière et le sable à grands coups de balai et de chiffon. Les casseroles s'entrechoquent. Des portes claquent. Des fauteuils et des sofas tirés ou repoussés grincent contre le sol de terre cuite. Des jets d'eau giclent en coulant dans les seaux. La colère jaillit comme dans une symphonie de Beethoven.

Je me vide de la colère qui veut exploser en moi. Je pourchasse la poussière et la saleté à défaut de pouvoir pourchasser ceux qui me mènent. Ça me libère quand j'ai mal. Comme toutes celles qui ont nettoyé et materné la planète durant des siècles. J'ai besoin de suer pour éviter de crier. Le ménage est ma seule bouée. Le ménage ou la fuite. Mon corps se rebelle et envahit l'espace qu'on lui a laissé. Le temps se précipite avec les pulsations de mon coeur. L'eau suinte à travers ma peau, s'exprime, glisse le long de mes bras, gagne le seau d'eau chaude. Et je pleure. Je pleure comme une Madeleine qui a perdu son dieu. Il y a trop d'eau retenue en moi depuis le début des temps. Une eau empoisonnée chargée de fiel, de sel, de placenta et de sang noir. J'ai le coeur comme une planète qui a dévié de sa trajectoire... Et j'ai peur de me noyer dans cette eau qui m'aspire. J'ai peur de me briser après l'explosion.

Non, son histoire ne sera pas celle de ses ancêtres ! Elle coupera les chaînes qui la relient à l'histoire domestique... et changera de trajectoire. Elle ne fera pas comme ces mères condamnées à mettre au monde et à élever seules des dizaines d'enfants. La grève du ventre ne prendra jamais fin, à moins que l'autre ne mette fin à la guerre. La guerre des sexes. La guerre des peuples.

À moins que l'autre accepte de modifier le contrat qui régit les couples depuis les débuts du patriarcat. À moins que l'autre accepte de négocier le partage.

Elle s'affaisse sur le sofa, lasse mais avec un sourire aux lèvres. Pierre s'est retiré dans le hamac, sans qu'elle ne s'en rende compte. Il regarde les deux enfants qui s'amusent dans l'eau.

— « Ton beau temps achève, mon p'tit gars ! se dit-elle avec cynisme. Maman s'en va. Maman est déjà partie... tu deviendras un homme maintenant. »

Son regard se promène entre celui qui fut son ami, son amant, son mari... et l'étroit couloir de sable. Elle essaie d'imaginer le bout du tunnel. La brume qui obstruait sa vision, dans le rêve, s'est dissipée. Elle sait que bientôt le tableau changera. Et que chacun retrouvera son espace. Sa bulle. Avec la solitude dont elle a moins peur. Si elle renonce à s'agripper, elle saura bien faire le saut à l'autre bout du tunnel. Comme lorsqu'elle était petite, elle se précipitait, frissonnante, en bas du fenil de son grand-père et en éprouvait une joie intense.

Pourtant elle a aussi tellement envie de dormir, tellement envie de se reposer, de se laisser envelopper par le silence ensorceleur qui imprègne la maison à cette heure. Elle s'allonge sur le tapis indien à motifs usés, retient un long bâillement, s'étire un moment, fait basculer ses jambes au-dessus d'elle. Elle est devenue une chandelle. Une chandelle éteinte. Le sang circule à l'envers. Descend des pieds à la tête. Elle ferme les yeux et ne pense plus à rien. Toute forme a disparu. L'aquarium. Le couloir. Dans sa tête, une toile blanche translucide sur laquelle il n'y a rien. Personne.

Nadia rentrera bientôt, criera sa faim comme un oisillon en détresse. Il faut se secouer. Il faut penser au souper et au déjeuner du lendemain. Du moins, aller chercher des jus, du pain et du café, réserver les billets d'avion, s'informer de l'horaire des trains. Le beau temps des paellas et des gazpachos est passé. De toute façon, elle n'a pas envie de faire la cuisine. Pas plus que lui.

Le réfrigérateur est presque vide. Elle rassemble ce qui reste. Quelques tomates, quelques oignons, des piments et, rapidement, prépare une sauce à spaghetti. Elle cherche ensuite le portefeuille de Pierre. D'un commun accord, ils ont décidé que c'est lui qui aurait la garde des chèques de voyage. Elle fait le tour des commodes, de la console du foyer, fouille les poches de sa veste. Rien ! Et elle n'a pas assez de monnaie sur elle. Elle se dirige vers la galerie.

— Je vais me baigner, puis faire des courses. Si Nadia a faim, il y a de la sauce sur le feu et des pâtes dans l'armoire, lui dit-elle d'une traite, sur un ton froid et volontaire. Au fait, où est le portefeuille ? J'ai besoin d'argent pour le marché.

— Tu as déjà dépensé l'argent que je t'ai donné la semaine dernière ? Il faut y penser si on veut finir le mois ici.

— Il n'en est pas question pour moi en tout cas ! Dis-moi où est le portefeuille !

— Combien veux-tu ? demande-t-il, dérouté par sa remarque et son attitude déterminée.

— Mille pesetas. De toutes façons, si tu tiens à faire les achats, tu peux les faire, ajoute-t-elle, sarcastique.

Il tire le portefeuille de sa poche et lui remet la somme en posant sur elle un regard anxieux.

Fière de s'en être tirée avec dignité, elle se dirige vers la plage pour rejoindre Nadia qui sautille dans les vagues en compagnie du garçonnet. Il a une frimousse amusante avec des taches de son sur les joues, de grands yeux sombres, des cheveux joliment roux et il parle anglais. La communication semble s'être établie rapidement et les rires fusent après chaque cabriole.

— Nadia, je vais faire des courses en ville. Tu viens avec moi ? lui demande-t-elle tout en prévoyant son refus.

— Non ! Je préfère jouer avec John.

— Alors, si tu as faim, tu demandes à ton père. Il y a du spaghetti. Ça va ?

L'enfant acquiesce en lui sautant au cou et en l'étreignant de ses bras mouillés.

La mer a l'écume à la bouche. Ses vagues roulent contre la rive, faisant fuir le sable à chaque ressac. Des bécasseaux aux pattes fines profitent de son retrait pour quérir de petits coquillages et s'enfuir raidement au moment précis où la rumeur de l'eau annonce son retour.

— Je voudrais être forte comme elle ! pense la femme qui marche pieds nus dans l'eau mouvante.

Des baigneurs épars essaient de dompter des chevaux imaginaires, tentent de s'accrocher à une crinière mais vainement, glissent le long des flancs, abandonnent la lutte pour se laisser porter là où les eaux sont plus calmes.

La maison est maintenant loin derrière. Christiane laisse tomber son panier, sa robe, puis saute dans l'eau. Elle n'a qu'une envie. Jouer avec les éléments, attendre la vague, la briser, se faire repousser par elle et recommencer jusqu'à ce qu'elle soit épuisée, fatiguée de son plaisir et de ses propres rires. Elle se rhabille et continue nonchalamment sa route, une route qui ne conduit pas au marché. Une route en forme de couloir incurvé qui mène à François. Son pas s'accélère.

Au loin, un point lumineux à reflets d'argent s'anime, semble à la fois reculer et avancer. L'objet grossit et vient dans sa direction. C'est un animal, un cheval, un superbe cheval gris monté par une cavalière. Les longues crinières de la bête et de l'écuyère battent au vent au rythme du galop. À l'approche de la marcheuse, ils ralentissent leur course. La cavalière, racée comme une gitane, vêtue de larges pantalons de coton indien rouge retenus aux chevilles, la salue d'un sourire en passant près d'elle lentement. Christiane lui répond, fascinée par cette image de liberté.

Elle se retourne pour la regarder filer vers la pointe opposée de la baie, puis continue son chemin. Elle distingue maintenant la tente de François. Et, à proximité, une masse mouvante qui se balance comme une colonie d'algues dans l'eau. Une vapeur irisée flotte au-dessus de la grève, l'empêche de voir avec précision. Est-ce un mirage ? ou quelque bateau ivre imaginaire ? Les sons cristallins d'une flûte lui parviennent.

Le bruit des sabots du cheval qui revient étouffe cette mélodie aux couleurs d'Orient, s'amenuise et s'évanouit brusquement. L'écuyère au large sourire l'invite à monter. Christiane s'accroche à la main tendue, grimpe sur l'animal. Le cheval reprend son trot. C'est une belle bête aux flancs durs et à la tête fière. Sa crinière fait par moments un écran qui cache le paysage. Le vent est bon. Salin. Il gifle doucement la peau, emmêle les cheveux des cavalières.

Bientôt Christiane distingue clairement ce qui d'abord lui avait semblé un mirage. Une dizaine de filles et de garçons, vêtus de vêtements amples et bizarres dansent sur un rythme incantatoire en se tenant la main et en dessinant avec leurs corps des cercles et des spirales. Trois musiciens sans âge jouent de la flûte, du tambourin et d'une sorte de guitare, sous un abri qui sert de parasol : une toile orange et rouge d'allure berbère, tenue par quatre poteaux de métal, plantés dans le sable.

Les danseurs suivent maintenant un homme et une femme beaux et jeunes, qui portent à bout de bras un voile de soie à motifs anciens et aux couleurs de soleil couchant. L'étoffe fine vogue au-dessus de leur tête, telle une grande aile. Les corps se courbent tantôt vers le ciel, tantôt vers la terre. Puis se bercent comme joncs et roseaux.

Le cheval s'immobilise près du groupe. François est avec eux. François au corps souple et aux cheveux libres comme des lianes. Elle descend de la monture, aidée de la cavalière. À la fois content et surpris, il la salue d'un sourire et l'entraîne avec lui dans le mouvement.

— C'est Christiane, annonce-t-il, euphorique.

Ils accueillent la nouvelle venue tout en continuant à suivre avec des gestes lents et langoureux la mélopée des musiciens.

Soudain le rythme s'accélère. Les corps se secouent, sautent, gesticulent. Comme dans un moment de folie. Un rideau de sable balaie la grève. Le vent et la mer entrent dans la danse en battant la mesure. Les êtres et les choses s'harmonisent. Épuisés autant que les danseurs et les danseuses, les musiciens ralentissent le tempo. Le calme revient. L'écuyère, assise à côté des musiciens, regarde sa montre et leur rappelle qu'il leur faut aller travailler.

Certains emballent leurs objets. D'autres profitent des minutes qui leur restent pour prendre un dernier bain de mer. Christiane apprend qu'ils font partie du cirque qui se produit en ville et que François a passé une partie de la journée avec eux, à parler de trucs de jonglerie, du métier de funambule et de la vie de saltimbanque. On lui a même offert de s'intégrer à la troupe, comme musicien. Il ne sait pas encore s'il acceptera. Assis l'un à côté de l'autre, près de la tente, ils répondent aux salutations amicales de ceux qui les quittent. «¡Hasta la vista ! ¡Hasta la vista ! »

— Tu devrais les accompagner. Ce serait une expérience unique ! insiste-t-elle.

— Ce serait aussi une expérience unique que de faire un beau voyage avec toi. Comment ça va avec Pierre ?

— Je m'en vais m'informer de l'horaire des trains, réserver les billets d'avion. Pierre guéri ou pas... je m'en vais. Je n'ai plus rien à faire avec lui.

— Et tu y as bien pensé ? Tu ne veux pas venir avec moi ?

— Non, François... Je ne suis pas dans ta situation. Je ne suis pas célibataire et libre comme l'air... moi ! répond-elle.

— Mais Nadia pourrait venir avec nous. Et si Pierre la gardait quelque temps ?

— Je ne le lui ai jamais demandé. Je me demande d'ailleurs s'il s'est déjà imaginé vivant seul avec elle...

— Ce n'est pas une question d'imagination, il me semble. Elle existe, cette enfant-là. Il faut bien que vous en partagiez la responsabilité.

— Je le sais bien… Mais tu sais ce que c'est, le conditionnement ? Voilà quatre ans que je m'occupe d'elle. Et puis ça me convient de la prendre. Elle fait partie de moi.

— Et si tu n'avais pas d'enfant ?

— Ça ne donne rien d'imaginer des si… je suis devenue ce que je suis… et je vis comme je vis…

— Mais rêve un peu !

— Je ne peux plus rêver. Je ne veux plus rêver. Cela fait beaucoup trop mal après… mes rêves, actuellement, sont des cauchemars.

Leurs regards se perdent dans la mer mouvante.

— Écoute, François, reprend-elle. Je suis bien avec toi… En ce moment… tu es un chum, un ami super que je trouve beau, intelligent et fin. Je suis venue te voir, car c'est ce dont j'avais le plus envie, le plus besoin. Je suis venue sans me questionner… malgré la querelle de ce matin…

— Mais… ?

— D'un autre côté… cela ne veut pas dire que je sois prête à vivre avec toi…

— Vivre, c'est un grand mot. Un voyage, ce n'est pas s'engager à toujours vivre ensemble… comme tu l'as fait déjà… D'ailleurs, je ne suis pas du genre à m'accrocher. J'aime trop la liberté et respecte trop la liberté des autres pour cela. « But I want the world and I want it… now. Do you know it ? »

— Et tu sais ce dont moi j'ai le plus envie maintenant ? lui répond-elle en constatant le douloureux choix du désir et de la solitude.

— Mais de moi… C'est ce que tu m'as dit tout à l'heure ! … Très bien, je n'en parle plus de ce voyage. Tu me donnes le droit de te dire que moi je t'aime… même si ce n'est pas réciproque… même si je suis simplement un beau chum ?

— Aimer ? Je ne sais plus ce que c'est. Être bien avec quelqu'un ? Le désirer ? Chercher dans l'autre son image ? ou ce qu'on n'est pas ?

— Ce n'est pas important, ça ? reprend-il en l'attirant contre lui. Je suis sûr que tu pourras encore aimer. Tiens ! Tu as une petite tache rouge dans l'oeil. Comme une tache de sang.

Avec un sourire au coin des lèvres, ils font taire les mots. Pour mieux se voir.

La tentation de se fondre un instant dans le regard de l'autre, le désir de sceller son corps au sien, de s'y fusionner par alchimie par magie. De former un être merveilleux mi-homme mi-femme. Tu es mon yin, je suis ton yang, nous sommes pareils et différents.

Ils ont envie de faire durer cette première étreinte, de la savourer au milieu du silence. Des passants rodent près d'eux. Ils ne les voient pas, ne les entendent pas.

— Dis-moi, demande François, en effleurant tendrement son visage. M'en as-tu voulu pour ce matin ?

— Je t'en aurais voulu autant qu'à lui si cela avait dégénéré en bataille de coqs... j'ai vraiment eu peur.

— Ç'aurait pu se produire si vous n'aviez pas été là, toi et Nadia. Mais quand je t'ai entendue crier : « Arrêtez », quand Nadia s'est mise à me frapper, j'ai compris que j'étais en train de commettre une erreur... Même si c'était dur de ma part, même s'il a fallu que je piétine mon orgueil de mâle.

— Il sent que tout est fini entre lui et moi, mais il n'accepte pas... Tu lui en veux toujours ?

— Comment veux-tu que je ne lui en veuille pas ? Il vaut mieux que je ne le rencontre pas.

— Petit coq !

— Non. Un coq ne serait pas parti comme cela sans se battre... un coq provoquerait à nouveau son adversaire. Non, tu te trompes, je ne suis pas de cette race-là... si je suis d'une race, je suis peut-être de celle des ânes...

— Je connais des ânes qui peuvent devenir des coqs...

— Mais un jour... un jour, c'est toi qui l'a dit, les ânes se libéreront de l'emprise des coqs ! Regarde dans les nuages, il y en a plein.

Ils se regardent en souriant.

La plage est déserte. Le monde est à eux. La terre, le ciel, la mer qui se retire. Ils courent sur la batture vers l'immensité verte garnie sur ses crêtes de friselis d'argent. Ils piquent à travers les vagues tumultueuses qui les attirent, puis les repoussent. François sourit. Il la saisit par la taille, la soulève dans les airs. Elle reproduit les gestes de son compagnon en profitant aussi de la poussée de l'eau qui allège les corps. De longs lambeaux de nuages passent devant le soleil.

Vivement, ils courent se réfugier sous la tente. Il y fait chaud. Il déniche une serviette et en couvre sa compagne grelottante. Il lui masse les bras, les épaules, le ventre, le dos, et les cuisses.

— À mon tour maintenant ! Vite ! Réchauffe-moi ! réclame-t-il. Humm ! J'aime ça !

Leurs corps sentent l'eau salée. Ils s'étendent sur le dos. Se chauffent au soleil qui perce la toile.

— Nous sommes seuls dans un immense désert. Rien que le sable et le soleil, dit-elle.

— Ferme les yeux. La lumière est aussi belle ! Ocre, dorée.

— Une toile vide et pure comme celle que j'ai aperçue cet après-midi ! ajoute-t-elle songeuse. Comme celle que j'imagine à la fin de mon tunnel.

Alors, les yeux fermés, elle lui raconte le rêve étrange qu'elle a fait au matin. Le couloir dont elle ne voyait pas l'issue. Les corps pétrifiés de ceux qui essayaient de la saisir. Le regard de Pierre. Les racines qui les emprisonnaient, elle et lui. Le passage de l'enfant. L'invasion de l'armée, l'effrayante pétarade qui secouait le couloir. Le lapin immolé !

— Et aujourd'hui l'armée entre dans Montréal... C'est quasi prémonitoire, ton affaire, commente François. Il faudrait continuer ce rêve... il ne peut s'arrêter là ! Il faut lui trouver une suite.

Faire comme ce peuple de Malaisie qui se sert de ses rêves pour les continuer dans la vie réelle.

— Pour le moment... je ne vois rien. Personne. Le vide. Ça fait peur...

— Mais non, tu le sais bien, il ne peut y avoir qu'une chose de l'autre côté... et c'est la vie. La vie que tu veux t'inventer.

— En tout cas une vie moins angoissante, j'espère. Je suis fatiguée d'être Marie-qui-rit et Marie-qui-pleure. J'ai envie d'être une rivière sinueuse et tranquille qui jouit du soleil.

— Il y avait une fois, au-dessous d'un soleil éclatant, deux rivières. L'une mâle, l'autre femelle.

Amusée, elle se tourne vers lui, puis, en le regardant intensément, lui déclare d'une voix solennelle :

— François, mon beau François. J'ai envie de toi ! Je te désire. Rivons-nous l'un à l'autre !... François, tu me plais. J'ai envie de toi ! reprend-elle sérieuse.

— Mon amour ! je ... je t'aime gros, gros comme une montagne... grand, grand comme la mer ! ajoute-t-il avec les gestes des enfants.

Ils s'embrassent, s'étreignent fortement en fermant les yeux pour mieux sentir leurs corps. Leur peau satinée et salée.

— As-tu des condoms ? s'exclame-t-elle tout à coup en pensant à l'irrégularité de son cycle.

François éclate de rire.

— Justement, comme je n'en voyais pas sur les tablettes des pharmacies, je me suis demandé l'autre jour comment on disait ça en espagnol : « condom, capote ». Et condom c'est même pas dans mon dictionnaire. Le mot le plus proche que j'ai trouvé c'est condominium. Et « capote » en espagnol veut dire manteau ou cape de toréador... j'pense pas que ça me soit très utile. Alors depuis le temps, je sèche...

— Tu me trouves castrante hein ?

— ... Si tu me le dis pas, comment veux-tu que je sache que c'est dangereux ?

— J'me souviens d'un gars qui m'a déjà dit que je l'étais...

— Et tu lui as répondu ?

— Que c'est lui qui me castrerait le reste de mes jours si je me retrouvais enceinte.

— C'est bien fait pour les machos ! approuve-t-il en riant et en la serrant contre lui.

Ils s'abandonnent au plaisir. Le créant chacun son tour. La main caressant et pressant la poitrine de l'autre, ses cuisses, son ventre, son sexe.

Mordre sa chair jusqu'à ce qu'en sorte une sève sucrée et juteuse. Éclater, laisser sortir de soi le cri de l'oiseau qui plonge vers la mer. Comme l'arbre qui pleure la joie de sentir la chaleur traverser son écorce.

Elle voudrait s'endormir avec lui. Quelques instants. Quelques heures. Mais là-bas, Pierre l'attend. Et Nadia. Elle se voit avancer dans le tunnel. Les parois deviennent transparentes.

C'est l'heure du couchant. Déjà ! Elle est là depuis combien de temps ? Cinq heures ? Six heures ? Une parenthèse dans sa vie. Comme sa vie avec Pierre. Une parenthèse qui lui fait oublier le marché et les billets d'avion.

Elle regarde amoureusement François qui dort, les cheveux en bataille sur les épaules.

Elle se rhabille, ouvre la porte de la tente et, avant de reprendre son panier, trace un message dans le sable humide, sans savoir s'il le verra : « Bonne nuit mon amour, dors bien, sois heureux. »

Des airs de fête proviennent de la ville. Des airs de flamenco. Des airs de gitans. Au loin, la ville allume lentement ses feux. Ceux des lanternes anciennes sur la colline principale. Ceux des néons et des hauts lampadaires métalliques qui bordent les larges avenues de la ville moderne. La rive, devant elle, s'étend entre chien et loup. Elle presse le pas pour arriver avant la nuit. Le sable est froid, inhospitalier. Elle pense au rôdeur qui pourrait surgir. Une peur qu'elle ne peut pas dompter. Un chien solitaire s'approche d'elle, la surprend. Un moment, elle croit qu'il s'agit de Liberación. La bête a le même regard profond et mélancolique.

— Va-t'en ! Va-t'en ! supplie-t-elle. Je n'ai rien pour toi. Rien.

Elle s'arrête à une boutique près du boulevard pour semer l'animal et acheter de quoi déjeuner le lendemain.

Un manteau de nuit recouvre la maison et, les palmiers, comme de grandes ombres, enveloppent le domaine d'un cocon opaque et morne. Autour, des chauves-souris voltigent.

Elle entre dans la maison obscure. Pierre et Nadia sont couchés. Déjà ! Elle s'est trompée. Personne ne l'attend. Elle a à peine le temps de soupirer de soulagement. Un défilé de points noirs courant sur le parquet la fait sursauter. Elle allume. Horreur ! Les fourmis ! Là devant elle ! Derrière ! Une marée noire et grouillante. Visqueuse.

— Ce n'est pas vrai ! s'écrie-t-elle. Maudites bestioles ! Quelle pourriture, quelle chair vous attire ici ?

Elle se hâte de fermer les portes des chambres qui semblent avoir été épargnées par l'invasion. Le défilé naît cette fois du mur qui longe l'armoire dans la cuisine.

— Vous voulez la guerre, dit-elle, vous l'aurez !

Elle s'empare des serviettes, les enroule bien serré, les tend sur le parquet, le long des portes, se saisit de la boîte d'insecticide et répand la poudre blanche sur le pourtour de la salle de bains, de la cuisine et de la salle de séjour. Une odeur de produit chimique lui pince le nez et la gorge.

C'est la panique. Certains insectes réussissent à trouver leur trou d'origine ou une autre issue. N'importe laquelle, une fissure dans un mur, le long d'une fenêtre ou d'une plinthe. D'autres, asphyxiées par le poison, chancellent puis tombent inertes. Au même moment, elle remarque des plaques de plâtre tombées des murs lézardés. Le travail de désagrégation est sans doute commencé depuis longtemps. La chute d'un morceau de stuc près de la cuisine la fait sursauter.

Elle n'a qu'une idée. Quitter le plus rapidement possible ce lieu. Vivre le dernier acte du mélodrame et baisser le rideau. Faire ses adieux. Autour d'elle, la mer grouillante s'est transformée en mer morte. Elle balaie les bestioles et les fait brûler dans le foyer.

— Elles ne m'auront plus ! se dit-elle.

Elle s'empare de ses objets et de ceux de Nadia. Des vêtements, des jouets, des livres, des cahiers, des coquillages, puis les enferme dans une valise. Destination Montréal. Elle va vers la chambre de Nadia. Aucune fourmi n'a pénétré là. Elle regarde tendrement le visage à demi éclairé par les lumières venant de la pièce adjacente, et referme la porte. Épuisée, elle se laisse tomber sur le sofa près des flammes orangées et bleues de l'âtre.

La sortie du labyrinthe

Le 17 octobre 1970

La nuit est morte. L'aube a chassé ses ombres et les bêtes chauves et ailées qui l'accompagnent. Une lumière voilée, presque blafarde, traverse la maison. Des vêtements épars, des morceaux de plâtre, des insectes morts jonchent le parquet. Des verres, des assiettes sales recouvrent la table.

— Une autre fois le ménage à faire ! pense Christiane qui s'aperçoit qu'elle s'est endormie sur le sofa et que Pierre est avec Nadia dans le jardin.

Un instant, elle s'imagine être dans une salle d'audience. Un vieux juge à tête de corbeau siège, comme un pontife, sur son trône. Pierre et elle sont face à face. Lui, du côté du banc des accusés avec l'avocat de la famille Lavoie. Elle est assise à côté de son avocate, qu'elle surnomme Cardinal, Julie Cardinal... à cause de sa tête fière et de sa crinière rousse.

« La requérante, Christiane Leclair, ici présente, fait une demande de jugement en divorce contre Pierre Lavoie, ici présent, pour motif de cruauté mentale. » Puisque la société exige que l'on donne des raisons, que l'on accuse l'autre, puisqu'il faut invoquer un motif, puisque le motif d'adultère, c'est dépassé, et le motif de cruauté physique, inopportun.

Dans la salle, ceux et celles qui l'aiment. Sa mère. Lydia, Nicole… peut-être François. Non, François ne doit pas être là… Ceux et celles qui la détestent. Son beau-père. Sa belle-mère. Des gens de la haute, ma chère ! Moustache, cheveux, complet, tout est gris et bien taillé. Elle porte une perruque flamboyante et une jaquette de castor.

« Notre fils a une femme indigne qui n'a jamais accepté son rôle de mère et d'épouse, clament-ils en chœur. »

Il y a là aussi la société des bien-pensants, tous les psy qui mesurent la valeur de l'être humain à la possession d'un pénis. Et ceux-là qui jugent les humaines à leur capacité de procréer, de produire. Le célèbre psychanalyste, Sigmund Spock de Paille-en-queue « sniffe » de la coke pendant qu'il pense à son réquisitoire sur la passivité féminine et sur la nécessité de la présence de la mère auprès de l'enfant pour le développement de l'enfant, et de l'enfant auprès de la mère, pour l'épanouissement de la femme. Dans la salle d'audience, l'assistance nécessaire : Hélène Flamant Rose, fidèle disciple, spécialiste de la psychologie des femmes, écoute béatement les propos du maître et applaudit. Comme les étudiants de la faculté de psychologie qui prennent des notes. « L'homme est un être normalement actif, et agressif alors qu'une femme, trop agressive, est une inadaptée. Donc, dans ce cas-ci, l'accusé s'est comporté en être normal. Au contraire, la requérante… »

Des femmes, en tailleur gris, portant des lunettes noires opaques. Des hommes à cravates maintenues par des épingles en forme de croix…

— C'est une mauvaise femme ! Une femme adultère ! Une avortée ! Une criminelle !

Le juge essaie de rétablir l'ordre.

— Silence ou j'évacue la salle ! Que l'on aille chercher l'enfant.

Nadia arrive, accompagnée d'une matrone. Et tous les regards se figent sur elle.

— Qui aimes-tu le plus ? Papa ou maman ? ... Avec qui veux-tu rester ? Papa ou maman ? Ne pleure pas, petite fille, essaie de répondre. Monsieur veut ton bien.

Christiane se redresse. Dans le jardin, Nadia joue avec Farouche et Pierre a la tête plongée dans le journal.

Entre toi et moi, il y a la paroi dure du verre. Je te regarde, tu ne me vois pas. Ce matin, tu as les joues roses et les prunelles claires de ta fille au milieu du jardin d'orchidées et de cactus. Un instant de magie, un petit instant qui s'effacera de lui-même. Le temps d'une trève, absurde comme dans toutes les guerres. Nous avons lutté pour que cesse celles des autres. Jamais contre celle qui nous déchire. Nous avons trop tourné en rond, trop abusé de nos rêves idylliques. Il est temps de sortir de la trajectoire commune. Aujourd'hui, immédiatement, d'un seul geste, je changerai le cours du temps-espace. Je marquerai ton existence comme tu as marqué la mienne. Je romprai l'instant suave et volatil comme les parfums d'orangers. Avant que l'instant haïssable ne se réinstalle, avant que le cycle ne recommence.

Elle prend le portefeuille de Pierre, vérifie ce qui reste en chèques de voyage. Un peu plus de cinq cents dollars. Elle en prend la moitié et se dirige vers la cuisine.

Elle fait glisser la porte de verre du patio.

— Pierre ! Tu viens ici !

— Ça peut attendre, non ! lui répond-il sans se retourner, le nez plongé dans *Le Monde*. On parle du Québec ce matin !

— Non ! insiste-t-elle. C'est maintenant. Le Québec attendra.

— Toi tu m'énerves ! réplique-t-il en lançant son journal.

Il traverse en coup de vent l'espace qui le sépare de la maison et la bouscule en passant. Nadia laisse tomber Farouche qui s'enfuit. L'inquiétude envahit son visage.

— Nadia, tu restes dehors. D'accord ? Pierre et moi, nous avons à nous parler.

— Non ! Je veux rentrer aussi ! proteste-t-elle en poussant sa mère qui l'empêche de passer.

— Nadia ! J'ai besoin d'être seule avec ton père un moment. Tu comprends cela ? Regarde… Farouche est là qui court près des fleurs.

L'enfant s'élance sur la piste de la bête aux reflets cuivrés.

Christiane tire la porte coulissante et prend soin de la verrouiller. Pierre allume une cigarette et attend, nerveux, sur le canapé, l'air renfrogné, les lèvres serrées et sèches. Elle s'assoit devant lui. Terminés les regards de soumise ! Ces regards qui fixent le sol, qui se ferment. Ces regards et ces bouches que l'on voile dans certains pays pour ne pas voir ou entendre le cri qu'ils laissent échapper.

— C'est fini entre nous ! annonce-t-elle brusquement. Je veux me séparer de toi définitivement.

— C'est tout ce que tu as à me dire ? Tu aurais pu au moins attendre la fin du voyage. Tu ne trouves pas que le moment est mal choisi ? On a deux semaines de loyer payées… on n'a même pas fait la moitié du parcours prévu. Tu es prête à tout laisser tomber après avoir économisé pendant aussi longtemps ? Think ! fait-il en désignant sa tête de l'index.

— Évidemment tu m'insultes encore au lieu de m'écouter. Au lieu de résoudre le problème. Tu fuis… comme d'habitude.

— Ce n'est pas moi qui veux fuir. C'est toi !

— Je ne fuis pas. Je fais face à la situation.

— Dramatique ! C'est toi qui dramatises ! Je ne suis pas un batteur de femme.

— Si tu m'avais battue, nous ne serions certainement pas restés ensemble toutes ces années… je n'aurais pas perdu tout ce temps à essayer de te comprendre, d'analyser le problème, d'y chercher des solutions… Tu devrais savoir d'ailleurs, du moins en tant que futur éminent sociologue, qu'il n'y a pas que la violence physique…

— Maman ! Maman ! Ouvre la porte ! hurle Nadia. Ouvre !

Malgré le bruit de ses poings contre la vitre, Christiane résiste à l'envie de se retourner.

— Non, Nadia.

L'enfant éclate en sanglots. Des sanglots qui vrillent le coeur. Qui donnent envie de consoler.

— Je vais lui ouvrir, annonce Pierre en se levant.

— Non ! Tu ne lui ouvriras pas ! ordonne-t-elle sèchement.

— Tu vois ce que tu provoques ! C'est toi qui la fais pleurer !

— C'est justement pour qu'elle cesse de voir ce qu'elle voit en ce moment.

— C'est toi la tortionnaire ! Veux-tu te calmer ! Crier moins fort !

— Ça ne me fait rien ! lance-t-elle sur un ton railleur. Cette fois c'est moi qui crie pour toutes les fois où tu as crié… sur la place publique ou à la maison. Je crie pour que tu m'entendes. Pour que tu me croies ! Entre nous, tu entends, c'est fini !

— Fini ? Mais qu'est-ce que je t'ai fait. Je ne suis quand même pas un monstre ! Et si François n'était pas dans le décor, ce serait différent. Ça ne me surprendrait pas, d'ailleurs, que tu aies couché avec lui ! C'est ça, hein ! Avoue !

— C'est vrai. Il est la seule personne avec qui je peux communiquer en ce moment. Tu le sais très bien, je te le répète, ce n'est pas lui qui nous a séparés. Comme ce ne sont pas tes liaisons avec d'autres femmes. Ce qui m'a séparée de toi, faut-il te le redire, ce sont toutes ces petites ou grosses cruautés qui s'accumulent au fil des jours, au fil des ans. Tu ne me demandes pas, tu commandes. Vais-je devoir recommencer l'explication ?

— Non ! Je le connais par coeur ton baratin. Je ne fais que

diriger, exiger… Je te laisse seule responsable de la bouffe et du ménage…

— Tu le sais, mais tu ne comprends pas, tu n'agis pas. C'est toi le bourgeois. Il y a loin de ton discours à la pratique. Biologiquement, tu as pourtant investi autant que moi dans cette enfant.. Mais tu t'es servi du prétexte que je l'avais portée durant neuf mois pour me la laisser porter seule ensuite. Très bien, je continuerai même si c'est injuste. Mais tu ne seras pas là, à côté de moi, coupé du quotidien pendant que moi, je torche. Non !

— Mais admets-le donc qu'il t'a influencée ! Qu'il t'a changée.

— Tu ne peux pas admettre que je sois capable de prendre une décision seule, hein ? Il m'a fait comprendre une chose… que tout n'est peut-être pas désespéré, que certains hommes, même s'ils sont rares sans doute, peuvent écouter… partager.

— Je ne suis pas sûr que ce serait différent s'il vivait seul avec toi !

Appuyée contre la paroi vitrée, Nadia pleure à fendre l'âme, le visage rouge, les cheveux défaits. Elle ne demande plus le droit d'entrer mais, entre deux sanglots, cherche à comprendre ce qui se dit, les supplie.

— Maman ! Papa ! Non ! crie-t-elle désespérément comme si elle connaissait l'issue du drame.

— Tu vois bien ce qu'elle veut ! C'est que l'on vive ensemble. C'est là notre première responsabilité.

— Au détriment de son existence ? De la sienne ! Cela ne compte pas beaucoup dans ton évaluation. Ce qui t'intéresse, c'est le confort du statu quo. Avec l'un qui a le droit de s'évader, de gueuler, d'exiger, d'emmerder les autres à la moindre occasion. Et l'autre qui a l'obligation d'assumer la continuité. Avec toujours, au fond des tripes, la peur, l'angoisse. On n'aurait jamais dû avoir d'enfant. On n'aurait jamais dû se marier. On aurait dû rester ce qu'on était : des amants, des amis de passage.

— Écoute. Moi aussi j'ai vieilli. Moi aussi j'ai pris de la maturité. Moi aussi je souffre de ce que je suis. De ce que nous sommes devenus… mais tu refuses de me laisser le temps… malgré la journée d'avant-hier.

— Malgré avant-hier et tous les autres avant-hier, c'est le même scénario qui se reproduit. Tu restes le même. Capricieux. Intransigeant. Tu t'accroches à une image, à un rôle. Et la guerre recommence parce que tu demeures profondément convaincu que tu m'aides quand tu acceptes de faire un peu de ménage. Tu demeures convaincu que je suis faite pour ça… te servir, te soigner. Que laver la vaisselle, ça te casse les ongles et t'empêche de jouer de la guitare. Et pourtant tu rêves de révolution et tu te dis progressiste. Tu sais faire de si beaux discours ! Mais tu rêves. Moi je te dis qu'il n'y aura pas de révolution si on ne réussit pas à abolir les rapports de pouvoir entre nous… C'est d'ailleurs ce que tu aurais dû choisir comme sujet de thèse. Mais non, il n'y a qu'une lutte de classes ! L'autre !

Pierre reste silencieux, allume une autre cigarette et garde les yeux fixés sur Nadia en larmes.

— Et dire, continue Christiane, que je ne croyais qu'à une seule chose, il y a quelques années. À la paix et à l'amour comme tous les peace and love à la mode. Et moi qui croyais que tu y croyais. J'ai été tellement naïve ! Par amour, j'ai emmagasiné les frustrations, dissimulé mes émotions, détruit ce qu'il y avait de plus beau en moi… la spontanéité. Par amour, je me suis haïe. Pendant ce temps, tu te donnais le droit, je te laissais le droit de me piétiner comme un jouet que l'on reprend quand on en a envie ! Je suis, moi aussi, responsable, je ne le nie pas…

Fatiguée de crier, Nadia s'est laissée choir par terre. Son visage collé contre la vitre, le corps secoué par les sanglots. Repliée sur elle, elle se relève de temps à autre pour implorer.

— … Et j'en ai assez de cette maison sordide, reprend-elle en fixant Pierre dont le regard la fuit. J'en ai assez de toutes ces maisons-tombeaux où l'on ne ramasse que la saleté et des cadavres.

Il ne réagit pas davantage.

— Non, il faut se séparer ! Il faut que tu partes ! insiste-t-elle. De nouvelles ententes ne sont plus possibles. Il faut discuter de la garde. Je ne voudrais pas être obligée de passer par la cour et de payer des frais ! D'ailleurs, je n'en ai pas les moyens.

— Si tu fais ça, rétorque Pierre en colère, je te tue ! hostie ! En plus de me l'enlever, tu oses me demander de l'aide ! C'est fini ? Très bien. Je m'en vais. Puisque c'est ton dernier mot. Puisque c'est ce qui te fait plaisir !

Nadia s'est relevée et cogne contre la paroi de verre.

— Non, maman ! Non, papa ! supplie-t-elle d'une voix désespérée en voyant son père se lever brusquement.

Comme un coup de vent, il passe à côté de Christiane et se dirige vers la chambre pour y prendre ses affaires. Inerte, elle retourne ses dernières paroles dans sa tête : « Si tu fais cela, je te tue... hostie » ... « je te tue... hostie. » Un frisson la parcourt. Il repasse près d'elle, la frôle presque, sans la regarder, sans se retourner. Son sac à dos rempli de vêtements. Une valise dans l'autre main. Les yeux pleins d'eau.

— Tu me donnes des nouvelles pour Nadia, risque-t-elle, partagée entre la peur et une compassion soudaine.

Il est déjà sur la plage. Il ne l'a pas entendue. Il n'entend que la voix de Nadia criant :

— Non, papa ! Non, papa ! Ne t'en va pas !

— C'est fini maintenant ! Fini... ma chérie ! reprend Christiane en se précipitant pour lui ouvrir et la prendre dans ses bras.

Affolée, Nadia franchit la pièce à la vitesse de l'éclair pour sortir par l'autre porte à la poursuite de son père.

— Papa ! Papa ! Reviens ! supplie-t-elle. Reviens !

Les vacanciers, comme les figurants d'un film, la regardent passer, éberlués, impuissants. Pierre est déjà loin. Il a quitté la plage et filé vers la ville. Elle revient se réfugier, grelottante, dans les bras de sa mère. Christiane se penche pour mieux la serrer contre elle. Image ancestrale. Mystifiée. Idéalisée. Renoir. Rubens. L'enfant charnu et replet. La mère nourricière gonflée de lait. Picasso. L'enfant accroché au sein d'une femme au visage tendrement penché sur lui, ou elle, dans un décor pastel. Leur réalité est tellement autre. Plutôt celle d'une maternité vue à Barcelone. Un enfant et une femme meurtris, enveloppés d'une même couverture sombre sur un fond de ciel bleu acier.

L'appartement est chaviré comme après un combat. Sur le sol, parmi les vêtements, Concepción et Ramón : le couple, imaginé par Nadia, agonise. Robe blanche. Mantille blanche. Costume de flamenco noir brodé d'or. Et autour, les résidus de poudre blanche et d'insectes morts.

C'est le tableau d'une triste corrida. Guernica après le bombardement. Québec après l'invasion. Les coeurs saignent encore. Une femme au long cou et au visage tendu crie sa douleur, l'enfant morte dans ses bras.

Elle prend Nadia dans ses bras, glisse avec elle dans la berceuse, l'enveloppe de la couverture qui est sur le canapé et s'entend chanter la complainte que sa mère lui chantait pour l'endormir.

Ferme tes jolis yeux
Car les heures sont brèves
Au pays merveilleux
Au beau pays du rêve
Ferme tes jolis yeux…

Nadia demeure inconsolable. Le regard vide, le corps tremblotant, elle répète en implorant :

— Pourquoi papa est parti ? Pourquoi ?

— Calme-toi mon lapin ! Calme-toi ! Chut… tout va s'arranger.

— Quand reviendra-t-il ?

— Probablement qu'il viendra te voir… quand nous serons chez nous !

— Alors il ne restera plus avec nous ? demande-t-elle avec un profond soupir.

— Non, il ne restera plus avec nous… parce qu'ensemble c'est la guerre. Parce qu'ainsi nous serons plus heureux. Toi. Moi. Lui aussi. Ce sera mieux… un jour tu verras.

Christiane a envie de pleurer, de pleurer tout son saoul. « Quel gâchis ! N'as-tu pas commis une erreur en te séparant ? Ici et maintenant ? Tu aurais pu au moins lui donner une autre chance… attendre que le voyage soit terminé ! Nadia ne t'en voudra-t-elle pas le reste de ta vie ? » Elle fait taire ce reproche intérieur et ferme les yeux. Un vieux film d'amour et de guerre se déroule dans sa tête.

Regards éblouis. Bouches roses et rouges. Herbe tendre et îles de sable. Mouvement des corps qui s'aiment comme les algues au fond des mers. Jusqu'à la saison noire où chacun brise l'autre. Bouches amères, regards mornes, corps et voix qui se heurtent comme les vieilles coques des épaves sous l'eau. On vit ensemble, on s'aime, puis on se sépare. Comme dans les grandes tragédies.

La pellicule se casse. L'héroïne est étourdie par les dernières secousses de l'orage. Il reste les cicatrices sur la chair, dans les circonvolutions du cerveau. L'amertume qui vient après la mort de quelque chose. Avec, pourtant, le besoin intarissable de la survie. La nécessité de continuer sans s'accrocher aux images. Celles du dernier drame. Celles du dernier rêve. Celles de l'écuyère et de la bête heureuse sur la plage. Des danseurs aux vêtements couleur d'arc-en-ciel et aux gestes d'oiseaux. Du visage ruisselant de François au-dessus des vagues. Contre sa joue. Dans ses bras, sur sa poitrine.

La sortie du labyrinthe est commencée. Pour elle. Pour Pierre aussi, du moins elle l'espère. Elle ne lui en veut plus. Il apprendra probablement à ne plus s'accrocher. Elle aussi. Désormais un seul être dépend d'elle. Son poids d'enfant endormie pèse lourd sur son bras. Peu à peu, elle aussi partirait, se détacherait. La laissant seule.

Elle ouvre les yeux, aperçoit soudain, à travers la fenêtre ouverte, le visage souriant de François, immobilisé comme dans un tableau, un chapeau de Charlot sur la tête, une gerbe de fleurs sauvages dans les mains. Des fleurs des sables. Une chaleur l'envahit, un sourire ouvre sa bouche. L'index posé sur les lèvres, elle lui signifie de prendre garde de réveiller Nadia. Il pénètre dans la pièce sur la pointe des pieds et l'embrasse tendrement. Elle se lève pour étendre l'enfant sur son lit. Il a trouvé un pot d'eau et y a plongé les fleurs violettes et jaunes.

— Qu'est-ce qui s'est passé ici ? chuchote-t-il en jetant un regard circulaire.

— Il est parti, il y a une heure à peine !

Elle se jette contre lui.

— Et toi comment te sens-tu ?

— Secouée… mais libérée en même temps.

— Et Nadia ?

— Mal ! Elle a pleuré, crié… j'espère qu'elle passera à travers… sans en être marquée.

Elle se laisse tomber sur le tapis près du sofa, contemple François assis devant elle. Son nouvel ami. Son nouvel amant. Ils s'enlacent en fermant les yeux. Un grand silence s'écoule entre eux, nécessaire comme une respiration. Ils se détachent pour mieux se voir, étirent les jambes, se touchent à peine du bout des pieds. Elle raconte ce qui s'est passé. L'orage. La brisure. La réaction de Nadia. François reste muet.

— C'est fini ! coupe-t-elle, un sanglot dans la voix. Je préfère ne plus en parler. Je voudrais tellement être ailleurs.

Elle se lève brusquement. Devant elle, la mer nimbée de lumière verte, imperturbable, toujours vivante. Et un ciel sans nuages avec un soleil jaune. Des baigneurs s'amusent. Et leurs rires brisent la mort.

— Tes fleurs sont si belles ! reprend-elle en se tournant vers lui. Et je suis contente que tu sois venu... mais quelle maison sordide ! Je partirais immédiatement si ce n'était de Nadia...

— Et moi là-dedans !

— Toi ! Tu seras là... toujours dans ma tête... même si on ne se revoit plus jamais.

— Ah c'est donc ça, tu veux te sauver de moi ! reprend-il sur un ton taquin en la serrant contre lui.

— Non je veux me sauver de ce lieu. C'est différent... le reste dépend de nous. De ce que je serai à ton retour. De ce que tu seras à ton retour. Il y a tellement de belles femmes dans le monde, ajoute-t-elle, ironique.

— Et tellement de beaux hommes !

— Cela ne m'intéresse pas tellement de butiner. D'homme... en homme, précise-t-elle en se détachant de ses bras.

— Regarde la super-fourmi qui vient. Ce doit être une éclaireuse.

— Non ! Pas encore, clame-t-elle, horrifiée. Où est le balai ?

— Où est la vadrouille ?

Leur outil à grand manche à la main, ils menacent l'insecte, l'encerclent, le repoussent comme s'il s'agissait d'une rondelle de hockey.

— Allez! dans ton trou, sale bête.

— Allez ! Viens ici. Viens ici que je t'attrape.

La fourmi, avance, recule, tourne en rond, cherche une issue entre les mouvements de l'énorme balai et de la grosse vadrouille. Un instant, le balai l'effleure. Elle panique, se ressaisit. Fait appel à ses antennes radar. Semble retrouver son sens de l'orientation. Sauve qui peut vers la sortie de secours ! Elle réussit à filer, s'empêtre dans ses pattes. Son corsage l'étouffe, l'empêche de reprendre son souffle. Enfin une issue ! Les rires de ses assaillants cessent. Elle retrouve son sang-froid. Elle est sauvée.

La fourmi disparaît dans un trou à peine perceptible. Christiane le colmate avec un bout d'allumette.

Sur le sol, la lumière bute sur les insectes morts, les serviettes poudrées d'insecticide et les poupées de chiffon désarticulées.

— On le fait, ce ménage ? suggère-t-il pendant qu'il se roule un joint. Il le lui tend. Elle refuse d'un signe de la tête.

— Aujourd'hui j'ai besoin de toute ma lucidité, annonce-t-elle avec le sourire pendant qu'elle fait jouer un tango.

Il dépose sa cigarette, ouvre les portes et les fenêtres et se saisit du balai en faisant des entrechats.

— C'est le grand ballet du balai ! proclame-t-il. Et la danse des petits rats quand le chat n'est plus là. Hi ! Hi ! Hi !

— Non, non, tu te trompes... c'est le tango de la vadrouille, précise-t-elle marquant de ses pas le rythme langoureux.

— Puis, se reprenant :

— L'anarchie a assez duré dans ce pays ! déclare-t-elle d'une voix forte en relevant ses manches. Viva la libertad ! Basta la anarchía ! Viva la disciplina ! Nous sommes chevaliers de l'ordre ! Fustigeurs de la souille et du désordre. Fini les folies !

— Soy de la phalange ! de l'escadron de la mort ! Je suis la Voie, la Vérité et la Mort, clame-t-il en se raidissant comme un militaire... Vous êtes une « petite qui », vous ?

— Yo ? Un « Bérêt pâle » voyons ! fait-elle en se recouvrant la tête d'une serviette blanche. Je-protège-les-bonnes-moeurs, señor.

Les lèvres pincées, il la salue en faisant claquer ses talons.

— Chacun à sa place et chaque chose à sa place, reprend-il.

Il se saisit des deux poupées et leur ordonne, avec l'accent espagnol :

— Concepción y Ramón sur le balcón ! Y attención !

Elle approche la poubelle de la table.

— Aux vidanges, les miettes et les canettes !

Puis se dirigeant vers la cuisine :

— À l'eau ! les assiettes, les fourchettes, les serviettes et les bobettes ! fait-elle.

Pendant que Christiane verse l'eau chaude et le savon dans un grand bac d'eau, François pousse énergiquement la brosse sur le plancher.

— Au feu la léthargie, le moisi et le pourri ! crie-t-il en frottant une allumette contre le manteau de brique de la cheminée.

— Nous sommes les enfants de Staline, Bonaparte et Franco, proclame-t-elle en s'apprêtant à laver les torchons à vaisselle. Nous pourchassons le répugnant, le dégoûtant, le différent.

— Nous traquons les cheveux longs avec nos bâtons. La souille avec nos grosses vadrouilles, reprend François qui nettoie le plancher taché. Nous séparons les bons roturiers des mauvais à grands coups de pied. La mauvaise graine de la bonne graine...

Un journal maculé de café est jeté au feu.

— Mort aux pouilleux et aux vicieux, complète-t-elle en tordant énergiquement les vêtements lavés.

— Mission accomplie, mi presidente.

Ils pouffent de rire, d'un rire qui tenaille le ventre jusqu'à faire mal. Reprenant son souffle, Christiane remet la cassette.

— M'accorderez-vous cette danse, mi compañero ?

Sans attendre la réponse, elle l'entraîne sur une piste de danse imaginaire, grande, brillante comme un miroir. Palam Palam Pala... papam palam Palam Pala...

244

Il s'abandonne dans ses bras comme doivent le faire les femmes et se laisse conduire d'un bout à l'autre de la pièce. Il n'a qu'à suivre. C'est facile ! Mais au moment où elle le renverse pour la grande scène finale, il s'étale sur le sol. Un moment de silence étonné. Puir les rires qui dégringolent.

— À mon tour ! À mon tour ! À moi le beau rôle ! réclame-t-il.

Le moteur d'une voiture qui démarre interrompt leurs plaisanteries.

— Regarde ! s'exclame François. La señora García Márquez vient de sortir de sa maison aux volets clos, accompagnée d'un garde civil coiffé du bicorne, d'une femme vêtue d'un sarrau blanc et d'un prêtre en soutane noire.

— Ils l'emmènent, annonce tragiquement Christiane.

Le conducteur de la voiture revient, sort chercher les valises, les range dans le coffre.

— C'est son fils, précise François.

— Ils l'emmènent dans un hospice, remarque Christiane, peinée. Ils ont gagné.

— Qui exploite s'enrichit. C'est fini l'oasis et le champ d'oliviers. Si on revient ici un jour, il y aura un super-condominium de béton gris sans arbres autour.

— Ils ne peuvent quand même pas prétendre qu'elle ne pouvait rester seule à la maison ! Cette femme-là était en pleine forme.

María García Márquez monte dans la voiture, le dos voûté. Elle disparaît sur le siège arrière entre l'homme en noir et la femme en blanc.

— Salauds ! crie François, révolté.

— Fils indigne ! ajoute Christiane.

Mais personne ne les a entendus, sauf Nadia qui réclame Christiane en pleurant. Une longue plainte s'étire.

— Aimez-moi ! Ne me laissez pas ! Papa ! Maman ! Au secours !

Un lit qui craque. Des pas furtifs. Un grincement de porte. Le visage chiffonné de Nadia surgit. Défait. Son doudou à la main, elle court se coller contre Christiane. Les yeux rougis et gonflés. Perdus dans quelque monde secret.

Christiane et François se regardent, impuissants. Cette impuissance, François la sent plus encore. Au moins, Christiane peut serrer Nadia contre elle, lui imprimer sa chaleur. Il n'a pas appris ces gestes d'enveloppement. Autant il se sent bien en présence d'un petit être heureux, autant il est démuni devant la tristesse. À ce moment-là d'ailleurs, les enfants ne vont pas vers lui. Il envie parfois les femmes de ce pouvoir qui s'incarne dans leurs yeux, dans leurs voix, dans leurs gestes. Cette capacité de saisir, de comprendre sans mot dire. Les enfants doivent savoir, pense-t-il, que les mâles ont souvent peur de leurs propres sentiments. Ils doivent apprendre très tôt qu'on ne raconte pas ses chagrins à quelqu'un qui a peur de montrer qu'il aime ou qu'il souffre. À quelqu'un qui s'organise pour ne pas être là ou pour fuir la vie dans l'aventure, l'action, le militantisme, les affaires ou quelque paradis artificiel. Mais il n'avait pas envie de suivre cette trajectoire.

Le soleil est à l'ouest. La grève a retrouvé sa solitude.

— Ce soir, on pourrait manger au restaurant, propose-t-il.

— Es-tu d'accord, Nadia ? demande Christiane à Nadia.

— Non, je veux rester ici. Je n'ai pas faim, maugrée-t-elle.

— Il n'y a plus rien dans le réfrigérateur... et je n'ai pas envie de faire la cuisine, proteste Christiane. Et puis demain, tu sais, on part d'ici. On retourne chez nous.

— Non ! Non ! Je veux attendre que papa revienne !

— Mais, ma chérie... Pierre ne reviendra pas. C'est certain.

— Oui, il reviendra ! s'entête Nadia en la fixant. Il est déjà revenu.

Christiane est décontenancée. Nadia a raison. Il pourrait revenir.

— L'autre fois… c'était différent. De plus j'ai faim et je suis sûre que François aussi a faim.

Il approuve d'un hochement de tête. Nadia demeure indifférente.

— Viens, je vais t'aider à te laver, à t'habiller, dit Christiane. Viens !

À contrecoeur, elle se laisse tirer vers la salle de bains. Tout en la retenant, Christiane cherche une serviette dans les tiroirs de l'armoire.

— Cesse de bouger ! ordonne-t-elle, énervée, en lui appliquant une serviette d'eau froide sur le visage.

Nadia sursaute, gesticule, se plaint.

— Que c'est froid ! Frotte pas si fort ! Tu me fais mal !

Christiane essaie de se contenir. Le moindre contact continue à faire crier l'enfant.

— Arrête ! hurle cette dernière. Laisse-moi !

Des particules d'électricité prolifèrent, s'agitent, s'entrechoquent comme avant l'orage. Elle n'a plus envie d'apaiser ce petit monstre qui lui résiste, la bouscule et lui hurle à tue-tête : « Arrête ! Laisse-moi tranquille ! Pas fine ! » Elle enserre les petits bras. Des bras si frêles qu'elle sent qu'elle pourrait les rompre. Les pleurs de l'enfant l'interrompent. Comme si sa conscience lui administrait une gifle.

— Excuse-moi, mon lapin, moi aussi je suis fatiguée, nerveuse. Tu peux comprendre cela ?

Alors Christiane, qui s'est accroupie pour être à la hauteur de Nadia, repasse sur le visage congestionné une serviette d'eau fraîche.

— Ça, passera ma chérie ! lui dit-elle en la cajolant. Ça passera !

François, mal à l'aise, s'est retiré sur la galerie pour fumer un autre joint.

— Christiane ! Le fils de la proprio est revenu. Je vais le voir pour l'avertir de notre départ.

— D'accord, approuve-t-elle pendant qu'elle essaie de coiffer les cheveux emmêlés de Nadia qui crie au meurtre à chaque coup de brosse.

— Aïe ! Tu me fais mal ! Aïe !

François revient, souriant. Il a réussi à obtenir le remboursement du loyer du mois malgré les résistances du nouveau propriétaire.

— De quoi se payer plus qu'un bon repas ! s'exclame-t-elle fièrement.

Il connait un petit restaurant au décor particulier. C'est là qu'il a rencontré les gens du cirque.

— Si tu veux, Nadia, on pourrait aller au cirque après. Voir les trapézistes, les clowns…

— Non ! grogne-t-elle. Après, je veux revenir ici.

— Très bien. Très bien. On reviendra si tu le veux, promet Christiane qui ne veut pas la contrarier davantage.

* * *

L'autobus qui les mène à la ville est bondé. Il n'y a plus de siège libre. Un homme assez âgé offre à la mère et à l'enfant la place qu'il occupait sur la banquette transversale. Pour ne pas le blesser, Christiane accepte. Et elle le remercie.

Une autre journée de travail est terminée. Une autre semaine de travail. Des hommes et des femmes de tout âge, gagnant leur pain quotidien dans le quartier touristique, rentrent à la maison. Pour vingt-quatre heures de repos. Avant que les travaux de construction et d'entretien ménager des tours d'habitations et des grands hôtels ne recommencent. Six cents pesetas… huit dollars par semaine pour une femme de ménage. Mille pesetas … pour un ouvrier. Les mains plongées dans le mortier, les cuvettes des cabinets ou la vaisselle graisseuse. Le sourire accroché aux lèvres pour saluer et remercier ceux qui occupent la côte et la font vivre de leurs dollars ou de leurs francs. Les dos sont courbés comme les fleurs après la bourrasque. Les mains tuméfiées. Les pieds endoloris.

On se touche. On se frôle. Personne ne se parle. On n'entend que le bruit du moteur qui vrombit quand le véhicule repart après un arrêt. Les regards sont las, vides et sombres comme dans les grandes villes. Avec cette différence qu'ils fixent l'étranger. L'encerclent comme une proie à déshabiller. Hypnotisés par la différence, ils scrutent froidement le teint plus clair. Les cheveux plus longs. Les vêtements étranges même s'ils sont faits au pays comme les *Lois* que portent Nadia et François. Autant de barrières qui, avec celles de la langue et de la culture, justifient la méfiance.

Ils n'osent dire un mot, obéissent à la consigne du silence. Nadia, intimidée, glisse son visage dans la chemise de sa mère. L'homme qui a cédé sa place tente un rapprochement en lui souriant. Mais elle se renfrogne.

— ¿ La niña está cansada ? demande l'homme à Christiane qui ne comprend pas le dernier mot.

En bredouillant, elle le prie de répéter.

— ¿ La niña está fatigada ? reprend-il presque en criant.

Les gens se retournent. Rougissante, la femme ne trouve qu'à répondre d'un rire nerveux :

— Ah ! Fatigada… fatiguée ? Si ! Si !

Ils sont d'une autre planète. Associés du premier coup d'oeil à ces touristes qui viennent pratiquer ici le farniente ou faire l'étalage de leurs richesses et de leurs corps sur les plages. À ceux-là qui viennent jouir des villas ou des condominiums luxueux et les laissent inoccupés dix mois sur douze, alors que les pauvres vivent dans des bidonvilles. Ou encore à ceux-là qui viennent semer l'anarchie ou la révolte.

Pourtant, Christiane a juste de quoi vivre quelques semaines dans ce pays. Elle a envie de leur crier ce qu'elle est. Ce qu'elle vit. Qu'elle vient de quitter son chum. Que la misère humaine se rencontre aussi dans les pays d'Amérique du Nord. Que l'on devrait se sentir solidaires de cette grande souffrance au lieu de se regarder en chiens de faïence.

Après d'interminables détours, l'autobus s'immobilise en faisant crier ses freins et se vide de son contenu comme une coquille qui s'ouvre sur le côté. Le centre de la ville est survolté. Volcan solaire dont les feux scintillants palpitent dans les vitres des édifices. Une foule hétéroclite sillonne les rues tel un dragon chinois. C'est l'heure du marché. La veille de la trentième corrida nationale. Les hommes sont attroupés dans les cafés et sur les places publiques. Les femmes, un ou deux petits suspendus à leurs jupes, marchandent les victuailles.

Des poulets éviscérés et dénudés sont accrochés par les pattes et leurs longs cous sans tête pendouillent. Des fromages ronds et dodus. Des saucissons oblongs. Des jambons fumés et ficelés. Ici et là, des restaurants aux ventres immenses répandent des odeurs de chorizo, de safran et de poulet grillé. Des garçons offrent des glaces de toutes saveurs. Pistache. Noix. Chocolat.

Nadia, qui s'est accrochée au bras de Christiane comme un ourson de peluche, se met à trépigner.

— Maman ! Je veux une crème glacée ! Je veux une crème glacée !

— Tu ne crois pas que ce serait mieux après le souper ? suggère Christiane.

— Non ! Non ! J'en veux tout de suite, gémit-elle.

— Très bien ! Très bien ! cède-t-elle. Mais pourquoi cries-tu ?

Nadia n'écoute pas. Elle se saisit du cornet que lui tend François. Des coulées de crème glissent le long de sa bouche.

— Regarde ce que tu fais ! se plaint Christiane en tapotant la main de sa fille. C'est dégoûtant !

Elle rechigne, éclate en pleurs à nouveau.

— Ne pleure pas. Nous arrivons bientôt. Hein, François ?

Un jeune marchand de journaux près d'eux s'évertue à crier.

— Achetez ! *El Diario del Pueblo* ! Achetez ! Un reportage sur la victoire certaine du général cet après-midi à Madrid. Achetez ! Achetez ! Un attentat à la bombe à Valencia. Cinq morts. Achetez ! Achetez !

En première page, une photo du Caudillo encore jeune. Casquette et veste militaires marquées de l'insigne du chef. Avec son regard perçant de faucon chasseur. Ce regard que l'on retrouve agrandi, multiplié sur les murs de la ville depuis quelques semaines.

— Assistez au triomphe du grand matador cet après-midi à la télévision nationale ! clame le jeune garçon à la voix éraillée. Achetez ! Achetez ! *El Diario del Pueblo* !

Le septuagénaire, que les Espagnols voient de moins en moins, sort de son palais pour exécuter les gestes d'un scénario joué depuis trois décennies. Accompagné de ses gardes du corps déguisés en chevaliers, le chef des armées portant sa coiffe de minotaure franchit le tapis rouge qui le sépare du lieu du combat, pendant que la foule, ravie, applaudit au moindre mouvement de sa muleta noire et que les picadors finissent de torturer le taureau à demi mort. Le minotaure n'aura qu'à donner le dernier coup d'épée et la bête ensanglantée tombera. Les fidèles jubileront. Ce sera la grande fête du sang. Le triomphe renouvelé du grand croisé. ¡ Viva el presidente ! La bête rouge est abattue sous les regards approbateurs de la cour, des généraux et des ecclésiastiques. « À bas l'intelligence ! Viva la muerte ! »

Des banderoles suspendues célèbrent le triomphe du Caudillo prévu par les astrologues, les chiromanciennes et les journalistes du pays. Au loin, on entend les cors d'une fanfare qui, comme partout dans le pays, annoncent le début de la corrida madrilène. Dans les cafés, de vieux Andalous sont réunis autour des écrans de télévision qui transmettent les premières images du spectacle. Certains partisans du Mouvement national ont fait des économies pour prendre le train et se rendre à la corrida. Mais la majorité se contente de regarder la corrida à la télévision.

Les boutiques se suivent le long des rues ou des ruelles comme les grains d'un chapelet usé. Ici, des échoppes pour touristes à revenu moyen. Babioles. Colifichets. Coffres. « Made in Japan » avec un fanion espagnol accolé à leur base. Recuerdo España. Les plus populaires sont ces matadors miniatures à tête de Caudillo, aperçus l'autre jour dans un magasin de tabac. Seulement cent pesetas. Là, des boutiques plus luxueuses avec de larges vitrines. Fourrures, tapis d'Orient, bijoux d'or et d'argent. Pour l'élite locale ou les touristes fortunés.

Nadia, Christiane et François ont le nez collé à l'une de ces vitrines. Un Don Quichotte pose sur une monture de bois d'ébène. Fier. Prêt à changer le monde.

— J'ai parfois l'impression qu'on lui ressemble, murmure Christiane.

François n'entend pas. Il est fasciné par un superbe jeu d'échecs dont les pièces de bois reposent sur une base de jade et d'onyx. Les pions, que dans certains pays on appelle les paysans, les chevaliers et les fous, rouges ou noirs, sont prêts à mourir pour leurs souverains. Ils attendent qu'une main invisible les manipule, les fasse jouer à la guerre. Ou à la mort.

Nadia fixe, un éclair dans les yeux, un couple de danseurs de flamenco miniatures. L'homme est juché sur ses talons et la femme tend ses mains armées de castagnettes vers le ciel.

— Je le veux !

— Mais je ne peux pas, Nadia ! Tu sais ce que ça coûte ? Mille pesetas. D'ailleurs tu as Ramón et Concepción…

— Ramón et Concepción sont vieux, brisés. Je n'en veux plus.

— Nadia, je ne peux pas !

— T'es pas fine !

— Viens maintenant. On va manger.

L'enfant renonce à l'objet, non sans rechigner.

Pour se rendre au restaurant, il faut traverser la place publique. La plaza mayor. Cette place qu'ils ont traversée rapidement le jour de leur arrivée dans la ville. Tout autour, des lampadaires anciens et quelques édifices publics de pierre sombre. Au centre, une fontaine de grès gris. Des bancs autour desquels se tiennent des musiciens de la fanfare locale. Jeunes et vieux. Aucune femme. Hormis quelques touristes accompagnées.

D'un côté, la mairie au corps de granit dont la façade est surplombée d'une affiche gigantesque à l'image du chef d'État. Comme celles que l'on voit à Moscou, ou à Pékin. L'oeil de l'aigle voit tout. Sa pupille droite est marquée d'une croix lumineuse. Sa pupille gauche a la forme d'une épée tranchante.

De l'autre côté de la place : l'église. Monumentale. Apparemment silencieuse. Ses portes verrouillées jusqu'au lendemain. Jour du Seigneur. Entre elle et la mairie, le poste de police d'où sortent des gardes civils chargés d'assurer la sécurité. Combien de criminels politiques sont ou ont été séquestrés derrière ces murs ? Pour avoir osé défier le regard du président. Le regard de Dieu.

Les gardes civils passent, armés et coiffés de leur curieux couvre-chef. Gardes-chasse. Gardes-barrières. Gardes-chiourme. Garde-fous. Au passage des surveillants, les citadins font silence.

La place est vite traversée. Il faut prendre la rue qui sépare la mairie du poste de police. Dans les cafés, des hommes réunis autour des zincs boivent de la sangria, des guitaristes courbés accordent leur instrument. Nadia continue de se laisser entraîner par Christiane en rechignant.

— Maman ! Quand arrivons-nous ? Quand arrivons-nous ?

François indique du doigt une vieille maison au balcon de fer forgé et une enseigne de bois sculpté représentant Don Quichotte qui combat les moulins, accompagné du fidèle Sancho Pança.

— Je n'aime pas ce restaurant-là ! Je ne veux pas y aller !

Christiane soupire. Elle est lasse, très lasse.

— Je ne sais pas si je pourrai, murmure-t-elle à son compagnon en songeant aux lendemains où elle devra s'occuper toute seule de l'enfant.

Elle ne sait si elle saura répondre à ses besoins. Besoin d'amour. Besoin d'écoute. Sans se laisser dévorer par elle. Sans que ce poids ne lui semble un joug ou une injustice faite à son sexe.

— Ça passera. Tu verras ! répond François en la parodiant. Comprenant sa tristesse, il se ravise, se fait consolateur. « Ce moment est difficile mais ça passera, tu verras... »

À demi rassurée, Christiane jette un coup d'oeil à Nadia, apaisée.

Le décor est étrange, animaux empaillés, longues tresses d'ail accrochées à d'épaisses poutres de bois qui longent, traversent les plafonds et les murs de plâtre blanc. Renards à fourrure rousse. Lapins de garenne. Faisans au plumage éclatant. Têtes de cerfs et de sangliers. Figés comme des oeuvres d'art. Le plancher et les tables ont la patine couleur miel d'un bois fraîchement verni. Une salle immense avec, près de l'âtre, quelques cuisiniers qui semblent trop affairés pour jeter un regard aux clients.

Un homme à l'allure sévère, vêtu d'un complet noir, s'approche d'eux. Il a le teint foncé, les sourcils et les favoris épais. Il esquisse un sourire pincé en gardant la tête haute, monté sur des souliers vernis à talons hauts, érigé comme un étendard. Ils choisissent une table près du feu au-dessus duquel pendent de très grosses marmites noires. L'homme tire la chaise de Christiane et de Nadia.

— ¡ Para la señorita ! dit-il en s'adressant à celle-ci.

Nadia, intimidée, rit nerveusement.

Nadia cherche à se faire remarquer, particulièrement des cuisiniers, trois garçons dans la vingtaine et un chef plus âgé. La hauteur des coiffes indique la hiérarchie. Utilisant le mince vocabulaire dont elle dispose, Nadia s'approche du comptoir en criant :

— ¡ Buenos días, Señor ! Unos. Dos. Tres...

Puis revient à la table en riant. Fière d'avoir reçu un sourire de l'un d'eux, elle recommence en amplifiant le geste et le volume.

— ¡ Señor ! ¡ Señor ! ¡ Unos... tres... hi ! hi !

Cela est devenu étourdissant.

Avant que le maître d'hôtel ne s'énerve, Christiane se lève, attrape la petite par un bras et l'assoit durement sur sa chaise.

— Maintenant, calme-toi ! lui dit-elle en la fixant d'un air autoritaire.

L'enfant refoule quelques larmes.

— Nadia ? Qu'est-ce que tu aimerais manger ? intervient François. Il y a de la paella, du poulet grillé, du poisson ou des omelettes.

— Je n'ai pas faim, réplique-t-elle en boudant.

Christiane se retient pour ne pas bondir. La colère gonfle en elle.

— C'est assez, Nadia ! Tu sais très bien qu'il n'y a pas de steak ici.

— Alors qu'est-ce qu'il y a ?

— François vient de te le dire !

— Je veux que tu me le dises, toi !

Christiane énumère lentement les plats du menu, de l'entrée au dessert. Nadia opte finalement pour un potage et une pâtisserie. Christiane ne réagit pas à ce choix que, normalement, elle jugerait discutable. Elle appelle le maître d'hôtel au regard sévère qui frémit d'impatience et lui passe la commande. Pour elle et François, ce sera une paella, la dernière qu'ils prendront ensemble dans ce pays.

Comme d'habitude, François lui parle doucement, en essayant de la distraire. Mais elle est trop mal dans sa peau pour communiquer avec qui que ce soit. Il s'est passé trop de choses depuis quelques semaines. Et puis il lui semble que François est devenu trop prévenant, trop compatissant, trop protecteur. Il va trop au devant de ses désirs. « Tu veux du pain, Christiane ? Un peu de vin ? Tu aimes ? » Elle sent que cet aspect l'énerve. De la même façon qu'elle refuse de servir ou de protéger un adulte, elle refuse d'être servie ou protégée. Elle exècre la galanterie, à cause de l'hypocrisie qui y est souvent attachée. « Je t'ouvre la porte, mais je peux te pincer les fesses en passant. Ou parler de ton beau cul avec les copains. » En même temps, elle se reproche de confondre sollicitude et servilité. Serait-ce qu'au fond elle garde cette image de l'homme viril et bourru ? Non ! Elle sait trop où mène cette mystification.

— Christiane, veux-tu un café ? Un dessert ? insiste François attristé par son attitude.

Elle sort de sa rêverie et constate qu'elle n'a même pas savouré la paella. Il lui semble que tout ce qu'elle a mangé avait un goût fade. Nadia et François l'enveloppent de leurs regards étonnés.

— Ah ! Juste un café ! s'exclame-t-elle.

Un homme âgé, vêtu d'un long manteau d'étoffe grise, entre, se dirige vers une table occupée par des gens qu'il connaît. Sous l'éclairage, sa bouche chuchote, s'arrondit, s'étire au milieu d'un visage bistre, mordu de rides profondes. Les trois hommes l'écoutent, captivés comme des enfants à qui l'on raconte une histoire terrifiante.

François, qui a le dos tourné, essaie de saisir des sons, des mots. Christiane tente discrètement de suivre le mouvement des lèvres, de deviner les mots qu'elles dessinent. « El Caudillo... Madrid... la corrida... »

— Tu te rends compte ? murmure-t-elle gaiement. On est en train de jouer aux espions.

Le fou rire s'empare d'eux. Nadia demande à voix haute ce qui se passe. Christiane la supplie de baisser la voix.

Intrigué, le maître d'hôtel s'approche de la table des quatre Andalous. Ses sourcils épais se soulèvent. Il interroge le messager, puis se dirige vers le chef cuisinier pour lui transmettre la nouvelle. François croit avoir compris. Un accident à la corrida de Madrid. Le Caudillo blessé gravement. Peut-être mort.

Le silence succède aux chuchotements. Les marmites se taisent. Le poisson cesse de griller. Les ustensiles s'immobilisent. Les corps se figent. À la manière des animaux empaillés suspendus au-dessus d'eux. Le coeur de l'Espagne cesse de battre.

Un garde civil entre, nerveux, et examine les occupants du restaurant. Personne ne bouge. Les yeux sont fixes. Les mains et les pieds inertes. L'homme en uniforme se promène entre les tables, s'arrête à la vue d'une tête à l'allure suspecte. François a les cheveux longs. L'allure d'un anti-franquiste. Sans doute l'un de ces étudiants de Barcelone. Un de ces révolutionnaires anarchistes.

— Sus papeles...

Le policier feuillette le passeport. Touriste canadien. Rien à signaler.

Le garde tourne sur ses talons à plaques d'acier et martèle le plancher jusqu'à la sortie. La porte claque. Le beurre grésille à nouveau. La soupe mijote. Le coeur bat à vive allure... comme celui d'une bête en cavale. Les poumons se regonflent.

Chacun redevient client ou serveur. Avec l'angoisse au fond des tripes. Les chuchotements. La peur du voisin. Nadia s'est blottie contre sa mère. François et Christiane attendent qu'autour d'eux les conversations reprennent pour parler.

— ¡Una sangría, señor ! commande d'une voix nerveuse Christiane pour chasser sa peur. Tu en veux une, François ?

Ils font tinter l'un contre l'autre leurs verres de liquide rubis, chuchotent avec des yeux soudainement pétillants.

— Buvons ! Buvons ! À la fin des dictatures !

Deux hommes, l'un petit et maigre, l'autre petit et gras, entrent, vêtus de leur costume du dimanche. Les visages se tournent. Ils viennent s'asseoir à une table située entre eux et les quatre Espagnols. Le ton monte peu à peu avec les vapeurs du vin et de la sangría. Christiane regrette d'avoir commandé à nouveau. Ils auraient dû partir immédiatement après le café. Mais ils ont peur de rencontrer le policier.

Soudain, le vieil homme au visage buriné par le vent et la vie s'écrie en levant son verre :

— ¡ La dictadura está muerta ! ¡ Viva la libertad ! ¡ Viva la vida !

— Tu ferais mieux de te taire si tu ne veux pas retourner en prison ! lance le plus petit, menaçant.

— Ton règne à la mairie achève, mon vieux ! Celui des tiens aussi ! Fini les privilèges !

— Ne parle pas trop vite. Le président n'a pas dit son dernier mot. Le roi est toujours là. L'armée aussi, ajoute le gros.

— On n'opprime pas indéfiniment un peuple ! soutient le résistant. Tôt ou tard il se réveille. Et le roi devra bien l'écouter.

— Toi, tu penses que tu feras mieux avec ton socialisme à la sauce chilienne, chinoise ou russe ! fulmine celui qui soulève son corps décharné. Maudit traître ! Maudit communiste !

— Tu n'as pas à m'insulter ! Profiteur ! Fripouille phalangiste ! rugit le vieil homme qui tremblote en se levant de table.

— C'est ça ! Tu veux te battre ! menace le petit gros prêt à bondir comme un tigre.

Le maître d'hôtel et le serveur s'approchent des deux tables, essaient de raisonner les opposants, de les faire taire.

— Messieurs ! Messieurs ! On ne se bat pas ici. Compris ?

François et Christiane profitent du calme relatif qui suit la cohue pour régler l'addition et quitter le restaurant.

La rue est un désert éclairé par la lumière crue des lampadaires et des tubes fluorescents des vitrines. Les marchands ont fermé boutiques et échoppes. La foule bigarrée des dernières heures a disparu, désintégrée par la peur de quelque cataclysme. Pulvérisée, broyée, évanouie. Il ne reste d'elle que des vestiges, des fragments de papier qu'une brise froide plaque sur les trottoirs et les façades. Chacun est retourné chez soi, dans son abri anti-mort, anti-police, sucer la peur qui colle à la peau et liquéfie la pensée. Les édifices, les maisons semblent aplatis. Une grande banderole pend en lambeaux au milieu de la rue. Les cuivres étincelants de la fanfare municipale sont rangés dans leur étui de cuir. La fête est terminée. Le visage du chef sur les murs a été lacéré. Mais la grande cape noire bat sur le pays, l'écrase encore de son ombre menaçante.

Seuls quelques cafés, occupés par des touristes, défient le couvre-feu. Des étrangers dans leur cage scintillante se noient dans l'alcool, les airs de twist ou de flamenco usés. Ils parlent des langues différentes. Au pays, ils ont appris à commander un verre en espagnol, à seriner *Viva España*. C'est tout. Ils ignorent que la rue est déserte. Que le dictateur du pays agonise, que les dirigeants ont peur de la mort du régime, et le peuple, de la nuit qui vient. Ils ne savent pas ! Dehors, des chiens effrayés errent à la recherche de quelque pitance pendant que des loups surveillent, prêts à mordre.

Dans les bars enfumés, les fils de Manitas de Plata font chanter leur guitare. Les enfants du flamenco répètent l'éternel scénario de l'attraction et de la guerre des sexes. La tête haute, les corps droits sanglés dans leurs vêtements à volants et à corsage serré. La femme fait cliqueter ses castagnettes. Un homme se cambre, fait claquer ses hauts talons, juché comme un coq pour la séduire. « Tu veux ou tu veux pas ? » — « Non elle ne veut pas ! » Elle en aime un autre. Mais l'homme ne l'écoute pas. « Quand une femme dit non, ça veut dire oui. » Elle l'aimera. De gré ou de force. C'est la lutte violente des deux hommes qui rivalisent d'audace et de ruse. Le plus fort, le plus brutal gagne. Et la belle, résignée à son sort de femme, est enfin séduite. Les angles de l'éternel triangle sont disjoints. Ses côtés disloqués. Son amoureux s'en est allé. Vaincu.

— ¡ Circulen ! ¡ circulen ! ordonnent sèchement des gardes civils qui se sont approchés de Nadia, François et Christiane, fascinés par le spectacle derrière la vitrine. Ils sursautent. Christiane a envie de mordre comme une bête surprise. François, de rugir. Nadia, inquiète, n'en finit pas de poser des questions sur les deux policiers, veut rentrer à la maison.

Ils passent devant un café. Des irréductibles sont attroupés autour d'un téléviseur. Il n'y a pas d'étranger ici, ni de femme ni d'enfant. Les images du journal télévisé.

— En manchette ce soir : « Un taureau blesse sérieusement le Caudillo », lit solennellement l'annonceur. Il a la mine dépitée, le complet sombre.

Sur l'écran, le chef avance péniblement dans l'arène sous les applaudissements de la foule. Le tapis glisse sous ses pas vacillants. Ses cavaliers l'encadrent, montés sur leurs destriers ornés de satin rouge. La voie est libre. Au-delà du tapis, sur la place de l'holocauste, le taureau chancelle sous les coups de lance. Ici et là, autour de l'arène, les fous du roi déguisés en clowns et des clowns déguisés en fous distraient le public pour dissimuler les maladresses et la faiblesse du Caudillo. Dans chaque coin, des gardes, figés comme des tours, surveillent les mouvements de la foule. Depuis l'assassinat de Kennedy, ils tremblent de peur chaque fois. Le président avance. La caméra montre à travers les ouvertures du masque ses yeux petits et gélatineux, emplis de larmes. Puis ceux du dauphin qui, de son siège, regarde le spectacle. Impassible.

La bête attend, forte comme la mort, penche la tête pour signifier sa soumission, tombe une première fois sous les cris de la foule. ¡Olé ! Ses pattes avant repliées sous elle, le mufle dans la poussière. Soudain, elle se relève, forte comme la vie. ¡Olé ! Elle fonce sur l'homme à la muleta noire, le projette dans les airs comme un ballon, l'écrase avant que les cavaliers n'aient le temps de réagir. Deux corps inertes sur le sol. Les fous et les cavaliers les encerclent, cachent la scène aux caméras, pendant que les gardiens surveillent de leurs tours les spectateurs. Des cris d'horreur traversent la foule.

Une symphonie mortuaire clôt le reportage. Nadia, montée sur les épaules de François, cherche à comprendre, insiste.

— Maman, qu'est-ce qui se passe ?

— Je t'expliquerai plus tard... Viens. On s'en va.

Ils sont serrés l'un contre l'autre sur la banquette d'un autobus vide. Le conducteur dont on ne voit que le dos les mène à travers le labyrinthe des rues. Le brouillard est de nouveau descendu sur la ville, redoutable. Le pouvoir qui guette.

Le nez collé sur la vitre, Christiane contemple les trottoirs vides, les grilles closes des maisons et des boutiques. Un passant ivre trébuche contre un lampadaire, s'écrase sur le pavé. Une dizaine d'hommes sortent d'un café, menottés, accompagnés de cerbères en uniforme. Christiane croit reconnaître Juan. La même tête. Mais l'autobus qui s'éloigne l'empêche de voir.

— Je connais ce gars-là. On vient de l'arrêter ! s'exclame-t-elle, terrifiée.

— Juan ! Juan ! s'écrie-t-elle en tentant vainement d'ouvrir la fenêtre.

François, qui aperçoit le regard intrigué du conducteur, la retient.

Elle se rassoit, étouffe sa colère, se rappelle sa rencontre avec Juan, essaie de se rassurer en se disant qu'il n'est pas le seul à avoir les cheveux bouclés et noirs. Le conducteur du véhicule la fixe dans le rétroviseur. L'autobus longe le boulevard qui suit la mer.

— On s'arrête ici ! décide Christiane. J'ai envie de rentrer par la plage.

François et Nadia suivent sans dire mot. De lourds lambeaux de brume collent à la peau comme des éponges.

— Dépêche-toi, maman ! crie Nadia dont la silhouette se perd dans une masse de ouate grise. Papa est peut-être arrivé.

— Ma pauvre chérie !

« Et s'il était revenu » pense Christiane.

— Mais tu sais bien que Pierre est parti, reprend-elle. Tu vois, il n'y a pas de lumière dans la maison.

La maison est vide. Ils allument, secouent leurs vêtements imprégnés d'embruns. Le feu de bois sèche tout comme durant les longues soirées d'hiver, après le ski. Christiane a envie d'être seule avec François. Elle demande à Nadia, pelotonnée contre elle, d'aller se coucher.

— Tu viens avec moi ! commande celle-ci.

Christiane l'aide à se déshabiller, à revêtir son pyjama et la borde en lui tendant doudou et poupées.

— Tu dors avec moi cette nuit ? s'enquiert la petite.

La mère, assise sur le rebord du lit, hésite un moment, puis acquiesce.

— Tout de suite ! ordonne Nadia.

Christiane essaie, non sans mal, de la convaincre de patienter, explique qu'elle a besoin de parler à François. Elle l'embrasse tendrement et referme soigneusement la porte derrière elle.

Il est assis, songeur, devant le feu de bois. Elle le rejoint, appuie sa tête contre la sienne, chasse en elle les derniers regards de Juan et de Pierre. Leur détresse. Ceux des policiers et du conducteur d'autobus. Leur certitude. Elle se serre contre lui. Leurs corps se touchent dans une étreinte qui réchauffe, rassure. Un instant.

— Christiane, que ressens-tu pour moi ? demande-t-il. Je veux savoir. J'ai besoin de savoir. Ce soir, tu étais si lointaine, si différente d'hier.

— Hier, le temps était au beau. Aujourd'hui, c'est le brouillard. Ce que je ressens est tellement difficile à dire... trop de choses se sont passées.

— Tu regrettes ton geste ?

— Non ! Non ! Pas du tout !

— Mais tu ne me réponds pas ! Moi, qui suis-je dans ta vie ? Un amant de passage ?

— Mais pas du tout !

— Alors qu'est-ce qui n'allait pas au restaurant ?

— Au restaurant ? … Il y a Nadia qui me tracassait. Mais il y a aussi le besoin de me séparer de toi, se ravise-t-elle. C'est comme si je ne pouvais plus supporter ta gentillesse et ta sollicitude. J'ai l'impression que depuis le départ de Pierre, tu cherches à me protéger. Et je n'aime pas ça !

— Je t'assure que si je le fais, c'est bien inconsciemment !

— C'est quand même ce que je ressens. Quand tu vas au devant de moi. Quand tu me demandes si je veux du vin ou du pain, si j'aime la paella, si je souffre. Quand tu m'as empêchée de crier ma révolte lorsque j'ai cru apercevoir Juan. Quand tu scrutes la moindre de mes inquiétudes.

François ne répond pas. L'émotion l'en empêche. Christiane est touchée. Elle a envie de le serrer à nouveau contre elle.

— Tu ne m'en veux pas ?

— Mais non ! Mais non ! C'est simplement difficile d'être en harmonie avec les gens que l'on aime. Pourtant j'étais prêt à faire un bout de chemin avec une femme… peut-être pour la première fois. Le trip du solitaire ou de la commune, c'était fini pour moi…

— Que veux-tu, c'est comme ça ! T'en fais pas. Tu oublieras peu à peu les images de ce voyage, nos étreintes. Comme j'essaierai de le faire. Mon souvenir s'amenuisera. Et tu rencontreras d'autres personnes qui seront d'ailleurs tout aussi merveilleuses que moi ! ironise-t-elle.

François se ressaisit.

— Oh ! Sois sans crainte ! Je sais très bien que chaque fois que quelque chose naît en nous… c'est pour mourir. Mais j'aurais voulu que ce soit différent.

Dans la chambre, Nadia s'impatiente, tend l'oreille, appelle.

— On se reverra ? questionne François.

— Mais ça… ça dépend de toi, de moi. Lorsqu'on souhaite vraiment quelque chose, on sait généralement les gestes qu'il faut faire. Du moins, les enfants savent, eux. Tu l'entends ?

— Maman ! répète Nadia.

— Oui ! Oui ! Je viens ! répond-elle, puis, se retournant vers lui, elle insiste à son tour.

— Il faut venir me voir si tu en as envie !

— Et toi, tu viendras ?

— Peut-être ! Mais parfois, le temps rend ceux que l'on a aimés irréels... et nous voulons tous les deux vivre le présent, ne pas nous accrocher au passé, alors... je ne sais pas.

— Pourtant... maintenant tu fais partie de mon présent... et toi du mien.

— Pourtant... maintenant il y a trop de choses qui se bousculent dans ma tête, et tu le sais.

— Maman ! Maman ! criaille Nadia.

— Tu vois ? soupire-t-elle.

— Alors nous ne dormirons pas ensemble cette nuit ?

— Non, pas ce soir. ... Je t'aime. Je t'aime gros... gros... gros, lui dit-elle en se levant. Elle se penche pour l'embrasser, s'éloigne presque brusquement pour éviter l'étreinte finale. Le baiser d'adieu. Les regards pathétiques. La larme à l'oeil. La mine déçue de François.

Pelotonnée contre le corps brûlant de sa fille, elle se demande pourquoi elle a besoin de tant de chaleur et de tant d'indépendance à la fois. « Je t'aime... je ne t'aime pas. Je t'aime... je ne t'aime pas. » Petite fille qui effeuille les marguerites. Cajoleuse et sauvageonne comme la mer qui étreint les coquillages ocre et rose. Les algues aux bulles gonflées comme de gros raisins verts. Au creux de son ventre un grand nénuphar et un cheval marin qui se rebelle.

J'entre peu à peu dans le tunnel du sommeil. C'est toujours le même tunnel. Je revois mes parents, leurs cheveux et leurs corps de plâtre blanc. Et pour la première fois, le visage de tante Pauline. Les yeux et le geste figés dans la folie. La statue de

Pierre ne me retient plus. Je marche, je marche comme dans un film qui tourne au ralenti. Devant moi, de l'autre côté d'un haut cap de verdure, une vaste étendue d'eau. Je me retourne. Il est maintenant loin derrière moi. Une odeur saline gonfle mes narines. J'escalade la falaise qui me sépare de la mer.

Là-bas, sur l'océan, deux bateaux. Un voilier portant le fleurdelysé du Québec et un navire battant pavillon canadien avec Trudeau au gouvernail. Les ordres fusent.

— Serrez à babord ! Serrez à tribord !

Le voilier tangue et roule. Bourassa surgit de la cabine où il s'était endormi. Comme le lièvre, il s'immobilise, le poil raide, les oreilles droites.

Trudeau monte sur le pont du voilier à l'insu de Bourassa encore engourdi et lui assène une gifle monumentale. Sous l'impact, Bourassa perd ses lunettes et tombe à l'eau.

Je me sens humiliée, impuissante.

Les sauveteurs repêchent un aspirant-chef. Il s'appelle Lévesque. Ses cheveux sont rares et grisonnants. Son sourire lui donne une allure faussement timide qui cache une volonté de fer. Il dit qu'il fera de son navire un pays souverain. Il grimace en apercevant Trudeau à la barre, son cerveau est transparent. Deux hémiphères. Celui de droite, presque rachitique, porte le Québec. Celui de gauche, énorme, porte les neuf autres provinces anglophones. Son grand rêve est de régner de Halifax à Vancouver.

Lévesque s'approche de la barre, réclame sa place. Trudeau cède et en grognant s'en retourne sur son destroyer. Sur le pont, il fait un pied de nez à son ennemi et donne à l'équipage l'ordre d'assaillir le voilier.

Je m'écrie « Assez ! Assez ! »

Des vagues se forment, montent à l'assaut du bateau, le soulèvent et le rabattent. Celui-ci recule, recule, mais Lévesque, les yeux sur l'horizon, accroché à la barre, ne s'aperçoit de rien. Ni l'équipage ébloui par le soleil des Rocheuses et les miroitements du gros navire d'acier. Un peuple est à la dérive. Au secours ! C'est un S.O.S.

Je veux cacher le soleil rouge qui illumine, à l'ouest, les montagnes aux pics blancs. Les goélands s'égosillent à crier leur angoisse. Un magnifique fou aux ailes blanches déployées fait du sur-place au-dessus de ma tête, lance ses bras vers le ciel. J'empoigne les ailes, et me laisse mener au-dessus de la mer en planant avec les courants d'air. Nous passons au-dessus des navires, de celui qui avance, de celui qui recule.

Au-dessus des pics neigeux, sur la trajectoire qui sépare le soleil du voilier. Une ombre glisse sur le navire et son équipage. Des hommes, des femmes, des enfants ouvrent les yeux. Un moment. Puis les referment à nouveau, aveuglés par l'éclat du soleil.

L'oiseau repasse, fait encore du sur-place pour éclipser la vision des rocheuses. Mais il a envie de se reposer, de voler librement, de s'ébrouer dans l'eau, de goûter aux nourritures marines. Je suis fatiguée, j'ai mal au bras. Il faut atterrir. J'aperçois à l'est, au bout de la mer, une lumière. Une ouverture ronde comme celle du rocher Percé. Une lumière de plus en plus intense en émerge. Le fou perd de l'altitude, pique vers la crête des vagues et franchit la sortie du tunnel. Alors un grand cri d'oiseau jaillit de ma gorge.

Le télégramme

Le 18 octobre 1970

Elle se réveille dans un cri. Troublée, elle se lève. C'est une nuit d'encre. Pour se rassurer, elle allume la lampe et tourne le bouton de la radio. On diffuse une musique quelconque qui est brusquement coupée par un bulletin spécial de Radio-Canada. Le corps de Pierre Laporte vient d'être retrouvé dans le coffre d'une voiture à l'aéroport de Saint-Hubert. Bouleversée, Christiane se laisse tomber sur le sol. Des images tournent dans sa tête. Dans les bars, dans les salons, dans les cuisines, un sentiment d'horreur s'empare de la majorité attroupée autour des téléviseurs. Les gestes et le verbe se figent. La bière et l'alcool cessent de couler. La lecture de la nouvelle terminée, la parole reprend son droit, s'agite, bouillonne comme une chute de mots. Comme de grosses vagues qui s'entrechoquent. La parole de Jean contre celle de Francine. Celle d'Isabelle contre celle de Camille. Celle des plus vieux contre celle des plus jeunes.

— C'est des bandits, ces gars-là ! Des traîtres !

— C'est pas les felquistes qui sont les traîtres. C'est tous ceux-là qui ont trahi le Québec.

À la radio, à la télévision, les élites font des déclarations fracassantes : « Il a payé de sa vie la défense des libertés fondamentales. — C'est un martyr de la démocratie ! Un héros qui a donné sa vie pour la patrie ! — Il ne faut pas que son sang soit versé en vain. — Tout le peuple crie vengeance. — Ceux qui l'ont exécuté sont des assassins déséquilibrés ! Des êtres inhumains ! Ils devraient tous être placés devant un peloton d'exécution ! »

Christiane frémit d'angoisse. Elle a mal au coeur. Elle réussit à s'endormir à l'heure où l'aube pénètre par les ouvertures des volets.

Quelqu'un frappe. Trois coups secs.

— Qui est-ce ? demande-t-elle.

On ne répond pas. Elle secoue la tête pour se réveiller, revêt une grande chemise blanche et titube vers la porte. À travers la vitre, une silhouette sombre surmontée d'une casquette foncée. Un homme en uniforme. Un carabinero ? Un garde civil ? Un militaire ? L'homme frappe encore. Elle entrouvre la porte sans enlever la chaîne. L'homme laisse échapper un sourire et semble s'amuser de la méfiance de la femme.

— ¡ Un telegrama para la señora Lavoie ! explique-t-il.

« La señora Lavoie ! La señora Lavoie ! Qui peut m'appeler ainsi si ce n'est Pierre, pense Christiane. Pour me taquiner ou marquer son droit de propriété ! »

— ¿ Está usted la señora Lavoie ? insiste l'homme, intrigué par le silence de l'étrangère.

— ¡ Si ! ¡ Si ! répond-elle en tirant la chaîne et en s'emparant du papier qu'il lui tend. ¡ Gracias ! ¡ Gracias ! fait-elle en fermant la porte.

Fébrile, elle s'approche de la table, déchire l'enveloppe. Le télégramme provient de Casablanca. « Je t'aime toujours. Toi aussi. J'en suis sûr. Viens me rejoindre. Je vous attends, toi et Nadia, à l'hôtel Morocco de Casablanca. Tendrement. Pierre. »

Non c'est pas possible ! Je rêve. J'ai pourtant bien lu, bien relu. Non je n'irai pas à ta rencontre. Non je n'irai pas à Casa-

blanca. Tu n'as pas encore compris ? Tu es sourd ou aveugle !
Non ! Je n'irai pas sentir les parfums d'eucalyptus et de menthe.
Tu entends ! Non ! je n'irai pas me perdre dans le labyrinthe des
souks et mourir avec toi au milieu des mirages du désert. Non !
ce matin je n'ai pas reçu de télégramme.

Elle froisse le papier fin entre ses doigts, le réduit en boule, y met le feu. Les mots « aime-toujours-Casablanca » brûlent, se désintègrent. La flamme jaune les a réduits en cendres. Une partie de sa vie s'éteint.

Nadia et François dorment encore, emmitouflés dans leur sommeil. Un autre jour. Une autre vie. Le soleil a chassé la brume. Il pénètre par les fenêtres, étend ses bras de lumière sur le mur, sur le sol, vient la chercher, réchauffer sa nuque, caresser ses bras.

— Huit heures trente. Encore trois heures avant de prendre le train.

Elle écrit un mot aux dormeurs : « Suis partie à la montagne. Je serai de retour vers dix heures. »

Le besoin intense d'aller là-bas. Revoir pour la dernière fois les éléments réunis : la mer, le soleil et la falaise aux oiseaux. Sentir l'odeur de varech traverser ses pores. Se gorger de soleil comme les cactus et les palmiers.

Elle s'accroche à la vieille bicyclette, serre le guidon. Elle grimpe jusqu'au faîte. La montée est plus facile que la dernière fois. Comme si une énergie nouvelle gonflait ses muscles. Elle s'approche du rebord de la falaise ciselée de hautes colonnades qui dessinent une chevelure.

Elle recule de quelques pas, prise par le vertige de tant d'eau et d'air réunis. Les parois du tunnel se sont écroulées. Sur une immense toile lisse et bleue, sans horizon, des goélands et des pétrels solitaires marquent élégamment leur trajectoire. Des tra-jectoires parallèles qui se font, le temps d'un geste d'amour, le temps de construire un nid d'herbe et de varech sur une corniche, et se défont.

Elle se sent comme ces oiseaux qui prennent leur envol. Heureuse. Et pour mieux savourer son vertige, elle s'étend sur le rocher, pierre chaude de soleil, là où commence le front de la tête de proue.

Un lit de pierre me tient en équilibre. Je m'accroche à son oreiller de mousse. Mes doigts, mes membres, pénètrent la chair poreuse. Des algues me poussent au bout des cheveux. Guirlandes de fruits ocre et vert. Un cri d'oiseau, un cri d'enfant perce le tympan de la terre. Un cri contenu depuis des siècles. Ma poitrine se gonfle. Je suis une pompe qui aspire la vie, expire la mort. Un ! Je m'oxygène. Deux ! Je me désintoxique. Un deux ! un deux ! Rythme incantatoire. Mon ventre se gonfle et se dégonfle comme un ballon. Le ballon d'une montgolfière. Mon corps s'étire et s'allonge, devient une planète ronde qui s'enivre de soleil et de pluie. Animale, végétale, minérale. Et je bascule sur mon axe. Ivre. L'une est morte. L'autre vit.

De retour à la maison, Christiane aperçoit Nadia assise sur le sable, face à la mer. Elle s'arrête à quelque distance, assez près pour l'observer, assez loin pour ne pas être vue. Le seau de plastique rouge gît dans le sable comme la pelle. Abandonné. Nadia a le profil des enfants sages qui ont appris très tôt la gravité. Charnelle et vulnérable. Avec un corps, un cerveau, un coeur que la vie se chargera de muscler... sans trop la blesser.

Elle la rejoint lentement. Nadia ne semble pas surprise. Elles n'échangent aucun mot. Juste un sourire. Nadia ramène un peu de sable vers elle, l'arrose d'un peu d'eau. Christiane répète les gestes. Les grains humides s'accolent les uns aux autres, prennent la forme de deux tours avec, au centre, un pavillon percé d'ouvertures et un pont-levis. Des rires. On célèbre l'inauguration de l'édifice. C'est la fête. On saute. On danse. On rigole. Puis, elles s'arrêtent brusquement, se jettent un regard complice et administrent à leur oeuvre une série de coups de pied. Le château s'écroule. Les blocs de matière se désagrègent et retournent se mêler au sable sec.

— Maman ! Maman ! Regarde !

Une bande de chiens maigres et bigarrés passent à toute épouvante, suivis de la chienne au pelage roux et aux mamelles pendantes. Cette fois, le plus petit en tête de défilé, la queue entre les fesses. La petite chienne jappe et mord l'oreille du cerbère qui hurle de douleur. Les autres accélèrent leur course et s'éloignent vers l'ouest de la baie en soulevant un nuage de sable.

— Ils sont drôles, hein, maman ?

Elles éclatent de rire à nouveau. D'un grand rire qui ne veut pas finir.

* * *

Dans l'avion qui les plonge à travers les ronds coussins de ouate blanche, Nadia dort. Christiane feuillette un journal. En première page, la photo du Caudillo — il serait entre la vie et la mort—et celle de Pierre Laporte. Le président de l'Association des producteurs d'olives andalous annonce que la cueillette a été bonne. Suit un texte à sensation sur le viol d'une jeune fille dans les rues de Madrid. Un autre sur la hausse inquiétante du nombre de divorces au pays et sur la baisse alarmante des naissances. Pourquoi ? Les spécialistes, les journalistes ne le disent pas. Ils ne connaissent pas la face cachée du réel. Ils n'ont pas visité les couloirs de sable.

Lithographié au Canada
sur les presses de
Métropole Litho Inc.